U0917208

常大利 著
神探陈汉雄

湖畔人影！

天津出版传媒集团
天津人民出版社

图书在版编目（CIP）数据

神探陈汉雄．湖畔人影 / 常大利著．-- 天津 : 天津人民出版社，2020.1（2021.3重印）

ISBN 978-7-201-15209-7

Ⅰ．①神… Ⅱ．①常… Ⅲ．①侦探小说一中国一当代 Ⅳ．①I247.5

中国版本图书馆CIP数据核字（2019）第193463号

神探陈汉雄 湖畔人影

SHENTAN CHEN HANXIONG HUPAN RENYING

出　　版　天津人民出版社
出 版 人　刘　庆
地　　址　天津市和平区西康路35号康岳大厦
邮政编码　300051
网　　址　http://www.tjrmcbs.com
电子邮箱　reader@tjrmcbs.com

责任编辑　张　凯

特约编辑　李　路　何沁泉
排版设计　西橙设计

制版印刷　合肥市星光印务有限责任公司
经　　销　新华书店
开　　本　660×960毫米　1/16
印　　张　17.75
字　　数　234千字
版次印次　2020年1月第1版　2021年3月第2次印刷
定　　价　59.80元

版权所有　侵权必究

目录 CONTENTS

- 月光湖畔 001

  明媚的阳光，照耀着初夏的小城

- 恐怖电话 011

  傍晚，雨仍在淅淅沥沥地下着

- 夜幕追杀 019

  早七点半，杜江心神不安地给照相机又上了一个新胶卷

- 家中盗案 030

  这夜，杜江几乎难以入睡，眼前一直闪动着那个杀手的模样

- 实施保护 038

  外面的雨下得仍然很大

- 深夜劫案 046

  姜永泉，今年五十二岁，原是小城东风商场会计

- 窗外幽灵 064

  这一天，江涛仍然在形影不离地保护着杜江的安全

- 红色轿车 073

  罗玉辉开着重案队的那台普桑警车

- 照片之谜 085

  陈汉雄和江涛回到刑警大队

- 秘密排查 095

  我们要秘密排查，绝不能打草惊蛇

- 湖中怪物 104

  红岭子水库是小城辖区一个较大的水库

- 守株待兔 119

  夜很宁静，在这片老城区，很多家已经熄灯睡觉了

- 红风公司 134

  黄福之哪去了呢?

- 副总疑云 145

  第二天清晨，天下起了小雨

- 疑凶之死 153

  今天天空很晴朗，而且阳光很强烈

- 协助调查 164

  周万才坐在刑警接待室的椅子上，见陈汉雄进来，站起身来

- 背后阴影 172

  送走周万才后，陈汉雄的手机响了

● 白日见鬼 180

这天早晨，陈汉雄刚走进刑警大队的办公室

● 替身真相 189

警车呼啸，急奔东郊外的殡仪馆

● 忧郁女子 197

下午两点，陈汉雄和白雪冒雨又来到了红风公司周副总的办公室

● 极度惊恐 208

自从那天在商场门口见到黄福之，杜江一直在胆战心惊

● 雨夜谋杀 217

原来在昨天晚上，赵丽丽接到她在高中时的班主任吕琛的电话

● 病房魔影 224

陈汉雄他们沿着城北山林内一条刚好过去一台车的路

● 破解谜题 231

冯医生和贺护士走出赵丽丽的病房

● 逻辑推理 237

江涛和罗玉辉已去南方五天了，至今还没有他们的消息

- **真相大白** 248

  这天清晨，赵丽丽苏醒了

- **天网恢恢** 257

  原来，张英和罗玉辉按照陈汉雄的安排

- **青山路上** 263

  又是一个星期六的早晨，杜江给陈汉雄打了电话

- **尾声** 273

  今天是双休日的第二天，晴空万里，风和日丽

天空中的阴云仍在流淌，

好像一股股烟雾在翻滚扩散，

也许不久要下雨了，

而大山中更是安静，

山路上几乎见不到行人或车辆。

可也是，谁在这种天气进山呢？

月光湖畔

明媚的阳光，照耀着初夏的秋原小城。秋原，是一座既有古老历史又有现代化风格的城市，也是北方一座美丽的小城。在秋原小城内，白日里宽敞的马路上总是车水马龙；一处处新开发的小区，高楼林立，整齐漂亮；繁华的市场，总是人声鼎沸；漂亮的大商场，琳琅满目的商品，让人们尽情地选择。在城郊又多了几处工业园区，一些招商引资的企业又在这里落户了。美丽的家园，和谐的社会，人们过着幸福的生活。是改革开放和经济的发展，给这座原本贫困的小城带来了巨大的变化和新的生机。

在小城站前路，一辆白色桑塔纳轿车正向火车站方向行驶。在这辆轿车中坐着幸福的一家人。开车的叫杜江，他今年三十三岁，长得白白净净，中等身材，从外表上看，像个白面书生，他是小城环保局宣传科的干事。坐在后边座位的是杜江的妻子和女儿，妻子叫刘艳霞，是位漂亮的女子，她是新世纪医药科研所的技术员。女儿杜鹃今年六岁了，扎着一条马尾辫，是个活泼可爱的小姑娘，现在在上幼儿园大班。今天，杜江要送妻子和女

儿去火车站。前几天，科研所为了培养科研人才和进行新的项目开发，特派遣刘艳霞到上海一个科研所短期培训学习两个月。刘艳霞得知此消息，当然高兴得不得了，这次不但有深造的机会，还可以和在上海居住的姐姐朝夕相处。刘艳霞的姐姐叫刘艳虹，是复旦大学毕业的，前几年大学毕业，现也在一家科研单位工作，十年前在当地成了家。这次刘艳霞去上海，当然要带上六岁的女儿杜鹃了。为此，他们做好了准备，杜江事先到火车站为妻子买到卧铺票，今天开车送她们去火车站。

“爸爸，我走这么远你想我怎么办？”小杜鹃闪动着她那双大眼睛，看着杜江天真地说。

“我给你打电话。”杜江看着前方的路，笑着说。

“那我想你怎么办呀？”杜鹃说。

“你给我打电话。”杜江说。

“爸爸，等我回来，你一定要带我再去大青山，我要看月光湖，我要看大山的风景。”杜鹃说。

“好，爸爸会再带你去的。”杜江说。

“杜江，我这一去就是两个多月，你一定要照顾好自己。”妻子刘艳霞看着杜江，温和地说。

“我会的，你放心去吧。你们一定要注意安全，上海城大人多，别让杜娟一个人走，也别误了她的学习。”

“你也要注意身体，外出摄影要注意安全，我会常给你打电话的。”妻子闪动她那双美丽的眼睛含情脉脉地看着杜江，对于这次短暂的分离，似乎有些恋恋不舍。

“别操心了。我一切都会安顿好的。”

原来，杜江是名摄影爱好者，在小城摄影圈中有一定的名气。他的作品曾多次获得过全国、省级和市级大奖。

到了火车站，杜江将轿车停在停车场，下了车，他打开车后备箱，要为妻子拎出放在后备箱的旅行包。就在这时，有人叫他“杜江！”

杜江回头一看，原来身边停着一辆黑色本田轿车。招呼他的人是一位与他年龄相仿的男子，他是杜江的好朋友，名叫郭凯，小城红风公司办公室主任，也是一名摄影爱好者。

“郭主任，你这是去哪？”杜江问道。

郭凯打开后备箱，从里边拎出一个旅行包，对着杜江说：“我们公司蒋总的父亲得了重病，他要回山东老家探望父亲，我是来送他上火车的。”

这时，杜江看到车旁站着一个穿着白色衬衣，手拿一把纸扇，穿戴很讲究的中年男子。

“杜江，你去哪？”

“你弟妹和我女儿去上海。这不，你弟妹他们单位派人到科研单位去深造，选中了你弟妹。”杜江一边拿出旅行包，一边关上后备箱说。

“这可是好事，可喜可贺，有这样的好机会，太难得了。”郭凯也关上了本田车的后备箱。

“你们买卧铺票了？”杜江问。

“因时间紧，来不及订了，只好给蒋总买了张硬座票，好歹一多半是白天，到车上也许能找到卧铺。”郭凯说着，又对杜江说，“我给你们介绍一下，这位是我们公司的蒋总。”

蒋总就在郭凯身边，笑容可掬地与杜江握了一下手：“蒋俊理，请多关照。”

“我叫杜江，小城环保局宣传干事，是郭凯的好朋友。”

“蒋总，杜江既是我的好朋友，也是小城摄影界的名人，他的作品在

全国都还获过奖呢。”郭凯向蒋总介绍。

“杜江，是个人才，人也长得一表人才，祝贺你了。”蒋总夸奖着杜江。

“谢谢蒋总了。”杜江也客气着。

郭凯趁机对杜江身边的刘艳霞进行问候，刘艳霞有着一头飘逸的长发，穿着红色衣裙，女儿穿的是粉色衣裙。刘艳霞的漂亮也引起蒋总的注意，他微笑地看着刘艳霞，并点了一下头。

到了候车室，因郭凯要送蒋总乘另一趟车，他们分手了。杜江和妻子女儿到候车室内的检票口检了票，走进了站台。杜江拿的是站台票。

一列客车早已进站，妻子和女儿上了车，杜江将提着的皮箱在车门口交给妻子，妻子和女儿走进列车车厢。

在车厢窗口，女儿一直在挥手：“爸爸再见！”

“杜娟，要听妈妈的话，到上海要注意安全。想爸爸了就打电话。”杜江嘱咐着。

“爸爸，车要开了，你回去吧。”杜娟仍在车窗口看着爸爸。

妻子刘艳霞也在挥手：“杜江，你一定要自己照顾好自己，我会常打电话的，你回去吧。”

列车开动了，车窗被列车员关上。杜江在站台上注视着列车远去，直到消失。

走出站台，杜江接到小城文化局办公室主任杨春的电话，杨春也是杜江的好朋友，他说小城文化局为庆祝“国庆”五十周年，要举行一次全市美术书法摄影大展，并要进行评奖，让杜江一定要多出几幅参展作品，并在一个月内交稿。杨春对摄影也很感兴趣，时而也背着照相机与杜江去采风。

想到摄影，杜江原先就有个打算，那就是到大青山摄一组自然的风光。

以前，他在大青山拍摄的《湖边鸶鹭鸟》《云中险峰》在全省都获过大奖。这次如果将大青山的景致拍成一组以保护大自然为题的风光片，一定会在这次大展上获一等奖。后天就到周末了，杜江决定利用双休日去一趟大青山。

距小城东南四十公里的大青山，是一处美丽的自然风景区，山上林森树茂，湖泉清澈。一到夏季便是鸟语花香，景色更加宜人。在大山深处，不但有群山峻岭，还有山泉瀑布、山中激流和独木小桥。这里有几十种林木、上百种草药，还有野猪、狐狸、山兔、狍子等野兽和珍禽，自然风光可以说是绚丽多姿。此山山路崎岖，山中人烟稀少。当地政府为保护生态平衡和绿色资源，多年来并没有对此地进行开发，也没有向游人开放。尽管如此，这里美丽的风光，也被人们耳闻目染，每年都要吸引一些城内的摄影、美术、文学爱好者来此采风。

杜江对大青山一直是很迷恋的，山中既有他难以取尽的摄影作品素材，也曾给他的作品带来过荣耀。春天时，他曾带着妻子女儿来到大青山之中，他搞摄影，妻子画画。女儿在山中采花，真是快乐极了。那次，他们在山中还遇到了郭凯和杨春，他们二人不但喜欢摄影，还擅长写情感诗。所以，他们二人到山中不但要摄影，还要找作诗的灵感。有时，几位朋友聚会时，这两人还要吟诗助兴。

今天是双休日的第一天，天空有些阴云，时而遮住阳光。

尽管天气不太好，杜江还是驾驶着他的白色桑塔纳轿车沿着崎岖的山路走进了这片大山之中。大青山，他来过多次，但由于季节的不同和所深入的山地景观不同，每次拍摄的作品及其表现出来的艺术景观和效果也是不同的。虽说爬山是非常累的，但他还是乐在其中。这次，他要去南山的

北坡，那里不但有茂密的森林，从此向北看，在森林中还有一片小湖，景色是非常美的，湖边有很高的水草和芦苇，还有些水鸟。

天空中的阴云，好像一股股烟雾在翻滚扩散，也许不久要下雨了，而大山中更是安静，山路上几乎见不到行人或车辆。可也是，谁在这种天气进山呢？但杜江是为了赶拍作品，只要不下雨，阴天中照样能拍到有特色的好作品，有时甚至比晴天拍到的作品还要清晰。

轿车沿着弯曲而又坎坷的山路爬上了距山中湖泊很近的一条路，路边有醒目的标语牌，上面用红铅油写着一行不太工整的字："进入山区，注意防火"，还有"严禁一切狩猎行为，违者严处"。这是山中一条砂石路，时宽时窄。杜江对山路是熟悉的，但在密林深处的林中路上，他也要小心翼翼地开车，因这条路的弯很多。山中的树又高又密，不同树木的叶子不同，颜色也不同，像一幅水彩画。突然，他发现在那个路边的树丛下停着一辆红色轿车。近了，看得出是一辆普通桑塔纳轿车，发现车中无人，且没有牌照。

"这种天气，应该不会有人到湖边来钓鱼吧？若是有人也是到山中来摄影或写生来了，如果能遇到同行那就更好了。"杜江想着，他的车又沿着山路向大山里边开去。虽是山中湖，但一年中偶尔也有人来湖边钓鱼，那是城里有车族利用双休日到山中边游玩边休闲来了。前面出现一个岔路，从那里的另一条路也可下山，但另一条路仍是上山的。杜江驾车来到那片湖南边的一座山峦下，将车停在路边的山石边，下车前他拿出照相机、长焦镜头等，还有能折叠的三角架，然后下车锁上车门。这里非常偏僻，见不到一个行人，车放在这里是很安全的。

杜江要去这座山峦的北坡，从那里向北望去，可以全览大青山北边的湖泊。这个湖泊叫月光湖，湖面并不是很大，周围有青山树木衬托，湖边有水草，还有些水鸟驻足，湖中时而有野鸭等水鸟嬉戏，很是壮观。月光湖的得名，是因在夏季的夜间，湖水宁静，倒映着月光，景色十分美好。关于月光湖还有民间传说，说是天上的王母娘娘不慎将一颗珍珠掉到人间，变成了一片明亮耀眼的湖泊。有几句民谣为证：

月亮湖泊明又亮
王母珍珠放光芒
仙女下凡来淋浴
偷将月亮湖底藏

杜江今天要拍阴天中的湖畔景色，其效果也是很好的。

登上北坡，杜江发现天空的阴云中出现几束阳光，顺着这几束阳光，他正好向北拍摄。为了找到适当的角度，他不得不爬上湖南边那座山峦上更高的地方，这样才能将整个月光湖全部拍摄进去。月光湖是一条长形湖，杜江要拍的对面距他也不算远。他仔细地观察湖的对面，发现湖边的水草上站着几只漂亮而美丽的鸶鹭鸟，湖中还有几只水鸭子在嬉戏，他要将对面的景色全拍下来。

他上好长焦距镜头，然后开始调焦距。调好焦距，他想到该支上三角架。由于山坡较陡，支不平三角架，他又向上走了走，选择了一个较佳的位置，端起照相机，又调整一下光圈和长距镜头，找好取景方位，拍了一张，但感觉不太理想，他又换了一下所站的位置，调整一下相机焦距，觉得应向湖边近一些才能使景色更清晰。于是他拿起三角架，向湖边行进。在九十年代末，虽然世界上已有了小型数码相机，也就是数字照相机，但在我国还没有普及，摄影爱好者甚至专业人员全是使用带有胶卷底片的传统式机械照相机。直到九十年代中期，不用胶卷的数码相机才开始在我国普及和

流行，但一些专业摄影爱好者还是习惯于使用带胶卷的机械相机。

杜江到了湖边再次调整焦距，按快门时，拍下了一个美丽的画面。他想继续拍下去，可就在这时，不但几只鸶鹭鸟突然飞走了，湖面上的水鸭子也不见了。他想，一定是鸟发现有人在拍照而飞走了。于是，他决定再向湖边靠近，却见不到鸶鹭鸟了。在湖边观察了一会，他决定向湖的西边去，那里湖面窄些，能更清楚地看到对岸的情景，但此处水草高、树木也多，他只好层层拨开水草和树枝，绕到湖的西边。此时，他又找到了惊喜，湖对面那个小沟汊的水草边又出现两只美丽的鸶鹭鸟。

“又是鸶鹭鸟，可别惊扰了它们。”杜江要偷拍这美丽的鸟儿，他立起三角架，卡上照相机试探地拍了一张，虽然照了相，他却感到照出的照片不太清晰，他调整一下远焦长镜头，但照出来的感觉也不是十分理想。杜江使用的这台照相机，可以说是当时最先进的了，是日本产的尼康机械相机，可以说是名牌，那个像门小炮似的长镜头也不比照相机便宜，也花了几万元，所以拍出的片子都非常清晰，即使在几百米外，景物的清晰度也很有保证。

“还是距离远的原因，我应该再向它们靠近些。”杜江决定将三角架收缩后放进背包中，到那条小河汊对面的树丛中，向湖边的鸶鹭靠近些。于是，他小心翼翼地绕到湖西面，偷偷地从对面的树林中穿过，弯着腰来到湖边的树丛中，从树丛的空隙中慢慢地伸出长焦镜头，伸向对面。此处距鸶鹭鸟约有二三百米，他再次调整长焦距、光圈、快门速度，因为是阴天，对于有多年摄影经验的他，这时用这种方式拍照效果一定会好些，于是他一按快门，拍下了一张照片。这样的美景不能错过，他还要拍第二张。不料，对面的鸶鹭却飞了起来。是谁又惊了它们?

此时，为了抓拍他再次按动了快门，然而鸶鹭没有拍下来，却拍到了从湖的北侧树林中出来的两个人。他们抬着什么，并将抬着的东西扔到湖中，这一动作正好被他拍了下来。他迟疑了一下，湖边有水草树丛做背景。有人的图像也很好，他有意地又快拍了两张。

照射到对面树丛中闪烁的闪光灯，虽是瞬间，却使对面湖边的两个人一愣，他们向对面的树丛中查看了一番，什么也没有发现，他们在疑惑地嘀咕什么。而杜江蹲在树后想，这两个人是干什么的呢？是管理湖的人员，还是其他人？他们向湖中扔的是什么呢？是鱼食，还是垃圾？那里因树杈多，是钓不了鱼的，他们不是钓鱼人。不管是什么人，也不管他们扔什么，天要下雨了，鹭鹭也飞走了，还是到来时的山坡去吧。他收好照相机，取下长镜头也放在背包中，怕被对面的人发现，又弯着腰，穿过树丛，绕回到湖的南边，攀上那个山坡，站在山坡上，他又对着北边的湖拍了几张照片。

对面湖边的那两个人也发现南边山坡上有人在拍照，并向杜江喊着什么，因距离较远，他根本就听不清。

“这两个人是干什么的呢，不像山林的管理人员呀？”杜江有些疑虑。

湖边的人仍在向他喊话。

由于距离远，他仍是听不清对面的人在喊着什么，他想到人家一定是发现他将他们拍下来了，不高兴了。他不想与这两个人纠缠，否则，也许会有麻烦，于是他决定离开这个湖边。想到此，杜江背着装有三角架和长焦镜头的背包，挎上相机，快速地向他停车的山坡上奔去，他决定换个景观，便过了这个山坡，又向着另一个方向拍了几张大青山的景色。这时，天下起雨来。下雨了不能拍照，而且雨是越下越大，据天气预报说，明天还将有大雨，他决定等下个双休日再来大青山，因为这次大老远跑来才照了几张，如果能多拍一些他才能从中选择最好的照片。于是，他顶着雨跑下山坡。

到了停车的地方，他发动车，在山坡上调转车头，沿着来的山路从另

一条岔路下了山。

这天是一九九九年七月九日。

恐怖电话

傍晚，雨仍在淅淅沥沥地下着。

回到家中，杜江自己做的晚饭。吃罢晚饭，他便打开电视，坐在客厅的沙发上看着电视。突然，小城电视台播发的一条新闻引起了他的注意。

只听一位女播音员报道："昨夜，小城红风有限公司的总经理马原在小城内神秘失踪，经多方查找，现仍不见马原的踪影。从多种原因上分析，马原有可能遭到绑匪绑架，警方正在调查此事。"

"马原，这不是小城有名的先进企业家吗？上过几次电视呢。"杜江不觉有些惊叹。

去年文化局组织美术书法摄影协会会员采风，杜江和《秋原城报》及电视台的记者去过红风公司，在郭凯的介绍下，他认识了马原总经理，这是一位和蔼可亲的小老头，但很有派头，办事和说话都很爽快，难怪红风公司成为小城的先进企业。那次，杜江还为马原拍过照。红风公司是一家

国有企业，主要经销轻工产品，这家公司在小城是很有名的。

杜江想象着马原的相貌，不觉也有些悲痛，是什么人绑架了马原，他们为什么要干伤天害理的事？他想给郭凯打电话问个究竟，但又感到不妥，一旦马原没被绑架，或出现其他意外没来得及和公司联系呢？他相信马原会回来的。

不去想这些了，他拿起遥控器，调了一下电视节目，电影频道在演电影《405谋杀案》，这是一部侦探片，他要看下去。

这部电影杜江曾在一九八零年在小城东风电影院看过，那时他还是个十来岁的孩子，一转眼快二十年没看这部电影了。他记得这是某市一个大院一所楼的405室内发生的一起谋杀案，公安人员通过觅踪寻迹，历尽种种艰险，终于识破了奸诈阴险的杀人犯所设的许多假象，排除了障碍，挖出了幕后策划者。著名电影演员仲星火在这部影片中扮演一名机智勇敢的公安人员。

电影已演了大半部，杜江看得津津有味，完全被电影中的故事情节所吸引。就在这时，茶几上的电话铃响了，杜江看看墙上的挂钟，是晚上九点过一点。谁会在这时打电话呢？他一边看电影，一边接电话。接过电话不由一阵惊喜，原来是妻子从上海打来的电话。

“杜江呀，我们昨天上午就到上海了，是姐姐和姐夫到火车站接的我们，我们现在在姐姐家，一切都很好。周一姐姐陪我去培训单位，她在那里还有同学呢。”妻子刘艳霞在电话中高兴地说。

“这太好了。你也别光顾工作，抽时间带孩子在上海玩玩，因外出的时间必然少，千万利用好所有的时间。”杜江在嘱咐妻子。

“你放心吧，姐姐和姐夫都帮我们安排好了。只是你这两天过得怎样？”

“还好。这里今天下了一天雨，现在外面仍在下着。”

“你一定要照顾好自己，想吃什么就做，不愿做就到外面去吃，千万别饿着。”

“我饿不着的。杜娟想我了吗？”

“想。她到这里见什么都新鲜，正高兴着呢，她说要是爸爸和我们一起来有多好。好，我让杜娟和你说话。”

从电话中传来女儿杜娟清脆的童音：“爸爸，上海可好了，要是你来就更好了。你要听妈妈的话，吃好，别累着。我在这里一切都很好，大姨好，姨父好，姨父家的小姐姐更好。”

“你在那里一定要听大人的话，别和小姐姐吵架，要注意安全，自己可别乱走，否则是找不到家的。”

“我记住了。爸爸再见，我会常给你打电话的。”

女儿放下了电话，杜江笑了一下。

他看了一下客厅的墙壁，因墙上有他们全家三口人的合影，女儿坐在他们俩的中间，那种笑脸永远是可爱的。在墙壁上，还有妻子刘艳霞画的几幅水彩风景画，其中一幅是大青山松桥写生，远山、近桥、小溪、流水，很美。

刘艳霞，既是一名医药科研人员，也是一名业余美术爱好者，除了工作，她还经常画水彩画，经常是杜江开着他的车拉着他们三口人到野外或山里，杜江拍照，刘艳霞写生，女儿杜娟陪着妈妈，一家人总是在一片兴致勃勃中愉快地享受生活。

放下电话，杜江继续看着电影，直到晚上九点四十分将这部电影看完。回味电影的情节，他想到马原的失踪。

“唉，别替人家悲伤了。电视报道的也不一定都准，说不定人家马原明天就会回公司呢？”杜江想着，从茶几上拿起遥控器。

外边仍在下着雨，杜江用遥控器将电视频道摇了一遍，见没有自己喜欢的节目，便关上电视，在南卧室的书柜中找了一本书倒在南卧室的床上，随便翻了翻。晚上十点半，他感到困了，便将书放在床头，关掉灯，睡觉了。

第二天是星期日，白天几乎下了一天雨。因是双休日，杜江不用去上班，他在家好好地睡了个懒觉，直到上午九点多才起床。冲了一杯奶粉，吃了几块糕点，这就是早餐。因无事可做，他又打开电视，多是情感电视剧，他喜欢看历史、战争、探案题材的电视剧和电影。今天有一个台在播放《上海滩》，而且中间时常插播广告，此电视剧他已看了多遍，感到没有兴趣了，只好关上电视。书柜中有几本侦探小说，他找到一本，那是美国奎恩写的《希腊棺材之谜》。前些日子，他曾将此书读了一大半。今天有时间，他计划将此书读完。于是，他坐在沙发上读了这部著名的侦探小说《希腊棺材之谜》。

中午到了，杜江自己下了碗面条，这就是中午饭。想到那本书还没有看完，他坐在沙发上或倒在沙发上继续读着，直到傍晚，他将这本小说读完，并回味着全书的故事情节。

就这样，伴随雨天，他一天没有离开过楼内居室。雨时大时小，直到晚上雨才停。

晚上，杜江又打开了电视，他从电视上看到这样一个新闻，这叫他大吃一惊。今天，警方接到大青山一名山林管理人员报告，在月光湖中发现了一具男人的尸体，警方冒雨在勘查现场。经辨认，死者就是近日失踪的小城红风公司总经理马原。马原是被人杀死后，移尸抛在月光湖北边的水草中的，警方正对此案进行调查。

“月光湖北边的水草中发现了马原的尸体？”杜江在疑虑，他想到昨天上午他到月光湖拍照的情景，那两个人抛在湖中一个东西，难道是马原的尸体？这么说这两个人是杀人犯。但是，这两个人是谁，因离得很远，他辨认不清。对了，昨天拍的照片底片还在相机中，因没照完一时还不能冲洗，如果现在剪下底片是可以冲洗的，想到此，他决定将昨天照的照片送到小城的金太阳彩扩洗印社冲洗出来。如果这几张照片真的与马原的案件有关，还可以帮助警方破案呢。

然而就在这时，杜江家的电话响了，杜江看了一下显示的号码，是当地的电话，他接过电话，只听到对方问：“你是杜江吗？”

“是的，我是。你是哪位？”

“不必多问。找到你可真不容易，不过你不要害怕，我们要和你谈一桩买卖，如果你同意的话，我们立即给你两万元人民币。”

“什么买卖？”杜江感到很奇怪，他还从没与人做过什么买卖。

“昨天上午你去了月光湖拍照，照到了湖北岸的情景，这两天都在下雨，我想你还不至于这么快就将底片上的内容冲洗出来，我们就买你昨天在湖边照的底片。如果你同意，现在就带着底片，将它密封好，到小城东区大华商场门前的雕塑前，有人会与你接头的，并一手交钱，一手交货，你看怎样？”对方说。

这样看来，湖边上抛的东西果然是马原的尸体，这是杀人者在与自己谈买卖，他们要拿走证据。怎么办？杜江有些犹豫了。

“怎么样？你说话呀。”

这是一起杀人案，他们要将底片索去。一旦销证毁迹，什么都没有了，这不是让这些杀人者逃避了法律的惩罚，逍遥法外吗？我现在还不能交给他们。再说，就是交给他们，他们说的话能算数吗？连马原那样的名人他

们都敢害死，我去能活着回来吗？还有，我也不能与杀人者同流合污，为了钱而泯灭做人的良心。

想到此，杜江说："实在对不起，昨天的照片由于没放好胶卷，一张也没照上，现在只是空胶卷，我想你们不能要一卷空胶卷吧？"

"怎么，你这是哄小孩子呀，撒谎都不会。我想你会有顾虑，我再给你一个晚上的时间考虑，最好还是将底片乖乖地交给我们，也不要耍我们。但是，我要告诉你，不准你报警，否则就杀死你的全家。我知道你有一个漂亮的老婆，还有一个几岁的女儿，你也要考虑一下她们的生命。"对方已是恶狠狠的腔调。

杜江不语。

"我想，我的话你会听明白的。如果让警方拿到你照的底片，我不但要杀你，还要杀了你的漂亮老婆和女儿。你好好考虑一下吧。"对方放下了电话。

接完电话，杜江一阵恐慌，他想是报警还是不报警呢？妻子刘艳霞带着女儿杜娟在几天前去了上海一所科研单位短期培训学习，得两个月后回来，她们的安全暂时不用担心，这个来电话的人是不会知道的。现在他担心的是他的住处的安全。虽说楼口院落的大门处有保安昼夜看守，杜江家的房门是铁制的防盗门，打电话的人不会从门进入，但他有些担心有人会爬上楼顶。

他现在住的是环保局的家属楼中的四楼，此楼是一所老楼，房子一端墙壁有上房顶的攀登梯。这栋楼共七层，他住中间，上面有三层，下面有三层，从上有人溜下来或从下爬上来都是很难的，但从楼顶上溜下来是有可能的。思来想去，他决定将窗户也关闭，因客厅中有空调，他夜里就住在客厅中，身边有电话，一有情况可随时报警。就这样，他在客厅中对付了一夜，并没有发生什么事情。

又是一天的清晨，是星期一，天晴了。杜江起床后，回想起昨夜的电话，仍是有些心神不安，若是平时，他也许要出去买早点，今天他不想下楼了，冲了一杯奶粉吃点糕点算作吃早餐了。

就在这时，电话铃声又响了，还是昨夜电话里的声音："杜江先生，晚上想好了吧？还是那句话，将你手中的胶卷交给我们吧，否则，你是不会得到安宁的。还有，我们知道你的妻子和孩子现在在上海，我们也知道她们的住处，如果你报警，我们派人结果她们是非常容易的，但是，我们现在还不能这样做，这就要看你的了。如果你想好了，早九点还是按我昨天说的地方，一手交钱，一手交货。怎么样？"

杜江昨夜几乎是没有睡觉，他一夜都在想着这个问题，他不想将胶卷交给他们，但又不敢报警，因为这个打电话的人也太神了，连他的妻子女儿在上海他都知道，他们当然也会找到她们的，一旦报警自己的妻子女儿生命就难保了。于是，他决定先拖延一下他们再想办法。想到此他说："我很想和你们做买卖，但是，前天我真的没有照到什么，胶卷没上好，在齿轮上跑空了，胶卷上的齿轮孔带坏好几个呢。"

"你不要和我们兜圈子了，这样对你没有任何好处。我想你是有顾虑的，如果你还要想想的话，再给你一点时间，我还会打电话找你的。但你无论如何也不要将你看到的和你手中的胶卷交给警察，至于你报不报警和将胶卷交不交警察，我们随时都是可以掌握的。如果你真要那样做，你的生命和你家人的生命也到此结束了。"对方的电话放下了。

杜江在一片茫然中，对方的电话已放下好久，他仍然在拿着电话。对方在威胁他，他想到这伙歹徒敢杀一个社会中的名人，当然也敢杀自己和

他的家人。他不敢报警，但仍是不想将胶卷交给他们。想了好一阵，他决定从相机中卸下里边的胶卷，用一块塑料布封好，防止潮湿。从沙发底座的一个小破口处将这个胶卷藏到里边的棉絮中，然后找来针线又将这个破口缝好。尽管心烦意乱，他决定还是要上班。

夜幕追杀

早七点半，杜江心神不安地给照相机又上了一个新胶卷，然后将相机、长镜头和能伸缩的三角架放入他的背包中，背着背包走下了楼，来到他的车库前。在这栋楼的东边特意修了几个车库，杜江因有车就要了一个，不过一年要交给环保局少量的车位费。他打开车库门，走向他的轿车，打开车锁发动引擎将车开了出来。

出了住宅楼的大门，楼口的保安向他招了招手。杜江的家距他的工作单位大约有十二公里路，虽说不算远，在城内开车也要十几分钟，因有时还要等红灯。杜江驾驶车辆的技术是比较娴熟的，他已有八年的驾龄。驶出住宅小区，前面是香荷公园路，这是一条比较僻静的路，此处行人稀少，只有上班高峰时车辆多一些。驶过这条路，前面是一条小街，小街的人和车辆并不多。穿过小街，前面是宽敞的大马路，桑塔纳轿车沿着宽敞的马路行驶着，此时正是行车高峰，马路上正是人如潮，车如水。

十字路口虽然有红绿灯，但路边也有两名交警在维持交通秩序。红灯，杜江在等信号，一分钟后，绿灯亮了，车像潮水一样突然奔涌起来。穿过几条大街小街，驶过这条路，再拐过一条小街就到杜江的单位了。一路行驶，杜江时而看看倒车镜，并没有发现什么异常现象。轿车驶进了环保局办公楼的后院，杜江将车停在后院内。

小城环保局，位于城南抚宁路一侧，这里因远离繁华闹区，相对僻静些。环保局是一栋四层办公小楼，北侧有一个院门，白天有门卫人员看守着，此门仅供内部人员早晨上班通行，因后院可放几辆轿车，还有一个自行车棚，可放自行车或摩托车。在后院还有两个车库，是魏向东局长和副局赵长杰的车库，其他人员的车只有放在院内，后院还有职工食堂和水房。杜江将车停在后院后，便从办公楼的后门走入楼内。他的办公室在三楼，因宣传科人少，他和科长卢森一人占一个办公室。

卢森比杜江来得还早，此时正坐在办公室内整理什么文件，见杜江从自己的办公室门前走过，便叫道："杜江，你今天上午和我到清源化工厂去一趟，拍些照，回来写篇稿子。魏局长下去调查，说清源化工厂在治理污染上可是个先进呀，我们这期简报要推广他们的经验，顺便给报社投投稿件。"

"好吧！"杜江有气无力地答着。

杜江的办公室和卢森的办公室紧挨着，他用钥匙打开门上的暗锁，走进自己的办公室。办公室为了方便加班还有一张床。像往常一样，他稍作打扫之后又到楼后院的水房打了一瓶开水。

走进自己的办公室，他泡了一杯茶，这也是一种习惯。卢森走进来，笑呵呵地问他："杜江，这个双休日一直在下雨，没到哪去吧？"

杜江想到陌生人打电话的事，为了减少麻烦，说道："天一直下雨，哪也没去，两天都在家看电视看小说了。"

"咱俩几乎是一样。"卢森说。卢森今年不到四十岁，原在部队当过宣传干事，是转业被分配到环保局，一直从事环保宣传工作。他与杜江不仅是领导与被领导的关系，而且是好朋友。

"科长，你说去清源化工厂，什么时间走？"

"喝杯茶，然后就走。那里是郊区，说不上你能遇上什么好的风景或摄影素材呢。不过，还是用你的车。"

上午，杜江和卢森来到清源化工厂。清源化工厂在北郊天缘山脚下，原先是一个污染很严重的企业，曾被停产整治过。近几年，由于工厂领导重视环保，他们采取了一系列防治污染措施，厂内又换上了新的治污排污设备，解决了工厂排水对附近河水污染的民生大事，受到小城领导的表扬。

在化工厂领导的陪同下，杜江和卢森参观了厂内排污设备，还有污水净化再利用设备等，既保护了水利资源又节省了大量的费用，可以说是一举两得。他们又观看了附近的河流，果真没有任何污染，水中的鱼在欢快地游动，河水清澈透底。附近的山林树木绿意葱葱，远山近水很是秀美，杜江从工厂内到工厂外拍了大量照片。中午，他们在化工厂食堂吃了一顿工作餐。尽管如此，因杜江心中有事，今天总是乐不起来。

"杜江，今天你怎么了，是不是病了？"在回来的路上，卢森关切地问。

"没有，也许是昨夜贪黑看电视没睡好觉。"

"今后可别熬夜呀，这样会影响健康的。"

"是的。"

"是不是想妻子女儿睡不着觉了？才去了几天就这样，人家两地生活

的人要这样不得想疯了。”卢森笑着说。

“我不至于那样离不开媳妇吧！”杜江苦笑了一下。

回到城内，杜江将底片送到金太阳彩扩洗印社，那里的工作人员将他照过的底片剪裁下来冲洗，明天就可取照片。

然而，就在杜江和卢森走出金太阳洗印社时，杜江发现路边停着一辆红色普桑轿车，由于离得远些，他没有看清车牌号，这让他想起周六那天进山在山路边看到的那辆无牌照红色普桑轿车，这台车会不会就是藏在山路边的杀人凶手坐的车？像，真像，如果真是前天在大青山路上发现的那辆无牌照车，里边是否坐着给他打电话的人？此时，这台车是有牌照的。

杜江心里一惊，会不会是那个打电话的人已发现了他或对他进行跟踪。他和卢森坐进他的白色轿车，想着路边那辆红色轿车，他边开边不时看看倒车镜，那辆车还停在那里。杜江的车上了大马路，他仍在不时地看着倒车镜，查看后边的情况，发现并没有什么红车跟踪，原来是自己多虑，自己完全是虚惊一场。

杜江的车还是停在单位的后院，他和卢森走上了楼梯。

“杜江，你昨夜没有睡好，你休息一会吧。关于清源化工厂的简报我来写。”看来，卢森是爱兵的。

杜江心神并没安宁，他点了点头。

晚上，他开着他的车回到了家。他想做饭，但又感到麻烦。室内很闷热，总打空调对身体也不好，还不如到街上散步凉爽一些，顺便吃点什么。小街内新开的过桥米线很火，吃碗过桥米线也是不错的。在每天吃过晚饭后，他也要到街上散步，这也是他多年形成的一种习惯。

夏季的晚六点多，天依然很明亮，这是一年中白日比较长的季节，一般要在晚上七点半多一点天才能黑下来。

走出住宅楼的院落，他漫步在香荷公园南的马路上，此路叫香荷路，走了大约十几分钟，便拐进小街，前面就是过桥米线小店。走进小店，他发现里边的人已满了。便到大路那边去，那边一条小街中还有一家小店，杜江曾和妻子女儿都去过。

杜江穿过大马路，走进对面广乐商场右侧的小街内。这是一条较为热闹的小街，小街内多为各种小店，有日杂、百货、烟酒、食杂，还有音像店、游戏厅等，巷内还有一些在晚上摆摊的，卖各种小吃的，还有卖书刊、水果蔬菜的。杜江找到那家他曾去过的过桥米线小店。还好，店内有几个空位，杜江坐在空位上，便有一位女服务员走过问他要吃点什么，是否喝酒，杜江只要了一碗过桥米线。

杜江掏出六元钱交给服务员，服务员写下桌号后走了。

就在这时，一位长得较黑的中等个头男人走进小店，此人大约三十来岁，穿着一件浅灰色半截袖衬衫，他背对着杜江坐在进门处仅有的一个空位处，叫来服务员，也要了一碗米线。但是，那位中等身材的男人回头有意地看了杜江一眼，这让他有些莫名其妙。等了一会，服务员将米线端了上来。坐在门口的中等身材的男人也吃上了米线。

吃过米线，杜江走出了小店，他决定要在这条小街转转，然后就回家。他在一个旧书摊那停下脚步，那里有几本七十年代出版的摄影知识，都是小薄册子。杜江翻了翻，发现此书给初学摄影者用是比较合适的，他已用不上了。他又向前走，那边有一个卖观赏鱼的，五颜六色的热带鱼美丽极了，杜江不觉停住了脚步。就在他欣赏这些美丽的热带鱼时，他无意回头看了一下四周，发现刚才看到的那个中等身材的男子就站他的附近，目光在注

视着他，这叫他有些吃惊。

“这个人是什么人，是有意跟踪，还是也在逛夜市？唉，一定是自己过于忧虑，这是街市，人家不能来逛夜市吗？”杜江自我安慰道。

他又转过身来向来的方向走，但感觉后面像是有人跟踪，他再次回头，发现那个中等身材的男人仍跟在自己的身后，也向这边走来。杜江故意停了一下，那个男人也停下了脚步。此时，夜幕降临了，街灯都亮了。想到昨夜打电话的人，杜江想到这个人会不会就是给自己打电话的人呢？他犹豫了一下，来到一个卖工艺品的小摊，观看摆在那里的各种工艺品，这里人最多了。

“便宜了，便宜了！十元钱、二十元钱、三十元钱，便宜了！”站摊的小贩在叫卖着。

杜江在此停留了一下，他再次回头观察刚才看到的那个中等身材的男子，发现他不见了。

“这个人哪去了？难道是走了。”杜江思虑着，他决定到大马路上乘公共汽车或打出租车回家。于是，他又走回到小街口。然而，就在这时，他发现小街口马路边上站着一个穿浅灰色衬衫的中等身材男人，这正是刚才跟踪他的人。

为了摆脱这个人的跟踪，杜江决定进入附近的广乐商场。

杜江从侧面的门进入了这个大商场，商场的人还真不少。熙熙攘攘的人流，琳琅满目的商品，尤其是商场那种大型空调的凉意，让人们感到特别的凉爽。杜江无心观看这些商品，没有目标地在商场中逛了一大圈。乘电梯直上到五楼，在窗边的一个长椅上休息了一下。坐了一会，他习惯地向四周观看了一下。这一看又让他一惊，他发现在不远处的电梯口，那个中等身材的男人正站在电梯一侧看着他。长椅上还坐着几个顾客，想到有这么多人，这个人就算是昨天给他打电话的人，也不会将他怎么样。他想在此多坐一会，看那个中等身材的人要干什么？杜江在那里坐了大约二十分钟，他再回头寻找那个中等身材的人时，这个人这次又不见了。见此人已走开，杜江决定立即下楼，他要回家。从五楼到一楼，仍然没有再发现那个人。

“但是，此人会不会躲在什么地方暗中观察着我呢？”杜江还是有些疑惑。

走出大商场，杜江向四外看了看，仍然没有发现那个中等身材的男子。他想打车回家，但又想到如果那个人一直在暗中观察，然后悄然地打车跟在后边，那样的话这个人会找到他的家的。天已全部黑下来，杜江决定还是步行回家，反正马路上人仍然很多，只是那条小街人少些，但也有车辆和行人。一旦再发现那个人跟踪，在那条小街内，他凭着对那里的熟悉，一定会有办法甩掉他。

杜江穿过大马路，走入来时的那条小街。小街内虽也有几家商业小店，但比杜江不久前去的商场小街那可安静多了。有些行人，只是偶尔有车辆通过。杜江进入小街内，向前后看了看，并没有发现那个中等身材的男人，看来，他真的不再跟踪杜江了。要是以前，杜江在晚饭后经常在这条小街内散步，有时是全家三口人，然后到大马路对面的广乐商场。路过那个曾没有座位的过桥米线小店时，杜江发现此时店中仍是很多人，但没有满员。走过小店，前面有个人影，由于此处没有灯光，这个人影有些模糊。近了，杜江大吃一惊，这不是在商场小街中跟踪他的穿浅色衬衫的中等身材男子吗？此时，杜江再想躲避已来不及了，这个人已来到他的面前。

“你是杜江先生吧？”中等身材的男人问。

“你是谁？”杜江惊恐地问着，并观察着这个人，尽管小巷中较暗，杜江还是看到这个人衣服的颜色，他穿的是深色裤子，大约三十多岁，不胖不瘦，只是目光有些凶，其他并没有什么明显特征，不，左额上好像有指甲盖那么大的疤痕。

“不要多问，不过你不要害怕。来，来，跟我走。我有一件重大事情告诉你。”来者说。

“不，你在这里向我说不是一样吗？”

“不，这里不是说话的地方。”

杜江虽然警觉，但想到这个人不会对自己怎么样，也许他真有什么大事要告诉我，或许是个好人。杜江不觉地跟在他后边向前走去。附近有一个小巷，到了小巷口，那人停住了脚步。杜江发现此小巷内虽都是住户，里边很黑暗，只有各家住房窗口透过的暗淡灯光，有的被院墙挡着一片漆黑。小巷中没有一个行人，不觉有些惊恐。

“杜江，我问我，你在月光湖拍照的底片在哪儿？如果你乖乖交出来，我可以给你两万，你看如何？”那人低声说着。杜江现在才听出，这个人就是曾给他打过电话的人。

“你就是给我打电话的人？但我告诉你，前天我真的没有拍到什么，照相机跑卷了，我不骗你。凡用机械相机照相的人偶尔都会遇到这样的问题。”杜江边说着边向后退着，伺机逃跑。

“笑话，我说过，这种小把戏连小孩子都不会相信。我劝你还是将底片卖给我们。”

“我真的什么都没拍到，你要是要空胶卷，我可以给你，你要有用吗？”

“我花两万元买你一个小底片，这还不值吗？你真的将胶卷交给警方，你也什么都得不到。我劝你还是识时务者为俊杰，否则，我是先礼后兵了。”

“后兵？”

“你想想，我说过。我要杀了你，还要去上海杀了你的妻子女儿，到时你要后悔的。”

“我真的没有拍到什么，更不会将你认为拍到的东西交给警方，否则警方要是根据照片上的东西调查，你也会知道了。”

“杜江，你很聪明，但还是骗不了我们，还是将胶卷交给我。不然我对你不客气了。”这个人凶恶地叫着。

“那随你的便吧！”杜江自己也说不清，他此时哪来的胆量，并没有惧怕这名男子的恫吓。

“看来，我只有动真格的了！”来者发怒了。

“那你要把我怎么样？”此时，杜江仍没有害怕。

“怎么样？我现在就宰了你！”说着，那个人从背后拔出一把寒光闪闪的匕首，对着杜江便刺，杜江早有防备，敏捷地躲过他的刀锋，转身便向小街中奔跑，并叫着：“杀人了，杀人了！”但那个中等身材的男子仍在后面穷追不舍。

小街中虽有行人，但不知是否能听到他的喊声。而那个人就持刀在身后追，杜江快速地奔跑着。他不知为什么会向他家的方向跑去，出了小街，便上了非常僻静的香荷路，路两边是高耸而阴森的树林，平时都很少有行人和车辆，到了晚上几乎见不到人影了，就是杜江叫喊也无用。眼前那个中等身材的人眼看着就要追上他，他慌不择路地跳过路沟，穿过树林，直奔向公园后边的院墙，来到墙边他一只手搭在墙头，一个上蹿，敏捷地翻过墙头。

这一遭叫那个中等身材的人没有提防，他也来到墙边，费了挺大劲才跳过墙。这是小城的香荷公园，因在夏天公园的湖中满是荷花而得名。杜

江对这里的情况是非常熟悉的，他跳过墙后，穿过墙边的那片树林，又是向左拐，那里有一座假山，他可以绕过假山，再向东走，跳过东墙，那里是一个居民小区，离他的家很近了。但他不能一直向前跑，因那里是一片湖水，是没有退路的。

追来的男子也跳过墙，他对这里的情况一点也不了解，满目是茂密的树木，已见不到杜江的身影，他只好凭听觉，似乎感到有人在向前奔跑，他也一直向前跑，但渐渐地又感觉到他听到的声音远了。他不知杜江能跑到哪去，他跑出树林，停下脚步，辨别了一下方向，前面是草坪、凉亭，他四处寻觅，此时，再也听不到杜江的声音了。他向前走了一段路，那是一片荷花飘香的香荷之湖。这个人在四周找了找，见不到一个人影，他有些扫兴，便去寻找走出这个公园的路。

再说杜江从东边墙跳出公园的院墙，穿过附近那个居民小区，向左又拐了一下，便进入他居住的小区院门。此时，庭院门口的保安正坐在大门边的椅子上乘凉，见杜江回来了打了个招呼。这下杜江一直紧张的神经才有些松懈下来。他上了楼，打开房门，打亮灯，便一头扎进沙发里。他仍觉得惊恐，又感觉太累了。

“给公安局打电话报警！”杜江自言自语着，但手摸到茶几上的电话，他又放手了。因那个要杀他的人说过，如果将底片交给警方，他不但要杀杜江本人，还要到上海去杀他的妻子和女儿。自己死了是小事，不能因此连累妻子和女儿呀！他提心吊胆，不知所措。

就在这时，茶几上的电话响了，他接过电话，原来还是那个杀手打来的：“杜江，今天便宜了你，不过，躲得过初一躲不过十五。如果你能很好地和我合作，我不但不杀你，还会和你交朋友。如果你敢报警或将底片交给警方，我决定先到上海去杀了你的妻子和女儿，让你先听到她们死亡的噩耗。”

杜江很愤怒:“你为什么要这样残忍，连女人也不放过，你是畜生！禽兽！”

对方听了杜江的叫骂，没有发怒，反而笑了：“哈哈！你骂得好，我就是畜生和禽兽。我是一名杀手，是不会有人性的。你如果不按我说的办，你会明白后果的。我再和你说一遍，只要你不将底片交给警方，你也可以提条件，你看怎样？我再给你一至两天的时间考虑，不过我的耐心是有限的。”对方放下了电话。

想到这个人打来的电话，杜江决定先将底片藏几天再说，现在既不能将底片交给杀手，也不能将底片交给警方，只有看下一步的发展了。

家中被盗

这夜，杜江几乎难以入睡，眼前一直闪动着那个杀手的模样。即使倒在床上闭上眼睛，但梦中还是出现有人在追他的情景。

天亮了，杜江非常疲倦地起床洗漱后，便又和昨天一样冲了一碗奶粉，吃点蛋糕，便决定上班去。他想着昨夜那个杀手是否还会出现，但又想到上班路上他一路都在车中，即使遇到那个杀手也不能将他怎么样。于是，他还是背着他那个装着照相机和三角架的背兜，走出房间，锁好房门，下了楼。来到车库，开出他的白色轿车，走出了楼院。今天的保安是小刘，在向他打招呼。

轿车出了楼院，不一会便来到香荷路，路两边高耸的树林，让他想到昨夜的惊恐，右边树林后的那段墙内就是香荷公园，昨夜他就是在香荷公园内脱险的。车行驶着，已过了昨夜跳入公园内的那段路，他习惯地看了看倒车镜，不觉有些吃惊，他发现有一辆红色轿车在跟踪他，他发现这辆红色轿车有些眼熟，他敢认定这就是在大青山发现的那辆停在山路边上的轿车，杜江从倒车镜中看到这辆车的车牌，发现此车的车牌号是54236。车里一定是给他打电话的人。

他有些紧张，怕遭到不测，他加快了车速。但那辆红色轿车在他后边也紧紧尾随着，速度也很快，眼看就要追上他的车了。他驶进了小街，那辆车也驶进了小街。出了小街上了大马路，他向西行，而那辆车也跟上了他。前面路口有交警，杜江不得不减下车速，从倒车镜中向后看，那辆红色轿车也减了速仍跟在他的车后。穿过这个路口，杜江仍在加速，前面是十字路口，黄灯已亮，杜江冲了过去。紧接着是红灯，还好，从倒车镜中向后看，红色轿车被红灯截在路口。从车的前面看，此车中好像有两个人，但他看不清这两个人的模样，也许其中就有昨夜追杀他的人。为了摆脱红色轿车的跟踪，杜江干脆下了大马路，将车驶进一条小街内，决定绕道到单位。路上，他不时看看倒车镜，再也看不到那辆红车了，他松了一口气。二十分钟后，他将车开进了环保局后院。

杜江将车停在环保局后院，便从办公楼的后门上了三楼。此时，三楼仅有的两个办公室来了人，走廊中很静。打开房间门锁，杜江走进自己的办公室，将随手带的背包放在办公桌一端，他的心还在紧张地跳着。稳定一会，他便像以往一样，回到办公室泡上一杯绿茶，他要尽量忘掉这两天的事。但是，他还没有将茶喝到嘴，桌上的电话响了。

“一定是那个要底片的人！”尽管电话一直响着，杜江并不想去接。

电话响了一阵停了，但隔了几分钟又响了起来，杜江想了想还是接过电话，原来是环保局长魏向东打来的。

“小杜呀，到我的办公室来一趟。”

魏向东的办公桌在二楼的最南端，杜江下了三楼，便来到二楼局长办

公室。敲门走进去，他发现局长室内的沙发上坐着一男一女两名年轻的警察。

魏局长对两名警察说：“这位就是杜江同志。”转身又对杜江说，“这两位是刑警大队的江涛、白雪警官，找你了解些情况。”

杜江明白两位警察的来意，望着他们，苦笑一下：“我没有做违法的事，不知二位找我有什么事？”

“你不要紧张，请坐下。”江涛说。

“小江、小白同志，我回避一下，你们谈吧。小杜，给二位客人泡杯茶！”魏局长说着走出办公室。

杜江要为二位警官泡茶，江涛说：“不必了，我们不渴，还是坐下谈吧！”

“不知你们要问何事？”杜江试探着问。

“杜江同志，我们正在调查红风公司总经理马原失踪案。经过我们调查，上周六在大青山月光湖边发现了马原的尸体，经现场勘查认定他是被谋杀的。此现场是一个移尸抛尸现场。山林管理人员发现在有人向月光湖抛尸的当天上午，即两天前的星期六，你开着你的白色桑塔纳轿车去了大青山，并在月光湖附近出现过。这起案件我们现在还不能说与你有关，但你有重大嫌疑，或者说你也许知情。请你将星期六你所知道和看见的情况如实地向我们说明。”

“什么，我有杀人的嫌疑？我是去了大青山，但我什么也没看见呀！”杜江感到有些委屈。

“那我们问你，你去大青山干什么？”江涛问。

“我是一名摄影爱好者，也是省摄影协会的会员，到那是为了拍作品去了。”杜江说。

“这也许是事实。因在找你之前，可以说我们对你已做了一番调查，你们局领导对你的评价很好，说你多年工作一直是很努力的，事业心很强，又很有才华，并在摄影上创作出很多好的作品，曾获过各级的大奖。但在有人向月光湖抛尸时，你也许正在湖的附近，从我们的调查中看，你与马原是认识的，但不至成为杀害他的参与者。我们希望你将星期六看到和听到的情况如实地反映给我们，这也是配合和支持我们的工作。”江涛仍在对杜江做工作。

杜江在思考，但一想到昨夜遭到的追杀和接到的恐吓电话，他就不敢说出所看到的情况了。好久，他说道：“警官同志，我是去了大青山，拍了几张山中的风景照，可正要继续拍下去时，天却下起雨来，我见雨不能停，便冒着雨回小城了。在山中，我除了看到山中的风景，没有发现任何人，也没有看到其他景象。”

杜江有很多顾虑，甚至在山路中发现停在路边的红色轿车的事他都不说了。

“你去过月光湖附近吧？”

“我只是爬到最近的一座山中，照些山中风光，本想去拍月光湖，但天下雨了，我只好取消这个计划，根本就没有去月光湖。”

“那好，你能将那天拍照的照片或底片借给我们看看吗？”江涛说。

“警官同志，不怕你笑话，那天我是照了几次。可到家一看，不知怎么的，我的胶卷没装好，原来是卡在齿轮上，胶卷在跑空，胶卷在盒中没有转动，挨了雨浇，还没拍好照，算是白去了一趟大青山。”

“一个摄影高手竟能出现这样的事？”

“警官同志，我那相机是一个老相机，虽说是日本尼康的，但使用几年了，走卷齿轮那天不知怎么会出了毛病。这种现象，别的相机也常出现。有的相机即使是新的，也容易出现滑卷现象。”

“如果真是这样，我们也不难为你了。但愿你在山中什么也没看到。如果你真的看到了，不向我们反映，一是包庇犯罪，二也会给自己带来危

险的。你好好考虑一下。”

杜江思虑一下，仍然说：“两位警官，我说的是实话，真的什么也没看到。”

“但愿你说的是实话。那我再问你，你去大青山的路上遇上什么人或者车没有？”

“进入山区之后，既没有遇到人也没有遇到车。”

“回来的路上呢？”

“也是什么也没有遇到了，当时下雨了，我急着赶路。”

“你从小城去大青山是什么时间，回来又是什么时间？”

“去时是早晨五点多钟，出城路上走了一个小时左右，在山中也就一个多小时吧，回到小城大约十点来钟。”

“路上没遇到车和行人？”

“进入山里没发现车和人。但在出小城和进小城那一段路有些车和人，都是正常行驶的或过路的，我没有注意呀。”

“你路过途中的加油站发现了什么？”

“因只看前面的路，没有注意加油站的情况。”

“你认识马原吧？”

“认识，曾到他们公司拍过照，他们公司的办公室主任郭凯和我是好朋友。”

“这些我们从郭凯那已了解到了。关于马原的死你听到什么或见到什么了？”

“没有，我什么也不知道。真的是这样，真的。”

“既然是这样，我们先问你这些。”江涛站起身来。

“杜江同志，我们的话我想你是听明白了，希望你能认真地考虑一下，想起什么事随时可以找我们。这是我的名片，上面是我和江警官的电话，下面的是我们重案队队长陈汉雄的电话号码，你还可以直接和他通话。”女警官白雪说着从拿的包中找出一张名片递给杜江，她是一位英姿飒爽而又美丽的年轻警官，大约也就在二十六七岁。

“好的。如果没什么事，我可以走了吧？”杜江站起身来。

杜江走出了魏局长的办公室。这一天，杜江整天都在办公室，并没有什么工作外的电话。他想去金太阳彩扩洗印社，但想到早晨被一辆红车跟踪的事，他又有些害怕。等卢森科长回来编个理由，一起去吧。因卢森这天上午在小城政府开一个宣传工作会议，否则他会到杜江的办公室来的，也许会向他要昨天上午在清源化工厂拍的照片。

这天上午，他好像生了病，头脑发胀，浑身无力。中午本应到食堂去吃午饭，他都没有去。抽屉中有一包方便面，这是有一天他加夜班时买多了剩下的，他泡了杯水就算是午餐了。

他刚吃完方便面，宣传科科长卢森走了进来：“小杜，中午怎么没去食堂吃饭？”

“科长，我有些累，不愿意下楼了。这不泡包方便面，不是一样吗？”杜江说。

“是不是病了？”

“没有。”

“昨天上午我看你脸色就不好，要不我陪你到医院检查一下，可别生病呀！否则，你妻子没在家，在我的手下得了病，等我弟妹回来我也不好交代。”

“没事，科长，我真的没事。你忙着吧。”

“你休息一会吧。还有，昨天咱们去清源化工厂拍的照片能不能洗出来？”

“也许洗出来了吧。不过我真的有些晕，科长，下午要是没事，你和

我一起去金太阳取照片吧。”

“行，但这是卖一个搭一个。如果有时间，我还是陪你去医院吧。”

“好，下午再定。”

科长走后，杜江倒在办公室内的床上睡了起来，他睡着了。直到下午两点多钟，卢森叫他，他才醒。

他们一起去了金太阳彩扩洗印社，是杜江开的车。但无论是来和回去，都没有发现任何车跟踪他。卢森要陪他去医院，他说已没什么事了，现在清醒多了。犟不过杜江，卢森只好又和他回到单位，杜江要整理和挑选一下照片，还要写说明。而卢森早已写好一份关于清源化工厂在排污方面取得的好成绩的简报，现在要写一篇报道文章，和照片搭配，他们还可以给报社投稿。

下班时间到了，杜江感到很疲倦地走出办公室，从局办公楼的后门来到后院，发现天下起了雨。他打开停在后院的轿车车门，钻进车内，启动车驶出环保局后院的大门。

马路上的车很多，雨越下越大，天空还有雷声，这是一场雷阵雨。杜江开着车，打开雨刷器，随着众多的车行驶在马路上。现在是下班时间，路上的行车数量再次达到一个高峰。由于下雨，街上的行人很少。杜江的车在宽敞的大马路上行驶了二十几分钟，拐进小街，小街的路上车辆很少，杜江可以加快些速度了。想到早晨有人跟踪的情况，他不免有些担心。

一路上他不时看看倒车镜，并没有发现有人跟踪他。然而，就在他的车开到香荷公园路时，发现路边上停着一辆红色轿车，副驾的车窗开着，他看到一个中年男子正从车窗口看着他，这个人好像昨夜追杀他的那个中等身材的男子。避开是不可能了，他装作没看见，加快速度，一直将车开到他家居住的楼庭院。在驶过这段路时，他发现这辆车并没有跟踪他，难道是自己又看错了，还是多虑了？可那辆车停在路边干什么？

雨越下越大，杜江将车停入车库内，顶着雨跑到楼道内，步履踉跄地上了楼梯。到了家门口，他用钥匙打开房门，但是奇怪的是他记得早晨上班时是将防盗门的中间保险锁上好了的，可现在发现却是开着的，难道是早晨匆忙中忘记了锁中间的门锁？门被打开了，望着室内的一片狼藉，他不觉大吃一惊，家中被盗了。

他顾不上看室内到底丢了什么，最担心的是沙发中的胶卷，还好，沙发已被移动，但胶卷还在里边。室内虽被翻得乱七八糟，但什么也没丢。他想，这一定是跟踪他的人来了，来找他的胶卷，但他们没有找到。他全面检查了一下，发现墙上妻子画的画被碰掉，南卧室被翻得较为严重，但书柜中几件较为值钱的玉雕、墙上一幅张大千真迹山水画却没有被盗走。他没往家中放现金，当然不用担心。

此时，杜江想到，这伙杀人者的手段很高明，白天能开门进来，在夜晚也是一样。因为他们没有找到胶卷，也不会就此善罢甘休，他感到恐惧。他再也不能沉默了，此时必须得到警察的保护。于是，他拿出上午女警官白雪给他的那张名片，惊慌中他拨打了陈汉雄的手机。

实施保护

外面的雨下得仍然很大。

二十分钟后，不但江涛、白雪来了，一个英俊威武的中年警察也来了，他就是被人们誉为小城神探的秋原市公安局刑警大队重案队队长陈汉雄。不过他们穿的都是便衣，顶着雨来到杜江家，衣服都淋上了雨。陈汉雄今年不过三十七八岁，身高一米七八，体态中等。虽说年轻，但已有十多年的刑侦工作经验了，因擅长利用推理侦破疑难案件，一直受人称赞。

陈汉雄和江涛、白雪看了杜江家的布置。又从杜江窗口看了看他所住的楼层与周围建筑的情况。他发现这是一个平素防护很严密的楼院，楼院门口日夜有保安把守，到晚上大门要上锁，只留下一个供人行或摩托车可进来的小便门。

陈汉雄他们仔细地检查了杜江家的房门和门锁，但门上和锁孔没有撬痕。因杜江家是防盗门，只有从门上的钥匙上开锁，看来，进入杜家的不速之客是用钥匙开的杜家的房门。

“你家房门有几把钥匙？”陈汉雄问杜江。

“三把，我和我妻子一人一把，还有一把锁在我们单位的保险柜中。我家的钥匙从来没有丢过，也没有借给过别人，我放在单位保险柜的钥匙今天一直在柜中，我下班之前还打开过保险柜放东西，见那把钥匙仍然在里边。”杜江说。

“这样看来，是有人用自配的万能钥匙打开你家的门锁了。这个人对开锁有一定的研究。”陈汉雄边思虑着边说。片刻，他又对杜江问道：“楼院门卫的保安对你们这所住宅楼中的人都熟悉吗？”

“这几名保安在这里都一年多了，我想他们就是不知道住户的名字，但也都面熟。”

“如果是生人进入你们这个楼院，门卫的保安会看得出来吗？”陈汉雄问。

“会的。凡是生人来门卫都要登记或给住户打电话。”杜江说。

“你们这个楼院是什么时间设的保安？”陈汉雄问。

“刚建楼时并没有保安，前些年一些住户家几次被盗，就连环保局副局长赵长杰家和环保器材厂厂长刘锋家都被盗窃过。于是三年前，环保局领导借鉴一些新建小区的做法，经全楼所有住户同意，在这个楼院门口安排了保安。开支由各户每年交一百元费用，其他由环保局和环保器材厂想办法解决，因在这幢楼中还有二十几户是环保器材厂的职工和领导。此外，这个楼中还有几户是汇丰公司的职工，是后搬到这里的。”

陈汉雄沉思了一下说：“江涛、白雪，你们二人到门卫那里查一下，然后再对杜江居住的这个楼口中的居民走访调查一下。”

此时，外面的雨似乎小多了，也许再过一会儿雨会停了。

江涛、白雪走后，陈汉雄环视了一下杜江的屋子，两室一厅一厨的住宅，两个卧室在南边和北面各一个，北面还有一个厨房加餐厅，中间是客厅，进门过道处有一个卫生间。平时，他和妻子刘艳霞住在南卧室，女儿杜娟自己住在北卧室。现在室内被翻得一片狼藉，连墙上挂的刘艳霞画的水彩画都被弄掉了，这说明进入到杜江家的贼，至少在杜家翻动过半个小时以上。

“你家都丢失什么贵重的物品了？”陈汉雄问杜江。

“我家没有什么贵重物品，彩电在，冰箱在，没发现丢失物品。”

“家里存放现金了吗？”

“家中没有现金。”

陈汉雄来到南卧室，发现南卧室较大些，除了一张双人床外，靠西侧挨着床头的地方有一张办公桌，还有一个小书柜。书柜中除了摆些摄影和美术、文学书籍外，有几个玉雕，还有几本邮票册，在这个卧室的墙上有一幅张大千的真迹山水画。

“这些物品都比较珍贵，是盗贼不懂这些，还是根本就不是为金钱和贵重物品而来？”陈汉雄直截了当地问杜江。

“我也不知道，按理说凡为财来的盗贼一定会窃取这些物品的，但他没有拿，只是动了动。”

“看来，这个盗贼不一般，像是专门为一种特定物品而来。你家还少了什么东西？”

“没发现。不，厨房好像少了个手提兜，是我妻子常用来买菜用的，现在不见了，但这个贼不至于费这么大的劲就为一个旧手提兜吧？”

陈汉雄在思考，片刻，他对杜江说：“上午我们的江警官和白警官已找过你。经我们调查在月光湖抛尸的当天上午，你的车出现在月光湖的附近，我们知道你是名摄影爱好者，也许你在那天看见或听到了什么，也许你拍到了什么，今天你家被盗我认为就是那伙杀人者所为，他们的目的就是在你家找什么东西，我想就是你那天拍照的胶卷。你现在面临着很大的危险，如果你真的有那天的胶卷，最好是交给我们，只有我们才能保护你的安全。”陈汉雄严肃地对杜江说。

杜江还是有疑惑，他想到那伙杀人者的电话，还有那个追杀他的人的凶残，心里非常的害怕。他现在仍然不知所措，一直在犹豫。尽管这样，他暂时还是不想将这个胶卷交给警方。

“陈队长，我知道你们在关心我，但我那天胶卷没装好真的没有照到东西。你看我的相机，原先装的就是那天的胶卷，没有走道。星期一那天我和我们科的卢科长去清源化工厂拍照，用了这个胶卷，我已冲出来，是卢科长和我一起去取的照片，前面真的什么也没照上，胶卷跑空，后来发现胶卷齿轮孔有两个破了，怪不得跑空。”杜江从背包中拿出他的照相机。

陈汉雄没有言语，站在南卧室向窗外望去，从这里的窗口可以看到楼下一侧的车库。

“那里是车库？”

“是的。”

“你的车夜里就在那吗？”

“是的。”

“西边是楼院的门卫，但南边的铁栏杆墙仍然可以跳进人来。撬你家门的人可以从那个墙进来。但大白天从这里跳进楼院中，一是容易引人注意，二是逃不出门卫保安人员的眼睛的。我看，来者从铁栏杆上跳过来的可能性很小。这样看来，撬你家门的人有可能是化妆或以什么名义从大门进来的。”陈汉雄在分析。

“陈队长说得对。我们还没有发现什么白天跳铁栏杆的，即使在晚上也没有发现有人跳进来。因晚上各家各户都有人住，就是有人跳进来又有什么企图呢？”杜江说。

“你今天上班前在这所楼院内外发现什么生人了吗？”

杜江想说出那辆车跟踪他的事，但怕又引出麻烦，他没有说。

“陈队长，没发现什么生人呀。”

“你下班时有发现什么异常情况吗？”

“也没有。”

“今天有你们单位之外的人找过你或给你打过电话吗？”

“没有。上午江警官和白雪找过我，之后我全天都在我的办公室工作，没有外人找我，也没有人打电话找我。”

“你的妻子和女儿呢？”

“上星期四她们去了上海，我妻子是到上海短期培训，大约要两个月才能回来，因为她的姐姐在那里，她将孩子也带走了。幸亏她们没在家，要不家中这种情景定会吓坏她们的。”

“你与邻里关系处理得怎么样？”

“都很好，从没发生过矛盾，有什么事也相互帮忙。”

“这个楼口白天都谁家有人？”

“只有楼上有两家有人，但都是七八十岁的老人，老眼昏花，看不清也听不到什么的。其余家几乎都是双职工，孩子上学或住校，白天是防盗门看家。”

江涛、白雪回来了。据这个楼院的门卫保安说，今天上午有一个七十多岁的老太太走进这个楼院，但这个老太太个子较高些，大约有一米七以上。门卫保安问她找谁，这个老太太说她是杜江的姨母，已来好几天了，今天一早出外溜达去了，这是从外边回来，现在她就住在杜江家，是为杜江家看家的。门卫的保安是早上八点新换的班，对出去的情况不了解，现在人家是回来，也没在意，便让这个老太太进去了。半个多小时后，老太太又出来了，手拎个兜子，说上街买菜，以后就没见回来。

“这事很明白了，这个老太太就是那伙入室者化妆的，为了蒙骗楼院门口的保安，他拿走了杜江家的一个旧手提兜。”陈汉雄说。

“我们对杜江楼下几家住户进行了询问，他们都是双职工，早晨七点多从家出去，晚上五点多才回家，全天家中都没有人，也没发现什么可疑的情况。”江涛说。

“这个入室者很狡猾，还有一定的反侦察能力。他既然有高明的手段打开杜家的房门，就有随时侵入杜江的房内的可能。”陈汉雄说。

“陈队长，那我现在应该怎么办？”杜江面色苍白，看得出来是非常紧张的。

“队长，如果这个盗贼在白天能进入杜江的房间，我认为夜晚这个贼随时都会光顾他的房间的。”白雪说。

“是呀，杜江时刻面临着危险。”江涛说。

陈汉雄沉思片刻，对杜江说：“这样吧，从今夜起让江涛在你家保护你。你们多注意安全就是了。江涛，你看怎样？”

“我看只有这样，听从队长安排。”江涛说。

“这样，也太麻烦你了。”杜江像盼到救星，紧张的心似乎有些安定下来。

这夜，江涛将杜家的窗户在里边都锁好了，一旦有人从窗户进入，就可以听到动静。防盗门在里边挂上了门锁链，即使有人用钥匙在外开房门，也进入不了室内。因杜江家的客厅有空调，杜江和江涛索性在地板上铺了

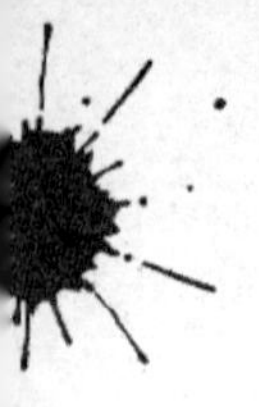

个海绵垫子，两人闲聊一会，又看了会电视，便倒在地板上睡觉。

一夜过去了，杜江家并没有什么危险。在这夜中，陈汉雄也暗中派人对杜江住的这所楼外围进行保护，没有发现什么异常现象或可疑人员。

第二天，杜江照常开着他的车上班，江涛也开着一辆黑色地方牌照的捷达车在暗中跟着他对他进行保护，但在这天杜江没有看到昨天跟踪他的那辆红色轿车和曾追杀过他的人，江涛也没有发现异常情况。晚上下班，江涛一直跟着杜江来到他家，对他进行安慰后，回到了刑警大队。

傍晚，江涛和陈汉雄在刑警大队会了面，白雪也在场。江涛向陈汉雄汇报了一天保护杜江的情况。

“队长，妄图要对杜江下黑手的人，是否发现我们在暗中保护着杜江？”江涛说。

“有这种可能。”陈汉雄说。

“但是我认为，这伙人没有达到目的，他们还会对杜江下手的。这个杜江，为什么不开窍，他一定隐藏着什么重大秘密，人家都要对他下手了，他还不相信我们，不向我们讲实话。”白雪气愤地说。

“大家别急，杜江有太多牵挂，一时难以改变这种顾虑。我坚信，那个胶卷一定还在杜江手上，这样看来，那个盗贼一定还会光顾他的家或找他本人的，并用不了多长时间，也许要狗急跳墙，那就是杀人。他们认为，只要杜江不将胶卷交给警方，他们就不会暴露。”

“那我们怎么办？”江涛问。

“我们还要全力保护杜江的安全，那边我正组织力量对马原案件展开更广泛的调查，这样，那伙杀人者一定会挺不住劲，很快就会跳出来。江涛这几天的任务，还是全面保护杜江的安全，不放过一个疑点和可疑人物。就是在杜江家也要加强防范。夜里对于杜江家的外围，我们的头儿还会给我们派过来几名警力。”

这夜，江涛继续住在杜江家中。

然而，就在这天深夜，红风公司的会计姜永泉却被人杀死在他家附近的东明巷路中。从现场看，他胸部被扎多刀，浑身是血地倒在小巷中，死状很惨，初步认定是一起拦路抢劫案。无奈，陈汉雄只好撤回埋伏在杜江住宅楼外围的几名刑警，去调查这起案件，但江涛仍然留在杜江的家中。

深夜劫案

姜永泉，今年五十二岁，原是小城东风商场会计。当年在组建红风公司时，身为红风公司总经理的马原特意与商业局有关领导协商，将姜永泉从商场调来，因马原原在东风商场当过经理，对姜永泉是了解的。虽说姜永泉年龄不算年轻，但从事会计工作多年，曾是“文革”前的最后一届老高中毕业生，如果不是赶上那个年代，也许能考上一个重点大学。时光如流水，一年年过去，姜永泉曾下过乡，当过知青，一九七九年回城后便被分配到东风商场当营业员，后来当了会计。那年小城商业局办了会计师培训班，经过考试，获得了会计师证。他人很精明，的确是算账理财的好手。红风公司从工资和待遇上要比东风商场高很多，姜永泉当然乐而为之。一晃十多年过去了，姜永泉已成为公司的元老了。

姜永泉被害的地点距他家仅两百多米，那是一条通往他家的巷道，叫东明巷路。巷道口南边的进处是一条大马路，叫南宁路，巷口两侧全是商业门店，沿巷道向里走，先是商业门店的后边，是北京平式的库房，再向里是几栋居民住宅楼的东西楼房山墙，每一栋楼房在北面都有一个很大的院落。姜永泉家住在巷道东侧的第五所居民住宅楼内。这里因为是老楼区，每个楼院都没有保安，一到夜里，这里是非常安静的。在这里发生杀人抢劫的案件，还是第一次。这条巷路一直通向北边，大约有七八百米，连接又一条横穿的大马路，叫北宁路。白天，这条道路上多有行人和车辆，但到深夜车和行人就很少了。

从现场看，姜永泉是深夜晚归时走在巷路中被人用尖刀刺死的，现场有明显的搏斗痕迹。从流血滴落的痕迹上看就可看出，一定是他正在行走时，被迎面或尾随的人喝令他交出钱财，他不同意，便遭到作案人凶残的刺杀，他胸部被刺五刀，腕上有带表的痕迹，但现场没有发现手表，有可能是被人抢走了，在姜永泉的身边还有一串钥匙，看来是姜永泉裤兜中掉出来或是被抢劫者掏出来扔在地上的。衣兜也有被翻动的痕迹，裤子左边的边兜里层向外翻着。但在裤子后兜中有一个兜没有被翻动，兜扣还系着，里边有几百元现金。作案人在抢劫杀人后，可能没有翻动完被害人的衣兜而发现巷道内又来人或有车只好逃走了，至于作案人是几人，因现场是干燥的油漆路，难以留下痕迹。是否有交通工具，从现场痕迹上看，没有明显车辙印，难以下结论。

陈汉雄接到刑警值班室电话时，是近午夜十二点，他和重案队的罗玉辉、高岩迅速赶到现场，副局长兼刑警大队长刘天林，还有重案队的白雪、法医技术员已到了现场。是一位过路司机发现路上倒着一个人，而且胸部在流血，便向刑警大队报了案。待刘天林到时，附近的住户已有人出来围观，刘天林一面组织人员勘查现场，一面向围观的几个人了解情况，有人认出死者是红风公司会计，叫姜永泉，这样尸源当即明了。

“刘局长，我们到了。”陈汉雄对正在现场的刘天林说。

“汉雄呀，我已通知管区的派出所，杨所长他们马上就到，让他们也出几名民警同你们重案队的人围绕现场进行走访。据这几位围观人证实，死者叫姜永泉，是红风公司的会计，红风公司的人也快到了。”刘天林说，刘天林已快五十岁的人了，中等个头，方脸，浓眉毛，稍有些络腮胡须，说话如洪钟一样。他在刑警干了二十多年，是一位工作经验丰富而又有正义感的老刑警。

“又是红风公司？”陈汉雄心头一震。

“是的，红风公司。这个被害人家就在北面东侧的住宅楼，此现场距他家不过两百米。”

“他家人知道吗？”

“我们刚得到消息，还没有与他家人联系。”

陈汉雄看着倒在路边的男子，年龄在五十左右，方脸，只见他上身穿棕色夹克，下身穿蓝裤子，脚穿黑皮鞋，身高大约在一米七五左右。胸部有几处刀伤，法医正在检查伤口，技术员小赵在拍照。

“发现什么线索了吗？”陈汉雄问刘天林。

“还没有。不过，外围工作我已让刑警大队其他几名侦察员会同交警队和火车站出城的主要路口设卡盘查。”

正说着，南巷口又有警车停在那里，从车上下来几名民警，是杨所长他们来了。

刘天林让派出所民警与重案队的人围绕现场调查。陈汉雄当即让罗玉辉和高岩会同派出所的几位民警分成两组围绕现场四周展开调查。不过因为是深夜，他们重点是以街面亮灯的商家和巷内亮灯的居民家为主。如果是熄灯的人家，绝不再打扰他们了。

又有一辆黑色轿车停在南巷口，是丰田轿车，从车上下来两个人，是红风公司的副总经理周万才，还有办公室主任郭凯。原来马原被害后，因公司只有两个副总经理，副总经理蒋俊理又回山东照看病危的父亲，现在公司只有周万才一个副总经理，小城经贸委决定让周万才暂时主持公司工作。那天经贸委主任于大光会同刘天林从月光湖现场回来后，当晚便亲自到红风公司召开公司中层领导会议，宣布此决定。

周万才等人来到现场，见到了刘天林和陈汉雄。

“刘局长，陈队长，想不到我们公司的人又出事了，这是怎么的了。”周万才见到刘天林和陈汉雄悲伤地说，他与刘天林、陈汉雄早已熟悉，是通过侦查马原的案件熟悉的。周万才是位身体敦实的中年人，但很潇洒。

“周总，你看看死者是否是姜永泉？”刘天林让他们先辨认尸体。

周万才和郭凯来到尸体旁边看了看。

“是姜永泉，是他。他的妻子知道此事吗？”周万才问。

“我们还没有通知他的家人，现在你们和我们的陈队长，白警官、杨所长去他家，说明情况，进行安慰。我一会也过去。”

凌晨一点，陈汉雄和白雪、杨所长会同周万才、郭凯来到了姜永泉的家。姜永泉的妻子叫于华，去年刚刚退休，原是宏图木业公司职员。她还不知丈夫此时已离开人世，就躺在距家两百米的巷路中。陈汉雄并没有直接将姜永泉被害的不幸消息告诉她。于华早已入睡，是周万才按门铃叫醒的，她还以为丈夫回来了，埋怨有钥匙为什么不自己开门，一见周万才和郭凯，还有管区派出所的所长和两个陌生人深夜叫门，担心是不是丈夫出了什么事，或是在他弟弟家打麻将犯赌了。她将周万才等人让到室内。

“大嫂，这位是咱小城刑警大队重案队的陈队长，这位是白警官，杨所长你熟悉了。你不要担心，陈队长问你什么你就说什么，我们下半夜到你家打扰你也是万不得已。”周万才对于华说。

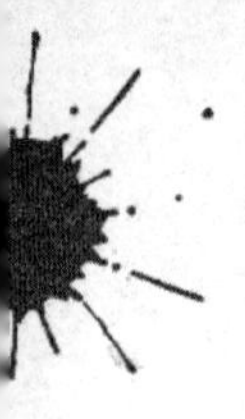

于是陈汉雄先问了她丈夫昨晚的有关情况。

据于华说，昨天下午姜永泉在公司用手机给她打电话，说他晚上下班后到他弟弟姜永海家，因弟弟给他打了电话，让他去一趟他家，并还姜永泉三千元钱。姜永泉给于华打电话说他在弟弟家吃完饭再回家，也许要晚一些，不要等他了。如果晚了让于华先睡，反正他有钥匙能打开房门。晚上八点半，他给姜永泉打电话，姜永泉说刚在弟弟家喝完酒，本是想回来，弟妹的弟弟冯小野也在那里，大家闲聊了一会儿，待了一会才回家。于华自己在家中看电视到晚上十点多感到有些困了，便倒在床上睡下，按习惯她每天也是十点前和丈夫都睡下了。

“你说他弟弟还他三千块钱是怎么回事？”陈汉雄问。

“春季时，姜永海得了急性胸膜炎，去医院时家中没有那么多钱，我们给拿出了三千块钱住的院，治了一个多月才好，花了一万多元。医疗保险给报了百分之七十，前一段时间我们去他家，弟妹说医疗保险报回来把那三千块钱给我们。”

“姜永海住在哪里，他在哪工作？”

“他家离我家并不远，出了我家楼院西这条巷路向南，穿过大马路再向西走一公里，悦丰酒楼西的小巷向里走二百米，也就是悦丰酒楼后的第二栋住宅楼，我小叔子在西二楼口东三楼。他在小城通粮贸公司当仓储科科长。”

“你丈夫平时随身携带什么物品？”

“他经常夹个黑色公文包，里边有手机和票据什么的。怎么，都下半夜了，我丈夫没有回家，你们来问我丈夫，是不是我丈夫出什么事了？你们告诉我。”于华望着陈汉雄和周万才他们非常着急。

“你丈夫戴手表吗？”

"戴。"

"什么牌子的？"

"是一块老手表，上海牌。他带了十来年了，有感情，说走得准，舍不得换新的。"

"你家现在几口人，都有谁？"尽管于华急于得知丈夫的情况，陈汉雄并不能马上告诉她，首先要将有关情况了解清楚，然后让于华有个思想准备再告别诉她。

"我家现在就老两口，一个儿子去年大学毕业，分配到锦州了。"

"近来发现什么异常现象没有？"

"没有。"

"有人找过姜永泉吗？"

"没有。他每天正常上班下班。因公司这段生产任务重，双休日公司也不休息。"

"你们家或姜永泉与人有过债务纠纷吗？"

"没有。"

白雪在一边记录着陈汉雄和于华的问话。

"周总，你可以告诉大嫂了。"陈汉雄说。

"大嫂，我告诉你一件事，你一定要挺住，要节哀呀。姜会计在不久前回家的路上被人抢劫杀害了，刑警们正在勘查现场。"周万才说。

"啊,这是真的吗？他在哪？我去看看。"于华如听晴天霹雳,先是一惊，然后木然地说。

"不，他离这很远，你不要去。在小城你都有哪些亲属，告诉我，我让郭主任打电话到你家来，先让姜永海他们来吧。他家电话号码是多少？"周万才说。

“不，让我去看看吧！”于华起身要向外去，白雪将她按住。

“大婶，你不能去，不要过于悲伤。一会让你亲属来我们再商量吧。”白雪在劝说着。

“唉，我们老姜平时老实巴交的，怎么会这样，怎么会这样呀，呜呜……小郭，你往回翻我家的电话最后那个号码就是我小叔子家的。呜呜……我的老姜呀。”于华坐在客厅的沙发上拍着大腿痛哭起来。

“大婶，让我先照顾你，你将我当亲女儿，有我们在，你一定要挺住呀。”看来白雪已多次经过这样的事，先稳定被害人家属的心，获得她的信任，下一步工作就好做了。是呀，夫妻生活了一辈子了，突然一方离去，这种精神打击放在谁身上也受不了的。人生最珍贵的是生命，却永远消失了。

“我的老伴呀，你去了，让我怎么活呀。”于华在哭着。

“大嫂，你节哀吧，人死不能复生，你可要注意身体呀，当务之急是先配合我们将案件破了，找到杀害你丈夫的凶手。”杨所长在劝于华。

“杨所长呀，我的命怎么这么苦呀，孩子刚刚毕业上班，还没有成婚，他爸就没了。陈队长、杨所长，你们一定要为我申冤呀，为我做主呀。”于华哭着说。

按陈汉雄的安排，郭凯在客厅的电话记录中，翻到昨晚八点半于华打给姜永海家的电话，进行回拨，好半天姜永海才接电话，看来他睡得正香。得知哥哥出了事，他呆了片刻，然后说，想不到呀，他怎么会出事呢？他说了马上和家人一起来哥哥家。

对门的邻居来了，是一对五十多岁的老夫妇。得知此事，很是惊讶，他们也在劝于华。

很快，姜永海两口子及他们的儿子姜旺、姜永海的内弟冯小野都来了。

他们都住在悦丰酒楼附近，路上他们已看过现场。得知是姜永泉的弟弟姜永海，那里一个岁数大的警察问了他一些情况，然后让他们先到姜永泉家。

得知姜永泉不幸被害的消息，他们都哭了。杨所长和周万才认识姜永海，劝说着。白雪也在劝着他们。借此机会，陈汉雄要与姜永海谈话。

据姜永海说，昨夜姜永泉在他家喝完酒快八点半了。姜永泉到他家后，他又给住在附近的内弟冯小野打电话，在此陪大哥喝几盅酒。说是喝酒，姜永泉也就喝了一两白酒，冯小野喝了半斤多，姜永海因胸膜炎刚好，滴酒不沾。喝完酒，姜的妻子冯素燕为他们每人泡一碗红茶，他们在客厅中喝着茶闲唠着，从姜永海的病谈到姜永海刚刚大学毕业被分配到小城统计局当统计员的儿子姜旺，谈到姜永泉在锦州工作的儿子姜兴。也谈了几句红风公司马原的案件，姜永泉不愿谈此事，他们又谈到这几年小城的变化，马路宽了，楼高了，工业也多了，人们的经济收入也提高了。

不知不觉，一看时间还差十分钟到夜里十一点了。姜永泉起身回家，并拿着他随身携带的黑色公文包，内有一部手机，还有那三千元钱。至于公文包中还有什么，他们不知道。姜永海家距姜永泉家不过两公里多一点，步行也就二十来分钟，出了小巷就是大马路，无论什么时候都有车辆通过，那条巷路就是下半夜有时也有车辆或行人，多年来从没有发生过什么抢劫杀人之事。没曾想，姜永泉走到家门口还会遭人抢劫。

为了处理后事，周万才和郭凯会同姜永海下楼去了现场，现场已经勘查完毕，殡仪馆的车已等在那里，他们决定先将姜永泉的遗体送到殡仪馆。

随后，刘天林也来到姜家，得知姜永泉的有关情况，姜永泉有一个装有手机、三千块钱及单据等的黑色公文包被抢。手机为黑色，西门子牌，去年购买的，花了两千多元，陈汉雄试探着打了姜永泉的手机，结果电话

已关机。出去走访的两组都有回音，但还没有发现线索。刘天林决定让红风公司的人和姜家的亲属留在姜家，让走访的民警们继续走访，陈汉雄、白雪、杨所长先回刑警大队。

外围调查和堵卡的民警都没有发现可疑人员。在刘天林的办公室，刘天林会同陈汉雄、白雪、杨所长对这起案件进行了分析。从现场看，这是一起典型的抢劫杀人案件，但真的是一起偶然发生的抢劫杀人案件吗？从近期红风公司马原被害案上看，姜的死会不会与马原案件有关系，会不会是有人近日一直在跟踪姜永泉伺机杀人？如果此案与马原案件有关系，杀人的目的是什么，是什么人作案？是本地人作案，还是外地流窜人员所为呢？从现场的微弱痕迹看，作案人很可能是一个人，如果是抢劫杀人，一是跟踪，二是偶遇，作案后从这个小巷的两头逃走了，但最大的可能是从北边的巷口逃走的。如果此案与马原案件有关，那就复杂了。现在看来，没有发现姜永泉与什么人结仇，报复杀人还不能确定。

已到凌晨三点，在外调查的那两组又相继回信，仍是没有查到任何线索。可也是，凌晨里家家都在睡觉，马路都很少有车了，找谁去了解情况。刘天林决定让参加办案的民警先抽时间睡一会，到天亮后或吃过早饭后，再对此案展开全面调查。办案人员分成多组，一组是陈汉雄带领白雪再去红风公司了解情况，一组是罗玉辉及杨所长和派出所的民警围绕案发现场展开深入调查，还有一组从赃物上控制查找，这组让高岩会同派出所民警工作。此案是以重案队为主侦，如果人手不够由刘天林随时调配警力。针对马原案件和姜永泉案件，刘天林决定向局长汇报后开一个派出所所长会议或全体民警大会，要广泛发动群众来破案，必要时采取科技手段，另外根据近期案件情况，加强防范工作。

“汉雄，这几天你根本没有休息，你回办公室也休息几个小时吧，杨所长，你也回去吧。明天一早按分工抓紧时间工作。”刘天林对陈汉雄和杨所长说。

“好吧，你也休息，我们回去。”陈汉雄答应着。

杨所长也走了，而陈汉雄一直在想着这起抢劫案，被抢对象为什么偏是红风公司的人，是巧合还是其中有人故意在制造事端，其目的是什么？他给江涛打电话，得知他们仍在排查中，但没有任何线索。因这一带当时还没有安路边摄像头，没有什么镜头可取。也真是过于劳累，陈汉雄坐在沙发上不知不觉地睡着了，自月光湖发现马原的尸体后，他根本就没睡几个小时觉。

天亮了，陈汉雄从沙发上醒了，他想到的第一件事，就是先与周万才联系，而此时，周万才一直在配合现场调查的民警工作，天亮时回趟家刚刚倒在床上休息。陈汉雄让他先休息一会，八点钟他就回公司。

这时，郭凯还在姜家，姜永泉的后事周万才让他帮忙处理。

天亮后，江涛也回到了刑警大队，向陈汉雄汇报了走访情况，仍是没有任何线索。他们匆忙吃过早饭，按照分工，高岩小组立即到小城各手机收购点、旧物商店、钟表修理部等场所进行调查。陈汉雄还给江涛打了电话，得知杜江家这夜平安，并没有发现任何异常情况，他简要地将姜永泉的案件通报给江涛，江涛请求参加姜永泉案件的侦破，陈汉雄让他仍然留在杜江身边，并加强防范工作。

早晨八点前，由陈汉雄驾驶着警车和白雪来到红风公司。

红风公司在城南路边一个很大的院落中，院中正南有一所红楼，共六层。这幢楼西侧一至三楼是仓储库房，另一侧是办公楼。到了四楼是办公室及总经理和副总经理办公室，五楼是各业务科室，六楼是会议室。院中的北

边是生产车间。为调查马原的案件，陈汉雄和白雪已光顾这个公司几次了，公司院门口的保安早已认识他们了。得知是来找周万才的，便打开门卫的电子伸缩门放陈汉雄他们的车进院。警车停在红楼东端，因那座楼东端才是办公楼。

周万才的办公室在四楼，一上楼梯，第一个房间是办公室，此时，一位大约二十多岁的女子正在收拾桌子。她叫赵丽丽，穿着淡蓝色的衣裙，婀娜的身姿，长得很秀气，是办公室的文秘。见到陈汉雄他们上了楼，她迎过来说："陈队长，周总在他的办公室等你们呢，我带你们过去。"

"赵丽丽来得挺早呀？"陈汉雄来了几次公司，早已认识了赵丽丽。

"陈队长，听说我们的姜会计昨夜被人杀死了，是真的吗？"赵丽丽问。

"是真的，我们就是为这事来的。"陈汉雄说。

"陈队长，我们这个公司是怎么了？"赵丽丽叹了口气说。

说着他们来到西侧第二个办公室，这是周万才的办公室。东侧挨着办公室的是总经理室，西侧第一个办公室是蒋俊理的办公室。

周万才的办公室很宽敞，不过没有什么特别，和一般经理办公室一样，一张老板桌，一个转椅，一个书柜，两套沙发，里边有个小间是卧室，里边有床和电视。

"陈队长，你们也太辛苦了，昨夜都没休息多久吧？这么早又来我们公司了。"周万才迎了过来。

"你不是也一样嘛？"陈汉雄说。

"陈队长，你们请坐吧。丽丽，给陈队长他们泡杯茶吧。"周万才叫赵丽丽泡茶。

陈汉雄他们坐在沙发上，赵丽丽给陈汉雄和白雪各泡杯茶然后走了出去。

“周总，昨夜来不及了解姜会计在公司的有关情况。还是先找你谈谈，然后再给我们找几位熟悉姜会计的人谈谈。那个地区从来没有发生过这样的抢劫案，这个案子让我有些疑惑了。”陈汉雄说。

“是呀，我也没听说过这个地区发生过此类案件，会不会是你们所说的流窜人员所为？”

“是的，我们分析过。现在还没有证据，所以必须全面开展工作。周总，你是公司的老领导了，你说说姜永泉的全部情况吧，特别是与你们公司一些人的关系，是否与人结过怨。”

“好吧，实际上在马总被害后，有些情况我已向你们介绍了，曾经也说过姜永泉。姜永泉是马总从商业部门要来的，公司成立后就一直担任公司的会计，可以说为公司的发展做出了很大的贡献。他平时工作兢兢业业，没有发现过什么问题，与员工的关系处得也很好，没有听说过因什么事与人结怨。要说其他情况，我还真提不出来了，要说什么事与他被害有关，我更提不出任何线索。”

“有些事件不见得非得是大事引起仇视，一些小问题也可能引发矛盾或仇恨，你看姜永泉在生活中或工作中是否有这样的问题？”

周万才思虑着，但还是想不出姜永泉有类似问题。随后，陈汉雄让周万才找了几名科室领导和几名老职工，他们已得知姜永泉被害的消息，对姜永泉的被害既惊讶又感叹，但都没有人提出任何线索。就在这时，陈汉雄的手机响了，是高岩打来的。

陈汉雄接了电话，得知高岩他们在查访中，从城西商场附近一家收旧手机的店里，发现了昨夜姜永泉被抢的手机，他们正在对此事深入调查。

闻听此消息，陈汉雄想到红风公司的调查也只能这样了，便决定到那个收购旧手机的店中去查看。

“白雪，我们去那个手机店。”

二十分钟后，他们到了那个旧手机店，店主叫王文波。据店主说，今早七点半，店刚开门，一个大约三十来岁，身高在一米七二左右的男子来到店中，说他父亲得了急病，治病钱不够，不得已只能先把手机卖了。店主一看是一个较新的西门子黑色手机，便问他要多少钱，他说要五百元，店主说给三百元，他说急用钱，三百就三百吧。店主向他要身份证，记下了此人的名字刘志勇，也记下了身份证号。从身份证上看此人是小城人，今年三十一岁。鉴于人家有合法身份，店主付了钱，这个人道了一声谢便离开了店。这个人走后，店主还在为买到便宜货而高兴。

上午十点钟，江涛来到他们的店进行排查，店主反映了此事。江涛按这个人留下的身份证号码给户政部门打电话查询，得知这个人留下的身份证号码不存在，由此看，这个人的身份证是伪造的。

“这个人长得什么样，穿戴怎样？”陈汉雄问店主。

“他身高一米七二，长方脸型，头发不长不短，不胖不瘦，穿个浅灰色衬衣，棕色裤子，黑皮鞋。说话就是小城口音。”店主说。

“这个人面目有什么明显特征？”

“普通人，没有发现什么特殊的特征。”

白雪详细地记录下了嫌疑人的全部线索。

看来，这个抢劫者还真够胆大的，头天晚上抢劫，第二天一早销赃。真是为了钱吗？

“高岩，你们围绕这个手机和嫌疑人的体貌特征继续调查，也要让技术科提取一下手机上的指纹，看会不会有另一个人的指纹。”望着高岩放到塑料袋中的那部手机，陈汉雄对下步工作进行了安排。同时，他也在思考，此手机店距现场大约七公里，而这个作案人家在哪呢？

从这个旧手机店出来，陈汉雄决定再次去现场周围查访。途中，他决定先到姜永泉昨夜去的他弟弟家那所住宅楼外，他要沿姜永泉昨夜走的路，做一个实验。

他们将警车停在悦丰酒楼旁边的停车场，然后到悦丰酒楼的西侧小巷，向里走了二百米，看到的那所住宅楼院就是姜永泉弟弟所居住的楼院。他们从此向北走，到了大马路，即南宁路，穿过大马路，到对面的人行道，沿人行道向东走，到姜永泉家这个巷路向北走，大约走了二百多米便是昨夜姜永泉被劫杀的现场。陈汉雄看了一下时间，此时用了二十分钟，如果这样看，昨夜姜永泉被害的时间应该是夜里十一点十分左右。他和白雪又向北走，大约走了五百米，又上了一条大马路，叫北宁路，这条马路两侧多为学校、工厂，也有些商家。在这个巷路的对面就有一家饭店，叫迎春饭店。

“白雪，我们到那个饭店去走访一下。”陈汉雄对白雪说。

“队长，我感觉姜永泉这个案子有些蹊跷。昨夜抢劫，今早就急于卖手机，而是用假身份证，这样作案人必然有充分的思想准备，也就是说他为他的一系列犯罪早已做好了各种准备。由此看，绝不是初次作案。”白雪闪动她那双美丽的大眼睛看着陈汉雄。

“是呀，你想得很对。但给我的感觉，这个人就是本地人，绝不是外地流窜人员。但是，此案是否与马原案件有关联，现在还没有证据。”陈汉雄说。

“如果从作案人急于销赃来看，不见得与马原案件有联系。马原案件我总觉得有什么背景，要不杀人就杀人，为什么要将尸体抛到大青山的湖里？就是怕有人认出来尸体，他抛尸的目的也是藏尸。但凶手杀害马原的目的是什么呢？”白雪说。

“是呀，这现在不就是个谜。好了，我们走访完这个店再探讨这些问题。”他们穿过马路的人行道，来到对面饭店门口。

当他们推开店门，发现罗玉辉和派出所杨所长在这里。他们坐在餐桌旁边的椅子上与店老板在交谈，杨所长在记录。

“队长，这家饭店老板反映一件事，我们正在记录。”罗玉辉说。

“是陈队长？我们听说过，你们请坐。”老板是位年轻人，叫赵凤革。

赵凤革反映这样一个情况，他们的店每天上午九点营业到晚上九点钟关门，可昨夜有一伙客人在晚上九点才到，本应不接待他们了，但老板看这伙人又多又肯花钱，便延长了营业时间，直到晚上十点半，这伙人吃好喝好了才离开饭店。上灶的是小城人，十点钟炒完菜便骑摩托车回家了，店中三名服务员都是外地的，全住在店中的二楼宿舍。

因要收拾卫生和结账，老板赵凤革直到晚十一点十分左右才关上店门。可就在他关门回到室内熄灯后，从前边的大玻璃窗内无意中发现对面巷路口里走出一个人，是一个男人，因离得远看不清，但发现这个男人胳膊下夹个公文包，走得很惊慌，在路口可能要截出租车，但此时这一段没有出租车，他沿路向西走去了。当时他也没有多想，因这条路无论是白天或黑夜，经常有行人。从罗玉辉那里得知昨夜这个时候巷路内发现一起抢劫杀人案，他感到那个人就是抢劫杀人的凶手。可惜没有看到他的面目。此人身高大约一米七二左右，不胖不瘦，走路很快。

“这个人夹个公文包？”陈汉雄在问。

“是的，因为尽管离得远些，而且是深夜，但那个巷口的路灯很亮。故虽然看不清人的面孔，但能看个大概。”

“这人穿什么颜色的衣服？”

“像是浅色的衣服，裤子是深色的，看不准，鞋也看不准。”

“他有多大年龄？”

“从他走路的步态上看，也许就三十多岁。”

“他向西走了？”

“是的。”

“就这一个人？”

“是的。”

听完赵凤革的介绍，陈汉雄思虑着。

赵凤革今年三十多岁，凭他的眼力和记忆，都不会错的。从尸检结果看，姜永泉死亡时间是在昨夜十一点左右。赵凤革在夜里十一点十分左右发现从现场方向走过的人，而且带着可能是被害人的物品，看来这个人极大可能就是作案人。作案人没有交通工具，看来他不会驾驶车辆或是会驾驶车辆，由于行动不方便而采用步行。如果是这样，作案人有可能是经常作案的人。姜永泉是在距家仅二百多米的巷口步行回家，照此看，作案人不可能是跟踪而来，而是隐藏在巷内的暗处正伺机在巷口内选择目标作案，偶遇姜永泉，看到他带着手表又夹着公文包，不知公文包中有多少钱，便下了手。

但抢劫即可，为什么要杀人呢？难道与死者认识，还是由于死者反抗的原因，因现场有明显的血迹抖落不规划的痕迹，这说明死者曾与作案人搏斗过。那么作案人是哪的人呢？他胆大妄为，看来是名老手，从步行的情况看，像是本地人，而且家在现场的西边。作案人逃走时走的那条路是北宁路，这条路车辆并不多，到深夜车辆就更少了，是一条较为僻静的路，难怪他在深夜一时等不到出租车。北宁路大约有十公里左右，最西端是拐到另一条大马路上，通向西郊路，而这十公里路的两侧都有巷道。不久前，又查到作案人在城西商场一个旧手机店销赃，此地距现场七公里左右，看

来作案人就居住在销赃地距发案现场中间一带，也许向北靠一些。作案人身高在一米七二左右，体态中等，想到此，陈汉雄决定将走访的重点区域放在以北宁路西端为重点。

但是，直到晚上，除了查到上述两个线索外，再没有发现其他情况。这天下午，由局长亲自主持，刘天林介绍案情，召开了一次各派出所所长会议，根据这起抢劫案件作案人的体貌特征全面进行排查。

然而，陈汉雄感觉到，姜永泉的案件会不会是个烟幕？

陈汉雄对此案进行了分析后说：“我不排除姜永泉的案件是一起单纯的抢劫案的可能，但也不排除此案的另一种可能。这是一种与马原案件有密切关系的案件，也就是说作案人故意施放的一种烟雾。一是凶手要杀的对象本身就有姜永泉，他和马原一样是被凶手列为刺杀名单里的人。为了掩盖马原案的真相和拖延我们侦破马原案的时间，凶手有可能故意在小城内制造一起杀人抢劫案，故意去抛头露面，销赃手机，让公安人员去围绕这起所谓的抢劫案件上做文章，而放弃对马原的案件追查，借此转移公安人员的视线或目标。如果是这样，杜江仍在危险之中，因为杜江手中的证据虽然没有交到我们手中，或没有向我们讲清他所遇到的真实情况，但这一点对凶手一直是个威胁，凶手还会伺机找杜江或对杜江下手。现在保护杜江的任务仍然很艰巨。”

刘天林思索一下说：“陈队长分析得有道理，这起案件也许是件普通的抢劫案，但也不排除与马原案件有关联，因为被害者也是红风公司的人。如果真是这样，这起案件真的要复杂了。杜江那里我们一是要保护好他的安全，另一方面要耐心做他的工作，彻底消除他的顾虑。我想关于姜永泉的案件既要按普通的抢劫案调查，也要扩大思路，如果发现与红风公司有关的线索，一定要进行联系。时间紧迫，我们还要辛苦一段时间，多做些工作，尽早破获这两起案件。汉雄，给江涛打电话，因我们这里警力紧张，现在还派不出其他警力去支援他，或从外围上来保护杜江。只有江涛自己来保护杜江了，让他一定要注意安全。”

随即，陈汉雄再次给江涛打电话，让他继续加强对杜江的保护。

窗外幽灵

这一天，江涛仍然在形影不离地保护着杜江的安全。上下班途中，杜江开着他自己的车走在前面，江涛开着辆黑色捷达版轿车不远不近地跟在后面，仍是没有发现有其他可疑人对他进行跟踪。江涛也将车开到环保局后院，白天几乎都待在杜江的办公室中，一天中也没有发现可疑情况。可他的心中一直挂念着昨夜发生的抢劫案件，尽管这样，他也不能离开杜江。

傍晚，他将杜江送到家中，叫他不能独自外出，等他回来。他要回刑警大队一趟，途中接到陈汉雄电话，让他不能放松对杜江的保护。当江涛来到了刑警大队，陈汉雄他们刚开完案件分析会来到食堂吃饭。在食堂里，江涛打了饭菜坐在陈汉雄身边，边吃饭边询问姜永泉案的案情，陈汉雄说："此案还没有眉目，但也不排除与马原的案件有关的可能性。这边我们正在全力调查，你那边一点也不能放松对杜江的保护，同时，策略性地做些工作，让杜江放下顾虑，对我们讲真话。吃完饭你马上回到杜江家中，晚上他一旦走出住宅，你也要跟着他。夜里还是住在那里，但要提高警惕，注意安全。一有情况，马上通知我。我分析那个入室者绝不会甘心的，甚至还会对杜江下毒手的。明天，你不必回刑警大队食堂来吃饭，早晚不妨就和杜江吃住在一起，中午就近找个小吃部吃点什么或在环保局吃食堂算了。”

吃完晚饭，江涛开车马上回到杜江家。杜江得知小城东明巷路发生一起抢劫杀人案后，看到陈汉雄、江涛他们如此辛苦地奔劳，有些过意不去。他在家中已炒好两个菜，要请江涛喝几盅，江涛说已在刑警食堂吃过了，因有任务，更不能喝酒。这样杜江只好自己吃了饭菜，江涛在客厅看电视了。

天渐渐地暗了下来，夜幕又降临了。

这是江涛住在杜江家的第三天，天空没有一点月光和星光。江涛和杜江坐在杜江家的客厅中，他们谈一些工作或生活上的事，或看看电视。杜江看到公安人员这样保护着他，心里很矛盾，本是想说实话，但又怕那个打电话的人事后来报复，他对公安人员是否能抓到对他恐吓和追杀的人感到疑虑。现在他们是保护着他，但能这样永远地保护他吗？

江涛陪伴着杜江，问了他关于工作或生活上的事，对月光湖边他发现什么，没有再深问。但提示他，那个人是不会放过他的，这伙人不会讲什么信义和诚信的，要相信公安机关，杜江不语，仍在思虑中。

客厅的电话响了，杜江吓了一跳，可别是那个凶手打来的。电话铃响了很多声，他并没有去接电话，但江涛坚定地对他说：“不要怕，接！”

杜江拿起电话，原来是女儿打来的电话：“爸爸，你怎么这么慢呀，我差点挂断电话，你在家干什么呢？”

“杜娟呀，爸爸刚才去卫生间，这不听到电话响，提上裤子就过来了吗？你和你妈妈怎么样呀？”杜江在撒谎。

“很好，大姨带我们到黄浦江边玩了呢，还参观了纪念馆。还有南京路，我们逛了一天商场，可好了。只是太累。小姐姐说，下个星期天带我去游乐场，那里有的是玩的，可刺激了。”女儿在电话中高兴地说。

“杜娟，可别太贪玩，别误了功课。”杜江还是惦记女儿的学习。

“误不了，妈妈，还有大姨、小姐姐天天教我，我天天都在学习。我还画了好几张画呢，妈妈教我的，回家我带给你看。”杜娟天真地说着。

“杜江，这几天过得怎样？吃得怎样？”这是妻子刘艳霞的声音。

“很好，不必挂念，你去培训班怎样？”

“周一就去了，那里条件非常好，老师都是教授或专家，我这次收获真是太大了，只是我的知识和文化太差了，不学不行呀。回去后，还要多钻研业务，学无止境，真是这样。我们的药，有一代、二代，可以不断开发新品种。那就要靠知识、靠现代科学，也要不断总结经验和试验研究，好了，不说了。房子收拾得利索吧，你的衣服洗了吗？”

“洗了，你不用操心，在那多学些科学知识，带好杜娟，休闲时也要帮大姐他们干点活。”

“好了，我知道。你天天要早点睡，不要贪黑太晚，自己照顾好自己吧。有事打电话。”

“好了。”

“那我挂了。”

放下电话，杜江还在回味女儿清脆甜蜜的童音，还有妻子温柔的话语，她们在外边是多么快乐呀。而我，在家提心吊胆，还要求警察保护，这将来让妻子和女儿知道，她们不知要笑话到什么时候呢。可眼前，只有这样了。

墙上的挂钟已到下半夜一点了，江涛让杜江去南卧室睡觉，他又看了一会电视，也感到困了，便倒在客厅中的沙发上睡。突然，北边的窗户有响动，他一下子惊醒，机警地从沙发上坐起来，抓起身下的手枪，起来向北边厨房内走去，北边的厨房只有一扇窗户，在里边关着，并没有什么异常。他又奔向北边的小卧室，发现窗口外的窗台上站着一个人，手里拿着一把尖刀，正在撬窗户。

“谁？”江涛将枪口对准了这个人影。

但这个人影像幽灵一般，在窗台上闪了一下，便快速跳下窗户，瞬间就不见了。江涛奔到窗前，打开窗户，发现窗户外边荡着一条绳子，是有人上了楼顶，从楼顶的排气孔凸出处上拴的绳子溜到杜江家北边的窗口的，这个人被江涛发现，是顺着一条一直落到地下的绳子溜到地面逃走的。

杜江已被惊醒，点亮了房间的灯。他也来到北边后窗，见到从房顶溜下的绳子，明白了是有人要闯入他的房子，此人是来要那个胶卷的，还是来杀他的？他怕极了，这个胶卷到底应该交给谁？

当即，江涛向陈汉雄报告了夜里发生的情况，陈汉雄让他继续来保护杜江的安全，不要离开杜江家。他和罗玉辉、高岩、刑警张英连夜来到杜江住的楼房外。罗玉辉上了楼顶，发现楼排气孔凸出的方形建筑上绑着一条绳子，这种排气孔在楼顶既是装饰也像烟囱。在楼上并没有发现其他物品或痕迹，罗玉辉解下绳子。陈汉雄仔细地观察着地面，由于是砂石地，什么痕迹也没发现。这所楼北边的是一条狭窄的胡同，这个从楼顶上溜下来的人，溜到地面时就在黑夜中冲出胡同逃走了。

胡同外，一边是一条僻静的小街，另一边是香荷路，北边便是香荷公园，南边是一片早年的居民住宅区，有多幢六层以下的楼房，还有一些老房子和四合院，几条胡同、小街。夜里只要逃走的这个人不走香荷路，钻进哪条小街或胡同，或攀墙跳入公园内，都难以发现的。陈汉雄和罗玉辉、

高岩和张英分成两组沿胡同两头搜索，没有发现任何人影。

尽管如此，陈汉雄还是安排高岩、张英对胡同周围继续进行搜索和排查。

随后，陈汉雄先给刘天林副局长打了手机，报告了杜江家的情况。刘天林决定连夜调动多名警力到杜江家周围的道路上巡查，还调来几名刑警由陈汉雄指挥，参加对嫌疑人的追踪。之后，他和罗玉辉来到杜江家。

杜江在惊恐和忧虑之中，江涛在安慰他。

“杜江同志，你看到了，这伙歹徒不杀死你决不会善罢甘休。看来，关于月光湖的事你定是知情了。否则，他们也不会冒这么大的风险。我想，已到了这个地步，你不应该再有顾虑了，这样会使谋杀者更加疯狂，你的危险也会越来越大。也许你担心的不仅是你的安危，还有你妻子和女儿，我看起码现在看她们不会有危险。这是一种邪恶的力量，但不要让这种邪恶将你吓倒。你一定处在矛盾之中，忧郁徘徊，你一定也看到为了你，我们在干什么。我想，你该向我们说实话了。”陈汉雄义正词严地说。

杜江流泪了，哭着说道：“陈队长，我对不起你们，我没敢向你们说实话，因为我太害怕了。我知道只有你们才诚心诚意地保护我，今天又是你们救了我，我现在什么也不怕了。刚才，江涛兄弟已和我说了很多，我已想通了，有你们保护我什么也不怕。那天，我在月光湖是发现了一件事，是两个人抬着一个东西扔到了湖中，但由于太远看不清。我已将这照了下来。我想，我拍照的是湖对面的远景，正好聚焦到对面，如果照片放大的话，也许会辨别出清晰的人像。”

“果真是你看到了这件事情。那么，胶卷呢？”陈汉雄问。

“在这里，你们等一下。”

杜江移开客厅北边那组沙发，将中间的一个沙发翻过来，用剪子剪开沙发边上缝着的一处，将手伸到里边，从沙发的海绵中抠出他塞到里边去的那个密封的胶卷。

“陈队长，这就是我那天在月光湖照的照片的底片胶卷。”

陈汉雄接过胶卷，看了一下，然后他立即将胶卷的事用手机报告给刘天林。刘天林指示，要立即将此胶卷送到技术队，他会安排技术员立即冲洗的。同时，有多名警力已向杜江家外围出发。

此时，时钟指向凌晨两点半，陈汉雄对罗玉辉说：“罗玉辉，你开着咱队里的车，现在回刑警大队，将这个胶卷立即送到技术队，刘局长已安排技术队值班人员在等着你。这几天你也没睡几个小时觉，然后你回刑警大队宿舍休息几个小时，天亮后我们还有更多的工作要做。”

罗玉辉走了，室内只有陈汉雄和江涛了。

“杜江,现在请你将近些日子你遇到的所有情况都如实地告诉我们吧。”陈汉雄对杜江说。

“好，陈队长，现在我说实话，你们也别责怪我了，我真的害怕呀。现在有你们这样保护我，我什么也不怕了。我说，我全说。”

于是，杜江将上星期六去大青山月光湖拍照，以及在山路中遇到一辆红色无牌照轿车，第二天开始接到匿名电话被恐吓，说话是本地人口音，第三天夜里遭人追杀，还有星期二那天上班中和下班后被一辆红色轿车跟踪的全部情况如实地叙述出来。并说出了他见到追杀他的人和坐在红色轿车副驾座位上的中年男子好像是同一个人，说了这个人的大致体貌特征，此人身高一米七二左右,不胖不瘦的身材,穿的是浅色的衣服和深色的裤子。开红色轿车的人他一直没有看清面目，跟踪他的车和在山路上看的车似乎是同一辆车。

“山路上发现红色轿车，月光湖边有两个人抛尸，又有人打匿名电话，追杀，紧接着又是跟踪。看来，这两个人不一般，能将你调查得这么清楚，神通广大呀。”陈汉雄感叹地说。

“队长，这么说凶手是两个人，具备交通工具，即是红色轿车，从熟悉小城情况和他们杀人的情况看，就是小城的人了。其中那个追杀杜江的人，好像我们查到的卖手机的人。”江涛说。

“你说得很对。但愿照片上能见到他们的真面目。杜江，你在湖边拍照距离那两个抛东西的人多远？”陈汉雄问。

“大约三百多米，或更远些。”杜江说。

“这个距离不算太远，但我们的肉眼视力有限，关键是辨别性。好天气，顺着阳光，能看到几公里或更远高处的东西，比如山上的车和人。但要想辨清看到的人是谁，一般也就在二百米之内，岁数大点的因视力减退，也许能在五十米内才能分辨出看到的是谁，或是面目具体特征。这个照相机性能好加之你利用远焦长镜头，分辨率一定会高，会超出人眼看到的能力。”想到杜江照的照片，陈汉雄还是抱着很大希望。片刻他问杜江：“杜江，你说跟踪你的红色轿车是什么牌子，车牌号是多少？”

“是红色普桑，他们的车牌号是54236，是小城当地车牌。”杜江回想着。

陈汉雄看了看手机上的时间，快到早晨四点了，窗外已放亮。

“江涛，记住这个车牌号，等交警上班后你去给交警查一下。不，还是让罗玉辉和高岩去吧。为争取时间，我们分成两组，一组查车，一组等照片洗出来，按图索骥，查找照片上的人。姜永泉的案子先让派出所查着，如果我们抓到照片上的人，姜永泉的案件也会有希望。”

“不能吧，我怎么看也不能将这两起案件连接起来呀。”江涛有些疑惑。

“但我有一种感觉，这两起案件，似乎有些地方是相同的。”陈汉雄却笑了。

“好，听你安排，我不说了。队长，你也休息一会吧。”江涛劝陈汉雄休息。

“好,天还没亮,我给高岩他们打个电话,看他们是否查到了什么情况。”陈汉雄拿起手机。

高岩和张英沿那名攀楼人逃跑的方向走去，那里是香荷公园，在此没查到任何线索，他们又去另一侧的居民区巡查，增援的刑警也到了，陈汉雄指挥他们围绕杜江家巡查，仍是没有发现线索。在一些路口也有警力巡查，马路上偶尔有车通过，但很少有行人。天将亮了，陈汉雄让高岩、张英等几名刑警暂停排查，回队里休息。

“我们在这里也抓紧时间休息一会,过一会我们再走。”陈汉雄决定着。

陈汉雄也感到很累，便坐在沙发上闭上了眼睛，江涛也睡了一会。当陈汉雄醒来时已快到早上六点了，他先叫醒江涛。

“江涛，我们现在就回刑警大队。”陈汉雄说着。

临走，陈汉雄对杜江说：“你现在安心地休息吧，我估计这个作案人已成惊弓之鸟，这几天不会再来你的家了。他现在也许要逃，或四处躲避，惶惶不可终日。夜里北边的窗户在里边关好，一有动静，一是立即给我们打电话，二是自我防护。如果有人敢伤害你，你也要勇敢地反击，这也是正当防卫，受法律保护。三是平时上下班也要注意发现情况，加强防备。还有，夜里我们或派出所的人会在你家住宅楼四周经常巡查的。”

“陈队长，你们放心走吧，我会保护好自己的。再说我也是个男子汉，怕他又如何，只要豁出去和他干，也不见得打不过他。谢谢你们了，等你们有时间，我一定请你们吃顿饭。”杜江说。

“这倒不必。我们走了。”

陈汉雄他们回到刑警大队已快七点了，他们先到技术队，发现罗玉辉等在这里。

“队长,技术员小赵已将胶卷冲洗出来,现正在暗室进行其他技术处理,我在等待。”罗玉辉说。

“罗玉辉，吃过早饭后，你和高岩立即去交警队查车号，此车是一辆红色普通桑塔纳轿车，本地牌照尾号是54236，我已通知了高岩。”

“是。队长，车辆科的科长是我高中同学，我去找他。”罗玉辉说。

“好。”

就在这时，小赵走出了暗室，见到陈汉雄和江涛说：“陈队长、江涛，你们送过来的底片保存得很好，现正在处理中，然后等底片干了之后，还要洗照片放大，加之技术处理等，还要等一段时间。这样吧，你们先到食堂吃饭，等一切都完成之后我给你打电话派人来取照片及底片。”

这样，陈汉雄、江涛和罗玉辉去了食堂。

在食堂里，陈汉雄遇到了刘天林，原来他一夜几乎没有合眼，指挥调动警力，到路口检查，刚回队里不久。在食堂中，陈汉雄将杜江介绍的情况向刘天林作了全面汇报，他同意陈汉雄的下一步安排。

红色轿车

罗玉辉开着重案队的那台白色普桑警车，副驾座位上坐着高岩，他们到达交警大队车辆科还不到七点半。车辆科在交警大队东侧，占据了二层楼，为方便群众办事，车牌证籍等办理都在一楼，这是一个大厅式的办公场所，二楼是档案室、科长室、考试厅等。在车辆科的后院还有一个大厅，那是一个检车流水线，新上的现代化设备。因是早八点上班，此时还没有开门。

罗玉辉给马青山打了电话。得知马青山现在正在他的办公室，因为，他每天早晨都是七点钟在家吃过早饭，然后一路走着到单位，七点半之前就已到岗了。今天，他也是刚刚走进自己的办公室。马青山让他们从后院的大门进来，走车辆科的后门。

按马青山说的，他们来到西侧，经过大门到车辆科办公楼的后边，从后边开的门走到楼内。车辆科内静悄悄的。一位正在走廊上收拾卫生的老者见他们两人走进走廊说："你们找谁？"

罗玉辉说：“大爷，我们是刑警大队的，刚和马科长通完话，他让我们去他的办公室。”

老者打量了一下他们俩说：“从这边上二楼，向里边走就是他的办公室，科长刚进屋。”

他俩上了二楼，沿走廊走到最东边，见一个办公室门开着，科长马青山正在收拾办公桌上的物品。

“罗大侦探，还有小高，快请进。”

“马科长来得这么早呀，吃过早饭了吗？”罗玉辉问。

“吃过了，我每天七点半前必到科里，你们请坐，我给你们倒水喝。”

罗玉辉和高岩分别坐在室内的沙发上，马科长泡了两杯茶水放在他们身边的茶几上。

“老同学是来找我的？”马科长坐在办公椅上问他们。

“是的。”

“公事私事？”

“关于案子的事。”

“怎么涉及我头上了？”马青山一笑。

“不，是涉到一辆红色普桑轿车，仅知道车牌号，要查档。”罗玉辉说。

“唉，我就知道你们的陈队长干什么都火急火燎。我是早来了，可要查档也得等我们的管理员小佟来呀。咱们都是八点正式到岗，管理员小佟估么在七点五十分之前能到岗位上。他现在正走在上班的路上。”

“不急，也不差这十分二十分的。不过，为了及早获得证据，不得不争分夺秒呀。时间就是效率，是成果。”罗玉辉说。

“不用多说了，我现在就给小佟打手机，让他快一点到科里。知道你们刑警辛苦，特别是重案队的最辛苦。又熬一夜吧？”

“睡了三个小时觉，干这个的讲不了了。”

说着，马青山给管理员小佟打了手机，小佟说他正走在路上，但也要十分钟后到科里。

“对了，红风公司马总的案件怎么样了？”放下电话，马青山问。

“唉，这不就是为了侦破马原的案件而奔劳奔波嘛，现在有一点线索，正在调查，也许快了。”

“也许我不该问这些，但你们可知道，马原的案件在小城轰动挺大呀！据说小城一些主要领导都过问此案，咱们局长那天在全城民警大会上公布了案情，并提出提供破案线索奖励呢。”

“是呀，咱们的一把手，还有刘天林副局长一直重视红风公司总经理马原的案件，几次亲临现场指挥破案，听说前几天局里召开了大会，我们这些天都在忙案件，那天全城民警大会我们在外边调查没有参加。”

七点四十五分，管理员小佟到了，她是位女民警。

“小佟，这两位是刑警大队的，他们要查一个车牌号，你打开电脑查一下，看是谁的车。”马青山对小佟说。

在小佟的办公室，小佟打开电脑，很快查到了54236这辆车的车牌号，此车是辆红色普通桑塔纳轿车，车主叫侯东林，从车主档案上看，此人今年三十九岁，家住桦林镇，是个体出租车司机，并附有照片。

“桦林镇，这个车主是桦林镇的，桦林镇距咱小城有二百多公里。”罗玉辉有些疑惑。

“玉辉，这个车主会不会现在就住在小城呢？”高岩也感到有些疑虑，因为这辆红色轿车近些日一直出现在小城，车主如果住在桦林镇，不可能这样方便，此车也不可能这样频繁地在小城出现，以至起早在大青山出现。如果是这样，车主要是开车从桦林镇来再经小城向东，不在早晨两点钟起

来出车是不可能在一大早将车开到大青山中。

“车主叫侯东林，这个名字我怎么有些耳熟呢？”马青山得知查到的车主，也在思考。

此时，车辆科的民警已全部到岗了。一位叫林然的中年民警拿着一个检车手续来到科长办公室，他准备让科长审批检车的手续。一听马青山说到侯东林，他接过话来说。

“马科长，以前给红风公司开小车的一个司机可叫侯东林呀，你说的是不是这个人呀？”

“对，就是这个人。能不能是重名呀，现在这个侯东林可是桦林镇的个体出租司机。”马青山说。

“我说老同学，你怎么认识侯东林的？”罗玉辉问。

“因为红风公司是小城的重点企业，他们的马原总经理都曾几次来过我们交警大队。当然，作为红风公司的小车司机，和我们车辆科接触的时间就多了些，我记得，前几年侯东林和他们的办公室主任郭凯来过我们车辆科多次，是为他们公司新购车落籍办牌照，还有多次来检车。不过有好几年见不到这个侯东林，现在来我们这的多是郭凯和别的司机。”

听说侯东林曾是红风公司的小车司机，罗玉辉和高岩有些吃惊。因为他们调查的是红风公司马原案件，如果涉及的嫌疑车车主曾与红风公司有关联，这就说明一定问题了，也许车主就是参与杀害马原的凶手。

“马科长，近些日子你见到过侯东林吗？”罗玉辉问。

“没有。”

“在小城见到过他的车吗？”

“没有。这个人我都有几年没见面了。”

“他长得什么样，有什么特征？”

“这个人现在大约三十七八岁，身高一米七五左右，较胖。至于详细特征没什么特别的。”马青山边想边说。

罗玉辉和高岩核计了一下，借了有侯东林照片的一份档案，他们决定立即回刑警大队将此情况向陈汉雄汇报。因不但要查车，一旦侯东林与马原的案件有关联，还要控制人。

回到刑警大队才八点半，他们来到陈汉雄的办公室，只见陈汉雄和江涛、白雪都在那里。原来他们在等技术科洗的那些照片。当听了罗玉辉和高岩查车的结果。陈汉雄也很惊讶，因为参与移尸所用的轿车很可能就是杜江在山中遇到那个无牌红色普桑轿车，在城内几次跟踪杜江的也是这辆红色轿车，这倒没什么，只是嫌疑车的车主竟然是红风公司原来的小车司机，此人与马原及姜永泉的关系如何呢？此人从体貌特征上看，不是那个卖手机的人，但极大可能是那个跟踪杜江的那辆车司机，也就是说杜江在大青山发现的无牌照红车有可能也是他的。只是，桦林镇距小城二百多公里，这辆车频繁出现在小城，叫人有些疑惑，但是必须去查，一定要查清楚。

思虑片刻，陈汉雄决定兵分几路先开展工作，一是让罗玉辉和高岩驾驶重案队的那辆普桑警车去桦林镇调查这辆红色轿车和侯东林这个人，如果侯东林真的与马原案件有关联，一定要将人和车都带回来；二是他和江涛用队里别的车现在要再去一趟红风公司；三是让白雪在刑警大队等照片。

这边，罗玉辉和高岩乘坐警车穿过小城的一条条大街，直奔西去，因去桦林镇的那条路路况不好，他们最快也要两个小时后到达桦林镇。

罗玉辉他们走后，陈汉雄和江涛在刑警大队门前找到另一辆警车，他

们直奔红风公司。

当陈汉雄和江涛来到了红风公司，发现员工们还没有上班，整个公司里也一片宁静。这是怎么回事？

门卫的保安早已认识陈汉雄和江涛了。说明了来意，保安告诉陈汉雄，今天除值班的和院内几名保安外，员工们这两天全休息，公司现在只有办公室主任郭凯在办公室，因为今天他值班。

“我们先找郭主任谈谈，你可以通知他一下。”陈汉雄说。

“好，我给他打电话。”这名保安说。

电话接通了，郭凯得知陈汉雄他们一早来访，让他们到四楼的办公室。

陈汉雄和江涛来到红风公司的办公室，郭凯正等着他们。

“陈队长，今天又来我们公司，又是为我们马原或姜永泉的案子吧，看这一段给你们累坏了，快请坐。”郭凯客气着。

“好，我们一早来是想向你了解一个人，看你对他是否了解。”陈汉雄坐在办公室的沙发上说。

“谁？”

“前几年在你们公司有一个叫侯东林的供销科的小车司机。”

“侯东林呀，我熟悉他。这个人呀，原是我们供销科的小车司机，工作还可以，只是一次酒后肇事，按公司规定，马原将此人辞退了。此人与马原是远亲，原籍是桦林镇的。那时在后院的车库的司机休息室住。据说此人回到桦林镇后，自己买了台轿车，现在干个体出租呢。”郭凯说。

“他是哪年至哪年在红风公司的？”

“可能是公司成立的第五年，马原的父母托马原让侯东林到红风公司当小车司机，马原见这个小镇来的小伙子还挺老实，车开得不错，便让他到公司的供销科开小车，供销科原来的司机调到办公室来当小车司机。侯东林那时大约二十五六岁，据说还没有成家。他是高中毕业，没继续考大学，便到吉林一所技校学开车和汽车维修，在技校毕业后在桦林镇给别人打工，是开出租车。但工资很少，他父母便想到在公司当总经理的马原，将他介绍到红风公司来了。他在供销科干了大约四年，一次到平城给公司办事，他私自喝酒在平城内肇事了，将一位老人撞伤，虽然保险公司给了赔偿，但公司为此也花了几千元呢。公司有规定，任何司机都不能酒后驾车，任何司机都不能在工作期间喝酒，侯东林违反了公司规定，并给公司造成了损失，职工意见很大，马原为此毫不留情，将他辞退了。那是三年前的事，现在是一九九九年，那年是一九九六年春季吧。”

“当时侯东林怎样个表现？”

“侯东林对自己酒后肇事的事很是后悔，并托当时的供销科长向马原求情，承认错误，并保证以后好好工作，不再喝酒了，下不为例。但马原态度很坚决，并说，你是我亲属，我就下不为例，别人出现这样的事怎么办？再说一个公司要想发展进步，没有严格的纪律和管理办法不行，对谁都要按公司章程办。这样，尽管侯东林找人说情，马原仍是将他辞退了。当时看，侯东林很不满，认为马原是小题大做，不讲亲属面子，也不近人情。杀人不过头点地，不在你公司干，我回桦林镇自己干，将来不比你给我的工资少。”

“以后的事呢？”

“后来我在小城见过侯东林一面。那是去年秋天，我自己开车到东山商场办事，将车停在停车场，正在锁车门时，突然有人叫我，在我车的旁边停着一辆红色轿车，司机从打开的车窗口探出头，我一看是侯东林。侯东林说他去年自己买了一辆轿车，现在桦林镇干个体出租呢。今天和镇上一个副镇长到小城来办事，这不副镇长到商场买礼品，他在停车场等候。他还问了公司的情况，得知马原还是公司总经理，愤恨地说马原不讲情面，这样的人不会有好报的。还说，现在用八抬大轿抬他到红风公司他都不去了，

现在自己开车，虽然辛苦些，但自由得很，钱也没少赚，当个公司总经理牛什么，连亲属都不认识了。并邀请我一起到桦林镇去，坐东请我吃了一顿。这次见面后，以后再也没有见过侯东林。”

“你们公司还有谁认识侯东林？”

“老职工都认识。”

“在小城，侯东林和谁的关系最密切？”

“这个没发现，也不好掌握。”

“在你们公司呢？”

“他在公司也待了几年，好像和供销科长还好些，和别人的关系都是一般。因他是马原的亲属，人们自然对他另眼相看，但他不争气，忘乎所以。后来公司的小车司机反映，他在公司住宿期间，晚上多次喝酒，酒后也几次开车出去，只是没肇事。马原也曾听人说过，没抓到证据。联想到他在平城肇事的事，非常生气，这才辞了他。”

正说着，周万才副总经理推门进来。

“想不到陈队长又光临我们公司。”周万成面带笑容地说。

“周总来了？听说你们今天全公司休息。”陈汉雄说。

“是呀，公司这一段生产任务太重，好长时间没有让职工休息了，故完成这批合同的商品生产任务，全公司职工放两天假，也得让员工们休养一下了。员工休息，但我副总经理不能休呀。现在总经理不在了，蒋副总经理在山东老家，经委领导非让我主持公司工作，这个担子重呀。马总被害，我们的姜会计又被劫杀，我真是不知所措了。”

“周总，陈队长又在为我们公司马总的案件奔忙，他们双休日都不能休息，真够累的。”郭凯说。

“这倒没什么，因为我们是干这个的讲不了。现在又来打扰你们了。”

陈汉雄说。

“哪里，你们辛劳，还不是为了我们，为了小城的平安，我们时刻都要支持你们。”周万才说。

“周总，谢谢你了。刚才我们已和郭主任谈了一会，如果方便的话，我们再和您谈一件事情。”陈汉雄站起身来说。

“那好，请到我的办公室吧。”周万成看了一下手表说。

“周总，罗科长在他的办公室等你呢！”郭凯说。

“不急，让他等一会吧。”周万才说。

“怎么，周总还有事？”

“不急，我还是先和你们谈吧。”

陈汉雄和江涛随着周万成来到他的办公室。他们坐在沙发上。

“陈队长，有事，请说吧。”

“侯东林你熟悉吧？”

“是不是我们供销科原来的小车司机？”

“是的。”

“熟悉。他是马总的亲属，因酒后开车在平城肇事叫马原辞退了。这点我是赞成马原的。公司有制度，无论是谁都得执行。关于侯东林的事，我想郭主任一定和你说了。”

“是的。关于侯东林的事我不想多问了。但我想知道侯东林在公司时与谁结过怨？”

“这个，我没发现。如果有，只有供销科的人知道，他不过就是个供销科的小车司机。”

“侯东林在供销科时，科长是谁？”

“蒋俊理，现在的副总经理。不过他父亲病危，在马总失踪的前一天

请假回山东老家了。你们就是见到蒋副总经理，我想他了解的情况也是这些。”周万成说。

“侯东林被马原辞退后，他恨马原吗？”

“恨，但他有过错，当时很冲动，说过过头的话，什么马原六亲不认，早晚不得好报等。据说后来马原到过桦林镇看过侯东林的父母，侯东林也到场了。具体情况就不了解了，自侯东林被辞退后，他再也没有来过红风公司。”

“是这样。但我们还想了解一下，在小城侯东林和谁的关系比较密切？”

“这个我们还真不了解。”

听了周万成介绍的情况后，陈汉雄点燃了一支烟吸了起来，他在沉思。侯东林与马原有利害关系，并具备去月光湖抛尸所出现的可疑车辆，他的车型和车牌号也正是跟踪杜江的车型的车牌号，这不是偶然的。他有作案因素，也有作案条件，只是是否有作案时间，车是否一直是由他驾驶着。那边，罗玉辉和高岩很快会查清的。但是，姜永泉的被杀和被抢的案件还看不出与他有关。想到这里，陈汉雄又问周万成：“周副总，我再问一件事，侯东林与姜永泉是否有利害关系？”

“这个没发现。侯东林当时就是个小车司机，和会计直接接触极少，我想他们不会发生任何矛盾的。”

这时有人敲周万才的办公室门。

“请进。”周万才说着。

门开了一个中年人走进办公室对周万才说：“周总，去省城开会的事……”

周万才看了一下表说：“咱们下午到就行，你等一下，我和陈队长谈点事情，如果时间早咱就走，时间晚吃过午饭再走。”

“周总要到省城开会？”陈汉雄问。

“是的，明天有个轻工产品展销会，有咱公司的产品，我和供销科长必须去。”

陈汉雄看了一下手机上的时间，就在这时，陈汉雄的手机响了，是白雪打来，原来照片洗出来了。

闻听照片洗出来了，陈汉雄站起身来说：“周副总，我知道你工作特别忙，不打扰你了，我们就了解这些情况。现在我们回走，队里那边还有其他事。不过，我们正在侦破马原和姜永泉的案件，你们一旦发现什么线索要及时和我们联系，我们也许还要打扰你们，请多包涵了。”陈汉雄看着周万成说。

“陈队长太客气了，你们为了谁，不是为了我们、为了法律的尊严和为受害者伸张正义吗？我们有责任大力支持和配合。”

“那我们也要多谢周副总了。”

江涛开着警车，他们驶出红风公司的大门，陈汉雄看了一下手表，快到上午十一点了。

“罗玉辉他们早该到桦林镇了。”陈汉雄还想着车的事。

“也许他们正在查那辆车，一有结果，他就会给我们打电话的。”江涛说。

就在这时，陈汉雄的手机又响了，是罗玉辉打来的。罗玉辉说，他们在上午十点就到桦林镇了，派出所沈所长派了两名民警配合他们工作。现在他们已找到了侯东林，还有他的车。初步询问，侯东林说，这一段时间他根本就没来过小城，更不知红风公司马原等人被害的事。

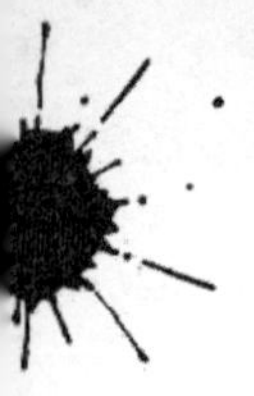

经回忆，七月九日这天，侯东林是一早出车去的吉林，是送桦林镇农资公司经理杨涛和采购员董枫去吉林联系业务，他们是下午到的吉林，晚上就住在吉林。七月十日上午顶着雨，杨涛和董枫在城内办事。晚上十点多回的桦林镇，天正下着不紧不慢的雨，侯东林到家就休息了，没有再出过车。而近几天，他虽是每天都出车，但全部在桦林镇周围的城乡，也没有来过小城。更没有将他的车借给过别人开，车牌照也不曾丢失过。

侯东林曾在红风公司当了四年多小车司机，那次在平城酒后驾车撞伤人后，被马原辞退了，他说他与马原是远亲，从他妈那论管马原叫舅舅，但那次后，马原没有开面，他当时真的有些恨马原。可后来一想还是自己的错，因不但交通规则上有规定，红风公司对司机的要求第一条就是，无论是任何时候都不准酒后驾车，违反者辞退，造成重大后果的本人要承担责任。还好，那次交通肇事的费用花了两万多元，除保险公司给包赔绝大部分，余下的五千多元由公司出了，因车买了保险了。侯东林是为公司办事，公司承担了经济费用，但也执行了公司纪律。此事对红风公司的大小车司机都是一次重要的教育，故以后再没有司机酒后驾车的现象。

侯东林回桦林镇第二年，自己买了辆普桑车，干起了个体出租车生意，现在生意很好。这是侯东林自己讲的，下一步，罗玉辉和高岩要对他近期行动进行调查。此种情况正是陈汉雄所预料到的，因桦林镇距小城二百多公里，在小城经常出现桦林的车，似乎不合乎常理。如果他说的是真话，他的车近期没有到过小城，那么小城出现的 54263 牌照的车是怎么回事？

照片之谜

陈汉雄和江涛回到刑警大队，白雪拿着技术科小赵洗出来的几张照片正等在陈汉雄的办公室。

技术科的小赵将杜江照的胶卷冲洗出来了，效果比想象的还要好。由于杜江在拍照时用的是长焦镜头，相距虽说有三百多米，但照片上的景物都很清晰。照相机不同于望远镜，看到的并不一定拍的真实。有时很近的距离也不见得拍得清晰，杜江已是摄影的高手，当然他拍的照片从质量到效果都是让人满意的，尤其是他还使用了高档的照相设备。

杜江照的照片，有一些山景和湖边景色，有湖边鹭鹭，有一张是月光湖边的鹭鹭飞起的照片，下面有两个人抬着一个人的麻袋正要往湖中抛，此张照片人像小些，但很清晰。还有一张是湖边两个人的照片。技术员又将有人的照片放大，做了技术处理。尽管当时有些天阴，光线不明亮，但经过技术处理，照片上的人像却很清晰。技术人员又将人像的照片用特写肖像的方法单独剪切下来。

陈汉雄在仔细地观察着照片上的人像，即在月光湖边抛尸的两个人像，他将目光停留在那张放大的人物肖像照上左边的人像上。

“右边的人好面熟，我在哪见过？”

“这两个人？我却有些面生，没见过。”江涛看着照片上的人。

“我看这个人的照片似乎在哪见过这个人，但想不起来了。”白雪凑过来指着另一个人，并不是陈汉雄说的那个人。

“你见过，在哪？”陈汉雄急切地问。

“我想不起来，也许是在小城。”白雪说。

“你说的人在小城，我说的那个人极大可能也是小城人。要不我不会有印象。”陈汉雄一边吸着烟一边说。

“会不会是你经手办的哪起案件中的嫌疑人？”江涛想着。

“是呀，我怎么想不起来呢？”陈汉雄仍在苦思，但仍是想不起来此人究竟是谁。

可也是，陈汉雄已干了十几年刑警，经他手破获的案件有几百起，抓捕的犯罪嫌疑人也有上百人，他怎能一个个都想起来呢。

“队长，我看如果是你经手处理过的犯罪嫌疑人，也是在我到刑警大队之前，如果是近几年的案件，我也会认识照片上的人的。”江涛说。

“江涛，你和白雪到刑警队几年了？”陈汉雄问。

“一九九二年六月，现在是一九九九年七月中旬，大约七年多了吧。”江涛回忆着。他还记得在警校将毕业时到小城来实习，就是在陈汉雄的手下。警校毕业后，他和白雪在到小城公安局报到前，共同协助陈汉雄抓到两名抢劫妇女钱财的歹徒。还有，他和白雪本是被分配到派出所，是陈汉雄找的当时任刑警大队长的刘天林向当时的高局长将他俩要到刑警大队的。

陈汉雄仍然在仔细观察照片上右边的人，他在苦想着。突然他眼睛一亮："我想到一个人，但会是他吗？"

"谁？"江涛问。

"八年前我办过一起抢劫案，照片上的人的特征好像因为抢劫和盗窃罪被判十年徒刑的案犯黄福之，但他现在仍在服刑呀？"陈汉雄说。

"能不能是减刑提前释放了？"白雪想到。

"有可能。这人被安排到石源劳改队，有可能被减刑提前释放了。我现在找看守所的人，让他们帮我查一下石源劳改队的电话，只有他们与劳改队有些联系。然后，我们与石源劳改队联系一下，核查一下黄福之是否已被释放。不过，我看照片上的人像他，但能否真是他，现在不好说。即使这个黄福之真的提前释放，单从这张照片上看也仅仅是个重点调查对象。"陈汉雄说。

"队长，即使是这样，我们也要查查黄福之现在的情况，如果他真的提前释放，我看真就应该将他作为一个重点调查对象。这样的人改好是好，但会不会由于某种原因旧病复发呀。"白雪说。

"是呀，我们现在能辨别出一个人也不容易呀，先查查这个黄福之。"陈汉雄说。

"对。如果能找到照片上的一个人，另一个也就找到了。"江涛说。

随后，陈汉雄给看守所所长丁悦打了电话，丁悦经过翻找自己的电话簿，告诉了陈汉雄一个劳改队管理科的电话。

陈汉雄立即拨通了这个电话。说明情况后，对方说让陈汉雄稍等一会，他给查一下，再给陈汉雄回电话。

放下电话，陈汉雄又在观察着这几张放大的照片，片刻，他又对还在观

察照片的白雪说:“现在让杜江也来,看看照片上的人是否就是跟踪他的人。”

“队长,我知道杜江的手机号,我给他打电话吧。”白雪说着拿出手机给杜江打了电话。

看着摆在桌子上的照片,陈汉雄又点燃了一支烟,边吸着边思考着。他回想起八年的一个夜晚,一位肩部和胳膊上正流血的女出租车司机踉踉跄跄地跑到刑警大队来报警。她从平城拉一个年轻男子到小城,可到小城城郊后,这名男子凶相毕露,将一把尖刀架在女司机的脖子上,让她将钱和首饰都交出来。女司机吓坏了,只好将她身上的四百多元钱和指头上戴的一枚金戒指交给他,但这名男子并不满足,还要让女司机将车停在路边,让女司机和他下车。因路边就是树林,女司机知道要发生什么,她坚决不从,这名男子凶残地用尖刀扎向她的肩部和胳膊,女司机被他拽下车。

这名女司机并没有结婚。下车后,她与持刀的男子厮打起来,并抓掉他衣服上的一个纽扣,还抓伤了他的脸。男子再次举刀要向女子下毒手,就在这时,远处照来灯光,原来路上过来几辆车。女子趁机大喊救命,男子一见情况不好,便放弃这名女子撒腿逃进树林中。过来的两辆车中的司机见到此情况,立刻明白了是怎么回事,指示她立即到小城刑警队去报案。因为那年还没有时兴手机,也没有人带手机,第二年才时兴BP机。女司机强忍伤痛到刑警大队报了案,便昏了过去,被刑警送往了医院。

时为刑警大队重案队侦察员的陈汉雄参加了此案的侦破工作。当夜,他们勘查了现场,在郊外路边的树林中发现犯罪嫌疑人的痕迹。第二天,他们根据女司机提供的作案人体貌特征和此人面部有抓伤这一特征,在城南老区抓获了作案人,并发现他的上衣上少了一枚纽扣,在他家中找到了女司机被抢走的金戒指。在铁的事实面前,这个人供认昨夜抢劫女司机的案件正是他所为。此人叫黄福之,无业,还在小城采取撬压门锁等方式入室盗窃多起，不过没有盗得多少现金。据查，这个叫黄福之的人家中有父母，但都体弱多病，而且家境也很贫寒。父亲曾是个修理钟表和锁头的工匠，会配钥匙；母亲是一家造纸厂的工人。黄福之只读过两年高中便辍学了，由于会几个把式，曾在小城歌舞艺术团打杂，但因此艺术团经济效益不好，他几乎得不到工资，便离开了这个团。后来在城工部打些短工。

二十分钟后，石源劳改队打来电话，对方说："陈队长，黄福之在劳改期间有过立功表现，被减刑二年，今年一月份就被释放了，他现在已回原籍了。"

"是这样，看来黄福之早已回到了小城。江涛，我记得黄福之原先是城北的，归北区派出所管。我现在给所长刘荣打电话，看他是否知道黄福之的情况。"陈汉雄想着，又拿起桌上的电话。

刘荣接了电话，得知陈汉雄要查黄福之的情况，他说道："陈队长，黄福之刑满释放后已到派出所报道，并办了户籍手续，也办了身份证，当时他是在这个管区租房住。据说此人的父母原先是住在这里的，在黄福之劳改后的第五年，其父得了重病，为了给其父看病，家里借了几万元的外债，但黄福之的父亲还是没有医治过来。黄福之的父亲病逝后，债主经常登门来催债，由母亲做主，将原有的三间平房卖了。其母先租房，可没两年也得病去世了，临死前给儿子黄福之留下几行字和六千元钱，让儿子自立，用这笔钱先租房，然后找活维生。黄福之刑满释放后从邻居及他姐姐那得知此情况，从姐姐手中拿走那笔钱，然后在城北向阳路租了两间房，在城内打工，可前两个月说去外地打工，将租房退了，现在不知他的去向。"

"他姐姐叫什么名字，是否知道他的下落？"

"他姐姐叫什么名字我们还不知道，因她不居住在我们的辖区，具体住哪我们还不了解。"刘荣在电话中说。

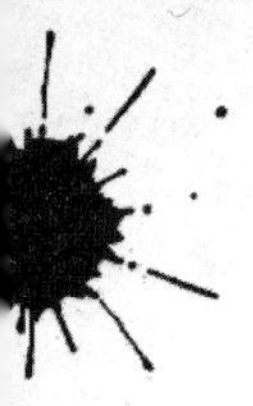

“你了解黄福之刑满释放后的情况吗？”陈汉雄问。

“刚回来时我们找他谈过话，他表示经过政府教育和改造，已认识到自己以前的罪过，决定一定要痛改前非，重新做人，不辜负政府对他的帮助和教育。当时他租房住，在城内打短工，我们的包片民警对他观察过，没发现什么违法犯罪的现象。后来说到外地打工，现已退了租房，具体到哪去了，还不知道。”

“他平时与什么人关系比较密切？”

“这个还不了解。”

放下电话，陈汉雄思虑了一下说：“看来，黄福之说是到外地打工，这能是真的吗？如果马原的案件真的与他有关，我认为他一直没有离开小城，照片上的人有可能就是他。但是，他刚回小城不久，为什么要与他人合伙杀死马原呢，他们有什么冤仇，还是受人之雇？这现在还是个谜。”陈汉雄分析着。

“如果是这样，一个刑满释放人员怎么会认识一个赫赫有名的企业家呢？”江涛说。

“是呀，他为什么要与人杀死马原而又抛尸呢？这个案件也许是很复杂的。现在看，此案是否与黄福之有关，我们还是对他调查一下，因为照片上的人就算是他，但也要有证据。”陈汉雄说。

“如果这个人是黄福之，另一个人能是谁呢？”江涛说。

“是呀，会不会是侯东林，因为在山中杜江发现的不就是侯东林的那辆红车吗？”白雪说道。

“现在看还不好说，从罗玉辉现在反映的情况看，还不能确定，我们要等罗玉辉最后的调查结果，要有证据。杜江不是说那几天跟踪的他的车中有两个人吗？其中一人如果是黄福之的话，另一个人就是那个红车司机，如果不是侯东林，那就是有人借侯东林的车及车牌照故意在制造假象，也是转移我们的视线，这个人也是杀害马原的同伙。”江涛分析着。

“队长，我们找来红风公司的人一看不就知道另一个是不是侯东林了？”白雪说。

“是的。罗玉辉他们正在调查侯东林，但还没有结果。但是，真相总会大白的。我想。我们等一下杜江，如果他辨认照片上的人其中就有跟踪他的人后，我们再好好研究一下。然后再找红风公司的周总或郭主任来辨认照片，一切都会清楚的。如果，罗玉辉那边已经控制住了侯东林，很快会有消息的。现在，通过这几张照片，我们已看到侦破马原案件的曙光。”

“队长，如果照片上的人是黄福之，我想会不会他就是我们查到的卖手机的人？”江涛想到的。

“你给那个收购手机的人打个电话，让他现在到刑警大队来一趟，辨认一下也好。”陈汉雄说。

就在这时，陈汉雄的手机响了，是刑警大队门卫室打来的，说杜江已到刑警大队，陈汉雄让他直接到二楼陈汉雄的办公室。

有人敲门，是杜江上楼来了。

“陈队长，你们找我有事？”

“你看看这照片上的人，是不是前两天跟踪你的人。”陈汉雄站起身来对杜江说。

杜江仔细地观察着那张被放大的人物肖像照问道:“这是我照的照片吗？”

“正是你在大青山中向月光湖拍照的照片。”陈汉雄说。

“这么说，我真的拍到他们了。”他在认真观察照片上的人，并指着照片上右边的人说，“陈队长，这个人我看就是那天夜里追杀我，并在我上下班跟踪我的人。但车中还有一个人，是司机，我一直没有见到他的面孔。”

“我想另一个你没有见到面的人，就是这个人了，他应该是个司机。如果更贴切点，极有可能是一名与黄福之关系密切的个体出租车司机。杜江，谢谢你，太谢谢你了！”陈汉雄很高兴。

“陈队长，真是他们杀的马原？”

“现在看，起码他们是这起杀人案的参与者。此案很快会清楚的。”

“陈队长，我可以走了吗？”

“不，你还要配合我们做些工作。白雪，你为杜江写个辨认笔录。”陈汉雄说着。

当即，白雪为杜江做了辨认笔录。

陈汉雄决定让杜江先回单位，但一定要注意安全，有什么情况立即与他联系。

杜江走后，陈汉雄的手机又响了，是罗玉辉打来的。他说，经过核实，马原失踪的那天晚上，侯东林在桦林镇，晚上他与镇内几个朋友喝酒后，在自家与这几个朋友打了半宿麻将，罗玉辉和高岩会同派出所的民警已找到与他一同打麻将的人，并得以证实。这样看，马原被害的那天夜里，他排除了作案嫌疑。第二天他和镇上农资公司的经理还有一名采购员去了长春，早晨六点多从家出来的，是上午十一点半到的吉林，当时天正下着雨，在吉林住了一夜，第二天下午才回桦林镇。罗玉辉他们已找到农资公司的两个证人，他们证实了此事，并从财务那里查到那天三人在站前宾馆住宿的报销收据。

如果是这样，那天杜江在山里看到的红车，不可能是侯东林的了。而跟踪杜江的车是在七月十一日之后的白天。得到证实，那几天的白天，虽然连续下了几天雨，侯东林的车都是在桦林镇附近的城乡跑出租的，他们找到了两名租车人得到了证实。而这些日子，侯东林一直是自己驾驶车辆，从没有往外借过车。这样看来，不但他本人没有到小城来过，他的车也没来过。那么在小城竟然出现与侯东林一样特征的车，而且车牌竟然也一样，这倒是一件让人费解的怪事。

“现在看来，侯东林与小城近期的案件无关。”陈汉雄下了结论。

“队长，如果真是这样，为什么小城竟然出现了与侯东林一样的车和牌照呢？难道真是像你说的那样，是有人为了混淆我们的视线，故意利用一辆红车，制作假车牌来欺骗我们，同时也是为了驾祸侯东林来混淆我们的注意力？”江涛说。

“杀害马原的凶手一定知道侯东林恨马原，故套用侯东林的车牌也找了一辆与他的车一样的红车，就是为了转移我们的视线。这个凶手，我认为既了解马原，也认识侯东林。”白雪说。

“这完全是有可能的。看来，下一步我们的工作并不容易，也许更为艰难。从此，我们也看到，这个凶手非常狡猾。如果真是黄福之，他会这样吗？我认为他完全可能，他虽然被改造过，但那些犯罪者中什么人都有，也不凡有高人，他在改造中又会从其他人身上学到新的犯罪手段和技能，使其犯罪经验更加丰富和隐蔽了，作案手段也许更高明了。他虽被改造八年，按说应该痛改前非，但遇到一种极大的诱惑及适应他的犯罪土壤，他也许会旧病复发。而且，作案手段又较以前提高了，人也许在某种利欲下变得更凶残了。以至于敢杀人。”陈汉雄分析着。

“队长，我们下一步怎么办？”江涛问。

“现在我们已经知道了一个与照片相像的人，我们先找这个人。我想，我将这些情况向刘天林局长汇报一下，再听听他的指示。”

陈汉雄用电话向刘天林副局长做了汇报，刘天林因在外地，指示陈汉雄对此案也不要操之过急，照片上的人与黄福之相像，这就要认真调查这

个人及他的社会关系，还要尽快查清照片上另一个人是谁。必要时可安排警力对照片上的人进行密访排查，但绝不能打草惊蛇，注重查找证据，一旦能认定立即对其实施抓捕。

那个旧手机店的老板来到了刑警大队，他看了半天那张照片，摇着头说：“这个人不是卖手机的人，不过也有点像，不，不是他。”

“你可看准了？”江涛在问。

“是的，我看不像。不，我和这个人接触没几分钟，而且一直看那个手机了，没看上他两眼。警官，我认不准。但不太像呀。”

如果真是这样，姜永泉的劫杀案，与黄福之相像的人也许无关，因为姜永泉的案件可以认定是另一个人所为，目的就是为了图财害命，马原的案件也许另有目的。陈汉雄决定还是先从辨认到的黄福之的照片开始，先进行秘密排查，只要找到黄福之，起码马原的案件可以真相大白。

秘密排查

“我们要秘密排查，绝不能打草惊蛇。现在看来，黄福之是马原案件的重点嫌疑人，我们就从他身上入手。现在时间还早，我先与红风公司周万才联系，让他辨认一下照片上的人，起码能认出这张照片上的人是不是黄福之。”陈汉雄对江涛、白雪说。

陈汉雄拿起电话拨通红风公司副总经理周万才的办公室,但无人接听。

“他一定是去省城开商品展销会去了。”

尽管知道周万才已走，陈汉雄还是打了周万才的手机，周万才说，他和现在的供销科长罗文才正走在去省城的路上，最快也要两天后回来。如果有事，可找办公室主任郭凯。

周万才外出，陈汉雄决定吃过中午饭再去红风公司。

吃过中午饭，陈汉雄给郭凯打了电话，郭凯说在办公室等着他。

下午，陈汉雄和江涛、白雪带着那几张照片还是来到了红风公司。说

明来意，陈汉雄拿出照片让郭凯观看，看照片上的人他是否认识。郭凯看了直摇头说：“这两个人我都不认识，不是我们公司的人。”

“郭主任，你再仔细地看看。”陈汉雄还是抱着一线希望。

郭凯又看了一会，还是说不认识。

陈汉雄从照片中选出另一个不知名的人近镜头照片对郭凯说：“郭主任，你看这个人会不会就是你们公司原来的小车司机侯东林？”

郭凯笑了笑说：“陈队长，这个人我敢打保票，绝对不是侯东林，我真的不认识。”

看来，这两个嫌疑人中真的没有侯东林，连另一个与黄福之相像的人郭凯都不认识。由此下结论，这两个嫌疑人不是红风公司的人了。

“今天有老职工在公司吗？”陈汉雄问。

“没有,不过后院有两名保安在公司已干了五六年了,他们认识侯东林，不妨让他们也看看照片。”郭凯说。

“好，你请他们过来。”

郭凯给后院保安室打了电话，很快两名中年保安来到郭凯的办公室。陈汉雄说明情况，他们看了半天照片，都说不认识照片上的人。

离开红风公司，陈汉雄决定去北区派出所。

在派出所所长室，所长刘荣看着照片上的人像，一再摇头。

“你看看这个人是不是黄福之？”

刘荣又仔细地看着照片上的那个人，想想说：“我和这个人谈过话，但记不清他的面孔了。也许是吧。”

接着，陈汉雄让刘荣找到黄福之租房那片的户籍民警贺玉明，贺玉明是认识黄福之的。

很快，贺玉明来到所长室，他看着照片后肯定地说："我看这个个子矮一点的人，就是黄福之，另一个人我不认识。"

"你可看准了？"陈汉雄不放心地问着贺玉明。

"我虽然仅和他见过两次，但我的记性还是很好的，特别是对有些特殊情况的人，有特别的印象。我看照片上的人就是他。"贺玉明坚定地说。

"他在你的管区租过房子？"

"是的。那是今年一月份，他到派出所办理户口，户籍内勤民警让他找管片的先了解情况，然后才能落户。他便找到了我，因原籍是片向阳路七十六号的，我对他家的情况是了解的，但对他不熟悉。得知他是刑满释放人员，便问他现在住在哪，他说在他家原来的住房附近的一个地房里，每月租金八十元。我问明了他的住处，决定先到他那看看。和他谈谈他的有关情况，他说他现在给一个个体木器厂打工。了解到这些情况后，我便写了一个情况介绍，给他落了户口。后来他办了身份证。可是两个月前我到他的住处，发现这里已换成一个新房客，是一对新婚的小夫妻。我问黄福之哪去了，他说不认识这个人呀。我找到那家的房主，房主说，黄福之到外地打工去了，早已退了租房。具体到哪打工没有说，他也没有问。目前就掌握了这些情况。"

"走，我们再到他原租房去，看还能找到什么线索。"陈汉雄说。

此时已是傍晚，在贺玉明的引领下，他们来到向阳路七十六号，贺玉明指着路边的几栋高楼说，原先黄福之的家就住在那里，那里原是几栋砖瓦房，他父亲去世后，房子卖了。没过两年这里便动迁盖起了住宅楼。黄福之回来后，就在那栋楼北边租的房，那里还有一片砖瓦房，不过也挺不了几年，也要动迁，据说城建已做了规划，那里也要建成几栋居民住宅楼。

过了北边那栋住宅楼，贺玉明带着陈汉雄和江涛、白雪来到那片砖瓦房，

在第二趟房的中间，有一个小院落，院里有两间砖瓦房。

“这里就是黄福之原先租的房子。现在的房户姓张。”贺玉明说。

他们走进院中，那家一个年轻男子迎出来，他认得贺玉明，因上次贺玉明来过他家，他知道贺玉明是这里的管片民警，并将贺玉明和陈汉雄他们让到屋内。屋内还有一个年轻的女子，原来他们是新婚才几个月的小夫妻。

陈汉雄问了原来的房户他们是否认识，他们说没见过面。陈汉雄拿出黄福之的照片，据他们说根本就不认识照片上的人。

随后，贺玉明带着他们找到房主，陈汉雄也拿出照片，房主李老汉看了黄福之的照片后说：“这个像黄福之，但又不全像。”

而照片上的另一个人他不认识。他说自房子租出去后，他就不再到他的房子来了，所以对黄福之不了解。

陈汉雄他们又走访了黄福之租房的几个邻居，他们说黄福之仅在这住了几个月，平时这个人深居简出很少见到他的面。也有人说黄福之很勤快，每天都是很早出去，他似乎喜欢钓鱼，有人见到他曾起早提着钓鱼竿出去，晚上提着一小袋鱼回来。具体他和什么人接触，什么人常到他家来，邻居们不知道，也没有人见到他做违法的事。

“现在我们应该找到黄福之的姐姐。”陈汉雄说。

“听人说他姐住在东城，但叫什么名字不知道，他的姐夫叫什么名字我们都不了解。”贺玉明说。

天已黑了下来，陈汉雄决定让大家都休息，明天继续走访，一定要查到照片上的人。同时，陈汉雄和贺玉明约定，要找到黄福之原先的邻居，了解黄福之姐姐的有关情况。

第二天一早，陈汉雄对重案队的几名队员重新进行分工，技术科又将照片复制多份，他们每人都有黄福之和另一个嫌疑人的照片。江涛、罗玉辉、高岩分别到城区的几个派出所，会同派出所民警通过照片秘密辨认照片上的人，陈汉雄和白雪继续到北区派出所，所长刘荣派管片民警贺玉明配合他们进行调查。为了方便调查，陈汉雄找来一辆地方牌照的黑色奥迪轿车，他们三人都穿着便衣，陈汉雄像个公司的老板，白雪穿着一身朴素的衣裙，既像个学生，又像一名科室文秘人员，贺玉明岁数也不大，像个公司的办事员。

他们在春华小区找到一些黄福之父亲原来的几个邻居，他们都不知道黄福之姐姐的名字，有的只知她小名叫秀儿，她丈夫的名字也无人知道。

"陈队长，我们是在寻找黄福之的下落，我听人说黄福之在年初那段在城东大来烧烤店打过工，那里一定有他的熟人，我们不妨到那里寻找线索。"管片民警贺玉明说。

于是，他们驱车来到城东的大来烧烤店，这是一所位于一条最繁华的街市一个门店，在一所商业楼的一二楼。在店里，陈汉雄找到了老板，她是一位中年妇女，她看了照片，从中辨别出一张照片上的人像是黄福之，但不敢最后确认。他说黄福之在春天时在他店中干了两个多月零活，但嫌工资低，主动不干了，后来去哪找活他就不知道了，以后再也没有见到这个人。

"你那时怎么给他工资？"陈汉雄问。

"每月五百元，这比服务员还多一百元呢。但他还嫌工资少，我也没办法。"老板说。

"他是怎么来你店的？"

"我在店门外贴了广告，说本店需要一名年轻点的打杂人员，他主动找上门来。我见他有身份证，家是本地的，人也很老实，便聘了他。每天

干些零活，因此处流动人口多，说实在的，活计也不轻，而且每天都要到深夜，我想他是嫌活累才走的。”

“他平时都与什么人接触？”

“除了店里的人，没发现外人找他。”

“怎么，他犯事了？”

“不，有一起案件涉及一些嫌疑人，我们正在调查，我们的谈话还希望你给予保密。”

“是这样。”

“他平时有什么爱好？”

“他说他好钓鱼，说休息时整天都待在水库钓鱼。”

“你知道他都和谁一起去钓鱼吗？”

“这个还不清楚。”

“他都去哪钓鱼？”

“我听说是什么水库，对，还去过大青山的月光湖。”

“月光湖？”

“队长,月光湖咱们去过几次,听管理人员说,那里很少有人去钓鱼呀。”白雪说。

“是呀，他去过月光湖。”陈汉雄联想到抛尸的现场，更认定黄福之是参与杀害马原的凶手了。

“陈队长，我认识几个钓鱼的人，但基本都是一些离退休人员。我们是不是找他们了解些情况。”贺玉明说。

“这倒是一个好方法。玉明，我们现在就去找这些人。”陈汉雄现在只有采取多种方法，先找到黄福之就是胜利。

随后，贺玉明带着陈汉雄在他的责任区内找了两家住户，一家无人，一家仅有老伴在家。一问，才知其老头吃完早饭便骑着摩托车带着钓鱼器具和干粮出去钓鱼去了，去哪不知道，到晚上天黑才能回来。眼看已到中午，他们又走访了一家，还好，找到一个老者，是小城商业局退休的副局长，此人叫王汉山，今年六十五岁。他说今天天气好，他本来也该到水库去钓鱼，但因商业局上午老干部开展活动，通知他必须参加，他只好参加了老干部活动，快到中午时得了一份纪念品，商业局本是备了午餐的，但他血压高，怕有人劝他喝酒，故回到家中。

据王汉山说，他是退休后为了消遣和锻炼身体，才与别人一起去钓鱼，不过没多久便上了瘾。他常去的是西郊水库，还有南边的红岭子水库，但没有去月光湖钓过鱼，因那太远了。还听人说，那里的湖四周都是树木和水草，湖边难以立足，加之湖边树杈多，甩出的钓拉不回来。

“王局长，谁和你一起钓鱼呢？”陈汉雄问。

“我们这伙共三个人，一个是财政局退休的杜局长，他是领头的。他自己有一台红色捷达车，我们经常是坐他的车一起去，一起回来。另一个是小城工商银行的姜主任，他是前年退休的，退休之前我们就在一起钓鱼。他有时坐杜局长的车，有时自己骑摩托车，只有我是搭他们的车。今天一早他俩找我，因局里老部活动，我今天没和他们去。他们说今天去红岭子水库。”

“你没有去过月光湖钓鱼，他们二位是否去过？”

“杜局和姜主任都去过那里，听他们说也就去过一次，那是去年秋季。他们说，那里的鱼没有任何污染，野生的多，鱼的品种也多，很好钓。但路太远，而且湖边树杈多，难甩钩，而且稍晚一点，那里的蚊子成团，故很少有人去那里钓鱼。”王汉山说。

“近期他们去过月光湖吗？”

“没有，我们一直去红岭子水库，那里收点费，但湖边条件很好。不过，我想近阶段不会再有人去月光湖钓鱼了。”

“为什么？”

“我们在红岭子水库钓鱼时，听人说前些日子有人在月光湖看到一种怪物，头长得像人头，而身子却是绿的，怪吓人的。但那是个不太深的淡水湖，不会有水怪呀。”王汉山说。

“有这样的怪事？”陈汉雄感到意外。

“那仅是传说，我们没有见到，是听人说的。只是近期听说的，以前从来没有发现过。”

“杜局长他们知道此事吗？”

“知道，不过没有人相信。那仅是传说。人们都传说长白山天湖有水怪，要不就是外国那什么尼斯湖有什么水怪，也许有，不就是水中的一种动物吗有什么可怕的。月光湖历史也比较悠久了，但就那个小湖，水也不像长白山天湖那么深，有什么？我认为那纯属谣言。”

是呀，这也许是人们的传言，妖怪，世界上哪有妖怪，纯属迷信。陈汉雄思考了一下，想到还是让王汉山辨认一下照片吧。

“王局长，你们到一些水库钓鱼，见到照片上的人了吗？”陈汉雄拿出照片让王汉山看。

王汉山仔细地看着照片上的人，他指着那个像黄福之的人说：“这个人我好像看过，在西郊水库。不，在红岭子水库，前些日子我是听这个人在水库边上说月光湖有水怪的，不过近阶段一直没有再见到这个人。”

“这个人你经常见到吗？”

“不，好像就那次在红岭子水库见过，以前没见这个人。”

“他是怎么去的水库。”

“不知道。”

“杜局长和姜主任认识这个人吗？”

“这个不清楚，那次这个人说湖中有怪物时，他们俩也在场。不过，姜主任还特意问他怪物的事，他对这个人好像印象深一些。”

“姜主任他们今天在红岭子水库？”

“是的，他和杜局长都在那里，大约在天黑时才能回家。”

陈汉雄思虑片刻，决定去红岭子水库去找姜主任和杜局长，如果姜主任他们能提出有关黄福之的线索，从他那里也许能找到黄福之的下落。

“王局长打扰你了，你提供的情况很重要，谢谢你。我们现在走了。”陈汉雄说。

“陈队长，到吃中午饭的时候了，你们在我家吃点饭吧？”王汉山很客气。

“不，我们还有事。”

离开了王汉山家，陈汉雄向白雪和贺玉明说先到城东找一家小吃部，吃点什么，然后去红岭子水库。他们上了那辆地方牌照的黑色奥迪车，由陈汉雄自己开车。开到东城路一个路边小吃部，他们下了车要了三碗面条，吃过面条后。他们沿着城东的路向东走，红岭子水库距小城不过二十多公里，他们用不了多长时间便来到了水库大坝上，到了大坝上向东望去，水库的南侧果然有几个人在钓鱼。

“我们从这边过去，首先看看黄福之今天会不会在这里，如果没有他，我们要向这里钓鱼的人了解情况，重点是找姜主任了解情况。”陈汉雄说。

于是，陈汉雄将车停在大坝南边，然后三人下了车，盯着水库南岸那几个钓鱼的人，向他们走去。

湖中怪物

红岭子水库是小城辖区一个较大的水库，这个水库西侧是大坝，东侧是一汪长约两公里宽约一公里的水库，水库北边是一条柏油路。因那边是一片平地，此时正是下午阳光强烈之际，没有遮挡，所以没有一个人在此钓鱼，只是水库边上停着几艘机动船。而在水库南岸多是林木，再向南是一片林木繁茂的山峦，近年来小城已将这里开发成风景区。水库、绿山、凉亭，景色很好。每到五一、十一，城内都会有很多游人到这里来游玩休闲。在这片山峦中有很多寸草不生的红色岩石，故这片山人称红岭子，下边的水库叫红岭子水库。

陈汉雄三人沿南边的水库岸边向东走，他们首先遇到的钓鱼人是两位年纪在二十多岁的小伙子，他们蹲在树根下，相距不过十米。一个高个，一个矮个，陈汉雄他们虽然不认识这两个中年人，却发现他们都不是黄福之。再向南看，那边还有两个人在钓鱼，再远看，再没有人钓鱼了。陈汉雄分析那两个人一定是杜局长和姜主任了，看来黄福之没有在这里。陈汉雄他们来到那个高个子小伙子身边，那个人抬头看了陈汉雄一眼，便只管注视着水库中他抛出的鱼漂，在他的身边的地上还铺着一张报纸，上面有没有吃完的香肠和面包。陈汉雄随意地问道：“师傅，这里的鱼爱咬钩吗？”

高个人说：“还可以，不过鱼饵要讲究一点。”

陈汉雄回头对白雪和贺玉明说：“你们向前边看看，我和这位老弟谈谈。”

白雪和贺玉明向前走了。陈汉雄从衣兜中掏出一盒香烟发给这个高个子一支，那人接过来又看了陈汉雄一眼说：“谢谢。”随手陈汉雄拿出打火机给点上，然后自己点起一支烟。

“看来，这位大哥对钓鱼也很爱好嘛！”高个人说。

“是的，在这里没钓过鱼，今天路过这里看有钓鱼的就过来瞧一眼。来这里钓鱼的人多吗？”陈汉雄说。

“不多，你看今天就我们四个人，那边还有两个老头。天这么热，到晚上还会有人来。不过到双休日人就多了，有的还要在这里支上帐篷过夜呢。”

“你是小城人？”

“是，今天单位串休，这不我们骑摩托车跑到这来。”

陈汉雄再向他俩身后的树丛看，发现那里停着两辆摩托车。

“你们常来这里钓鱼？”

“不，平时只有双休日来。”

“我听人说大青山的月光湖鱼比这里好钓呀。”

“那呀，我去过两次。不过，现在不能去了，那里的湖中有怪物。”

“有怪物，这是怎么回事？”

“大哥，上个月双休日，是六月末的最后一个双休日，我和那边钓鱼的

张老七骑摩托车到月光湖钓鱼，这是我们第二次去那里，六月初去过一次。月光湖虽然四周多是树木和水草，但唯有东侧一条湖边树木少些，河边虽有些水草，但将钩抛到湖中还可以。那个湖平时几乎没有人去钓鱼，寂静得很，只是那里的鱼不爱咬钩，但那里的鱼都是野生的，没有任何污染，这样也吸引人。如有时间到那里看看风景钓鱼就当玩了。”

“那天上午天有些多云，我们坐在湖东，整个湖边就我们两个人钓鱼。大约在上午十点多，我们正在湖边看着鱼漂，突然，我们听到北边那边的湖边有一种怪叫，我们抬头一看，不得了了，一个比人脑袋大好多的怪头在那边的湖边芦苇丛中。这个怪物全身绿，头也是绿的，眼睛老大了，张开的嘴有两颗很长很尖的獠牙，血盆大口，狰狞可怕。怪物似乎发现我们在钓鱼，跳到水中向我们游来，并吼叫着。当时我们吓坏了，拉起渔具就向山上跑。我和一起来的张老七，吓得连鱼竿都扔在湖中。我们俩人跑到山上再向湖中看，却什么也没有了。但张老七仍然不敢到湖边去。我们壮着胆子来到湖边取回渔具，准备将这些放在摩托车上下山回家。也就在这时，湖北边的芦苇丛中，又有吼叫声，那种声音非常可怕，于是我发现那种怪物又在那边出现了。我们惊慌地收起渔具，骑上摩托车便沿这边的路下山回小城了。我倒没什么，可胆小的张老七回家天天做噩梦，一闭眼睛就看到那个怪物。”

“那边的人是张老七？”

“对，就是他。大哥，别说话了，鱼。”那个高个子发现鱼漂沉下去了，他一扬杆，钓上一条大约有一斤多重的草鱼，他脸上浮出了笑容。

“杨兄又钓上一条。”靠南一些的那个叫张老七的矮个子看着钓上的鱼，叫着。

“是的。”高个子从鱼钩上摘下了鱼，放到身边一个尼龙丝袋中。

陈汉雄想着高个子说发现怪物的地方，距湖边大约一百多米，如要真有此事，是可以看得清的，但他有些疑惑。

“你刚才说怪物的事是真的？”陈汉雄问。

“我亲眼见到的。”

“以前发现过吗？”

“那个湖我就去过两回，就见到这一次。”

“你看到的那个怪物会不会是哪个会水的人戴着面具在恶作剧吓唬人？”

“不是，是一个怪物，全身发绿，那种声音，人是叫不出来的，即使会叫离我们那么远声音却那么大，瘆得很。人是装不出来的。”

“会不会是山上跑下来的野兽？”

“哪有这种野兽，特别是全身绿色的，像是水中的怪物。”

“你和张老七看到了这种怪物，还有谁看到了？”

“那天就我们两人，没有别人。一周后，我俩到这个水库，那天可能是七月二号吧，我们在水库也是今天这个位置钓鱼，一个三十多岁的男子路过我们对我们说，他说月光湖有怪物，那种怪物吃人呀，那里不能去呀。我说我们上周去见到了，可怕极了。那人还向别人说了此事。”

“这人姓什么？”

“有人说他姓黄，干什么的不知道。这个人曾几次到这个水库来钓鱼。看来，他也去过月光湖看到了怪物，要不他怎么知道月光湖有怪物呢。”

“这个人什么特征？”

“身高一米七二左右，不胖不瘦，穿个淡灰色上衣，没有什么特征。别的没注意，他带的是手杆。”

“手杆？”

“是手杆，你看那边的老头有的用的是海杆，海杆是带摇轮和铃铛的，那种杆贵着呢。”

陈汉雄点点头。

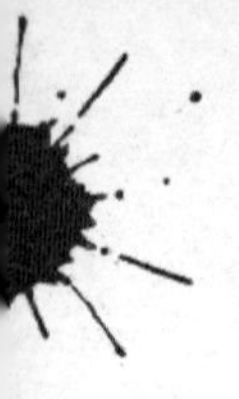

“你知道姓黄的人是哪的吗？”

“不知道。”

“经常在水库见到他吗？”

“就今年见过一两次，以前从没见过这个钓鱼的。”

“他是怎么到水库来的？”

“不知道，也许是打车来的或是自己有车停到坝那边了。”

“在你们常钓鱼的人中有人认识他吗？”

“不知道。”

见此，陈汉雄决定公开身份，对高个子说：“不瞒你说，我是小城公安局刑警，叫陈汉雄。前一段时间在月光湖中发现一具男尸，死者是红风公司的总经理叫马原，我想你一定会听说此事了？”

那位姓杨的高个子看着陈汉雄说：“原来你就是小城被人称为神探的陈汉雄，气宇不凡，但也挺平易近人的。你刚才说月光湖发现过男尸，我们没有听说过呀，他是不是被怪物咬死的？”

“不，他是被人杀死后抛到湖中的。你姓杨，叫什么，是哪个单位的？”

“我叫杨剑，是小城金玉植物油厂的，张老七和我是一个车间的。”

“你认识一个叫黄福之的人吗？”

“黄福之？没听过，不认识。”

“那位张老七呢？”

“他也不可能认识，我们常在一起，他从没提起过这个人。”

陈汉雄问着从兜中拿出两张照片说：“你将张老七也叫过来，看一看这照片上的人，你们是否认识。”

“好。”

杨剑放下鱼竿，到南边叫来那个矮个子。他们看着照片，都摇着头，看来他们都不认识照片上的两个人。

陈汉雄掏出笔记本记下两个人的姓名和电话号码，很客气地对他们说："打扰你们了，谢谢了。"

"不用谢。"

陈汉雄向东走去。

在水库南的东边有两个老者在钓鱼，其中一位老者在抛杆。白雪和贺玉明与他们交谈。

陈汉雄走到他们身边，白雪对陈汉雄说："陈队长，这位是杜局长，这位是姜主任。"

陈汉雄客气地对他们说："两位大叔在钓鱼呀？打扰你了。"

"没什么，白警官已和我们谈了一会，你们说的姓黄的人，我们不认识。但从照片上看，这个人上个月到这个水库来钓过鱼，以后再也没见过他。"杜局长说。

"关于月光湖中有怪物的事你们听说过吗？"陈汉雄问。

"有人说过，没有人信，胡说八道。我俩都去那个湖，根本就没发现过怪物。一个淡水泡子，就是有点鱼虾，那一定是谁吃饱饭没事撑的，瞎造谣。"杜局长说。

"姜主任，上周有个姓黄的人在这里向你说湖中怪物的事，你还特意向他打听此事？"陈汉雄转身问姜主任。

"是有一个人，三十多岁，就是你们让我看照片上的那个人。我不知道他姓什么，有人说他姓黄，是今年才开始钓鱼的，以前没来过。沉默寡言，以前也不和谁说话，只是那天说了此事，后来再也没见到他。"姜主任说。

"他和谁一起来的？"

“就他一个人。”

“怎么来的？”

“好像是打车，到晚上有车来接人。他是哪的，干什么的，没有人知道。不过，他每次还能钓到一些鱼。”

了解到这些情况，陈汉雄看了一下手机上的时间，然后对白雪和贺玉明说：“我们去月光湖。”

一个小时后，他们来到月光湖边，在湖的东面，果真发现有一块水草矮、湖边树木少的湿地，想必杨剑他们一定是在这里钓鱼发现怪物的，按他说的方向和位置，陈汉雄发现那个曾发现怪物的地方在发现马原尸体的东边，距那个现场大约几百米，而距这个湖边较近。

“走，我们到那边看看去。”陈汉雄说。

于是，陈汉雄他们绕到湖的北边，那里多是草丛和树木，湖边多是水草的芦苇，七月中旬的芦苇不算高，但也可以藏住人了。在湖的东侧湖边，有两条铁船被铁链锁在岸边铁环上，但没有桨。

“白雪、贺玉明，你们俩在湖边等我，我到那个发现怪物的地方去看看。”陈汉雄对白雪和贺玉明说。

“队长，不能去，那里危险。”白雪拦住了陈汉雄。

“不，那里的水并不深，怎么会有怪物呢。我必须到那里看看。”陈汉雄态度很坚决，并从腰中摘下手枪交给白雪，然后开始脱外衣。

“陈队长，我虽然不会水，但在水浅的地方也可帮你，我也下湖。”贺玉明也脱下外衣、鞋子、裤子。

“好，你在我后边，我们探探这个湖的秘密。”

“队长，你拿着这支手枪吧，如果真有怪物，可以开枪。”白雪将手枪递给陈汉雄。

“好，这倒是个好办法。白雪，把你手枪借给贺玉明，让他也壮一下胆。”陈汉雄看着白雪笑着说。

白雪撩开前衣襟，从腹下腰带的枪套中掏出一支小手枪递给贺玉明。

“队长，你们一定要注意安全。”白雪还是有些担心。

“白雪，在这里等着我们，不会有事的。”陈汉雄回头看了白雪一眼，然后和贺玉明推开岸边的芦苇趟入湖水中，向深水中走去。

陈汉雄他们向南走着，走出大约五十多米，水有些深了，但也走出了芦苇从，眼前是一片宁静幽蓝的湖面，几只水鸟被他们惊飞。他们到的地方也许就是杨剑他们发现怪物的地方，此处水深已过胸部。陈汉雄环视着四周，除了静静的湖水，摇荡的芦苇水草，还有湖边四周茂密的树木，远处的山峦，什么也没有呀。

贺玉明手持着枪，一直小心翼翼地看着四周，他感觉此时水中也是安全的。

“陈队长，这里没有怪物呀，难道那天他们看到的山上的是野兽跑到湖里来了？”贺玉明说。

“不会，什么野兽能是大头绿身子，一定是有人在湖中恶作剧吓唬来这里钓鱼的人。我们在芦苇丛中搜搜。”陈汉雄说着。

于是，他们在这一片芦苇丛中搜索。

陈汉雄也是一手持枪，一手拨开芦苇和水草，他们在这一带的湖边搜索着，但什么也没有。

“陈队长，什么也没有，我们是不是上岸呀。”贺玉明问。

“看来，那两个看到水中怪物的人，一定是眼睛看花了，或是看到了人们说的海市蜃楼？”陈汉雄疑惑着。

“陈队长，海市蜃楼没有声音呀，那是一种由于阳光折射或阳光与水

雾产生的一种神奇虚幻的景观，我看不是海市蜃楼。”贺玉明说。

“如果这样看，一定是有人故意恶作剧吓唬人。好吧，我们向岸边走。”

然而，就在贺玉明快到岸边时，他惊叫起来：“怪物，怪物！”

“哪有怪物？”陈汉雄在另一边向他奔来。

“陈队长，你看那边。”

顺着贺玉明惊恐的目光，陈汉雄发现那边的水草上有一个绿色的怪物，而且瞪着一双如拳头那么大的眼睛。

“陈队长，我们是否开枪？”

“不，我看这个怪物为什么不动呢，而且睁着的双眼也没有一点光泽。我们向前靠靠。”

“陈队长，这样太危险，是不是它睡着了。一旦醒了扑上来怎么办？”

“不要怕，跟我来。一旦他向我们扑来就开枪。”

陈汉雄在前，贺玉明在后，他们向那个怪物靠近，然而，怪物仍是一动不动。陈汉雄注视着怪物，弯腰在湖中抓了一把泥抛向怪物，但怪物仍是没有任何反应。

“难道它死了。”陈汉雄边疑惑边向怪物靠近。

离怪物越来越近了，他惊呆了。哪来的怪物，原来是被人遗弃在湖中的一个大面具。

“玉明，你过来吧，不要怕。什么怪物，你过来看。”

贺玉明仍是小心翼翼地来到陈汉雄身边，一看也惊呆了。

“真是有人恶作剧，什么怪物，原来是有人在湖中捣鬼。红嘴獠牙，原来是一个塑料假面具。陈队长，那怪物的绿身子怎么回事？”

“一定是那个恶作剧的人穿着绿衣服。”

“那种怪声音呢？”

陈汉雄想了想说：“现在走街串巷收废品的，还有走街串巷卖高粱米饭、小豆腐的用什么喊叫？”

“你是说那种录好音，自动播放的电池录音话筒。”

“对，就是这种东西，声音音量当然很大。我们在这四周再搜搜，如果没有新东西，拿着这个假面具我们上岸。”

他们在这假面具四周又搜查了一会，再也没有发现其他物品。于是，陈汉雄拿起那个假面具，假面具后面有个能套在头上的松紧带。

他们上了岸，白雪看到了这个假面具后说：“陈队长，看来你们没有白下湖，那个怪物我想就是这个吧。”

“白雪，都说你非常聪明，果然如此。”贺玉明说。

“这不是和陈队长学的吗。看到的东西，不要先说话要先动脑。”白雪看着那个假面具说。

“陈队长，我不明白，这个人为什么到这个湖来假扮怪物吓人呢？”贺玉明有些疑惑。

陈汉雄笑了笑说：“我们今天没有白来，而且为黄福之又找到了一个物证，就是这个假面具，怪物的扮演者就是黄福之。我想，黄福之为了杀死马原，早已做好了充分准备，而且抛尸地点都选好了，就是这个湖边。但是，这个湖虽然很少有人来此钓鱼，可偶尔也有人来此光顾。于是他有个担心，就是怕在这里遇到钓鱼的人，或有人发现他到此抛尸。想来想去，在六月末的一个双休日带着这个假面具，身穿绿衣服，来到湖北，从芦苇空隙中果真发现有人来此钓鱼，于是戴上面具，拿着一个录好音的录音电子话筒，从这边的芦苇丛中钻到湖中，播放话筒中恐怖的叫声。

由于东岸钓鱼的人离他较远，而且不能看清他的详细特征，只能认为

是湖中怪物，吓跑了来这里钓鱼的人，还让他们传播了此事，让那些钓鱼的人不敢去月光湖钓鱼。

这次行动后，他在湖边的芦苇中抛掉了假面具。为了让更多的人相信湖中有水怪，他到离大青山较近的红岭子水库散布月光湖发现水怪的谣言，目的就是制造恐慌吓跑来月光湖的人。因为，钓鱼的人不像什么游人或摄影、画画的，他们在湖边一守就是一天，湖中什么事都逃不过他们的眼睛。这个黄福之也很狡猾，除了在钓鱼的人中传播，并不再向其他人传播，他还担心这个奇闻一旦传到媒体或政府部门，一定会有人来此湖探秘，可也是他的传播吓跑了一些钓鱼的人，并没有引起其他人的注意。不久他杀了人，起早来到月光湖抛尸。发现尸体后，我们曾找山湖管理人员调查时，都没有人反映这一怪事。”

“陈队长，你分析得有道理，我看也是黄福之扮演的怪物。”贺玉明惊叹地说，他由心里佩服陈汉雄的分析推理能力。

“天有些暗了，我们去山湖管理所，看在那里还能得到什么新的线索。”

于是，他们又来到山下，坐上那辆黑色奥迪车，下了山。

山湖管理所在山下一个大院内，院内有几间瓦房，一台拖拉机，还有一辆红色吉普车，是防火宣传巡逻车，在墙东还有一片菜地，墙外堆着一大堆干树枝。管理所还有一辆面包车，因这些人都住在小城，他们下班全坐面包车走了。陈汉雄他们来到这里时，山湖管理人员早已下班，只有一名常年住在这里的孤身男子，他叫王大臣，五十来岁，此时正在屋里烧火做饭。他白天在山湖巡查，晚上在此打更。因陈汉雄来过这里，他已认识陈汉雄。马原的尸体就是他和一名叫赵秉发的山湖管理人员发现的。

“陈队长，怎么有空到我们这来呀？”

“你们高所长下班了？”

"早都走了，现在都到家了。你们请坐。"

"晚上做点什么呀？"陈汉雄问。

"大米饭，吃点小菜也就行了。"

这里是王大臣的办公室兼宿舍，室内有一铺火炕，一张办公桌，几张椅子，还有电话和电视。陈汉雄他们坐椅子或炕边。

"王师傅，你最近听说过月光湖有怪物的事吗？"陈汉雄问。

"没听说，自那次带你们到湖边后，我前天去了一次湖边，那里安静得很，连个人影都见不到。你说有怪物，那不可能。"

"怎么不可能？"

"我守着这个山和湖二十多年了，夏季里经常到湖中去，从没发现过怪物。秋天还去湖中打鱼，除了鱼，湖中没有任何动物。"

"看来，这个湖中真没有怪物。王师傅，你见过这个吗？"陈汉雄拿过来假面具。

"这不就是个假面具吗，没见过。不过，这不就是过年过节小孩戴着玩的吗。"王大臣看着假面具，摇着头。

"王师傅，关于那次发现尸体的事，你们又发现了什么？"陈汉雄问。

"没有。不知马原总经理的案子破了没有，电视我天天看，也没见到报道这些消息呀。"王大臣说。

"现在没有破，不过快了。王师傅，我向你打听一个人，有个叫黄福之的人你认识吗？"

"黄福之，没听说过，不认识。"

陈汉雄让白雪拿过来那几张照片："王师傅你看看这照片上的人你认不认识？"

王大臣看着照片，摇着头，他一个也不认识。

“王师傅，月光湖常有人来钓鱼吗？”

“以前没发现，只是今年偶尔有人到湖边钓鱼，不常有。我们发现几回，也没有限制，反正他们也钓不了多少，还不是经常来。”

“在这些钓鱼的人中，你有认识的吗？”

“没有。不过都是城里人，他们是在双休日开车或骑摩托车来的。我们所长也知道此事，说一旦有钓鱼多的就收费，但来此钓鱼的太少了，只好随他们去了。不过，我们巡逻发现有人钓鱼时让他们注意防火就行了。”

“是这样。王师傅，打扰了，我们走。”

“陈队长，在这吃完饭再走呗，我这里有酒。”

“不了，谢谢了。”

告别王大臣，陈汉雄和白雪、贺玉明沿着下山的路回小城。此时，已是晚上六点多，车正行驶着，陈汉雄的手机响了，是江涛打来的，说发现了照片上另一个人的线索。

“不要打草惊蛇，我立即回去。”

回到小城，天色已完全暗下来。在刑警大队，陈汉雄他们见到刚刚从外边回来的江涛。

“你们工作的效率很高呀，查到照片上的人了？”在陈汉雄的办公室，陈汉雄高兴地问江涛。

“查到了，但是不能最后确定。此人和照片上的人并不十分相像，但他有关条件确实与我们要找的红车司机相像。”

“你说说情况。”

“这个人叫杨守业，他的眼角有一小块疤痕，但在照片上是看不出来的。

据杨守业的邻居说，那是他前几年喝酒喝多了摔的。”

“杨守业家住在哪？”

“他家住在南区虹桥路 187 号的老城区，这一带多是地房及院落，他家是这片砖瓦房中的一家。”江涛说。

“他开的是什么车？”

“是红色普通桑塔纳轿车。”

“车牌号是多少？”

“是 55213。”

听了江涛的话，陈汉雄沉默了一阵。

“杨守业现在在家吗？”

“经我们初步查没有在家，有可能是出车没回来。”

“杨守业，他常跟什么人在一起？”

“平时出车就他一个人，但此人好像有个朋友，或是他的亲属，此人姓黄，我询问了姓黄的人体貌特征，我分析这个人就是黄福之。所以，尽管他不完全像照片上的人，我认为他也是我们要调查的重点人之一。”江涛说。

“好，江涛越来越聪明了。如果杨守业真是照片上的人，我敢确定他还有一个牌照，而是一个假车牌，那就是 54236，杜江说跟踪他的车以及到大青山那个没有牌照的车都是他的车。”

“我看也是这样。”江涛也这样认为。

“我看也应该是这辆车。”白雪也赞同。

“杨守业，出租车司机，正好用车来运尸体。看来照片上的人就是这两个人。我再向刘天林局长汇报我们掌握的情况，应立即对这两个人进行调查。如果照片上的人真是他们就对他们进行拘捕。”

事关重大，陈汉雄通过电话，得知刘天林在昨天去外地参加一个刑侦会议，现正住在那里的宾馆。陈汉雄用电话将他们工作的情况向刘天林做了简要的汇报。刘天林指示，立即对黄福之和杨守业进行调查，并对他们实行秘密监控，发现证据，立即拘留，同时要进一步保护杜江的安全。

正说着，罗玉辉这一组人也回来了，他们查到了黄福之的一些线索，有人发现前几天在小城内见过黄福之，看来他这几天一直在小城，并没有到外地去打工。他现在住在哪呢？下步工作如果再找不到黄福之，必须要找到他姐姐。

然而，眼前必须要查清杨守业的有关情况。陈汉雄让大家抓紧时间吃晚饭，然后先由江涛和罗玉辉再进一步调查，一定要获得有关证据。其他人在队里抓紧时间休息待命。

经查，杨守业家共三口人，一个九岁的男孩，妻子在向阳路商场当售货员，家庭生活条件是很好的。而杨守业这些天每天早晨出车，晚上回家，有时是深夜回家。上星期六，有人发现他和一位中年人开车去了大青山方向。而今天是清早五点钟便出车了，说有人租车，是去了长春，可能在晚上才能回家，这两天也行踪莫测。他开的车正是一辆红色普桑，但车牌号是 55213。看来他还不知道公安已发现了，夜里一定会回家的。

江涛将查得的情况立即报告给陈汉雄，得知杨守业的情况，陈汉雄认为从他在星期六上午去大青山的情况看，他有伙同黄福之到月光湖抛尸的重大犯罪嫌疑。为了不打草惊蛇，陈汉雄派江涛和罗玉辉、贺玉明对杨家暗中监控，来一个守株待兔。

守株待兔

夜很宁静，在这片老城区，很多家已经熄灯睡觉了。

然而，在杨守业家宅院外的小树林中，正隐蔽着江涛和罗玉辉、贺玉明，他们在守株待兔。

深夜十点，从杨家门前西侧的小路上有车的灯光，看来，一定是杨守业出车回来了。

“小罗、小贺，注意！杨守业回来了。”江涛在提醒罗玉辉。

很快，一辆红色普通桑塔纳轿车开进杨守业家的院内，车停在院内后，从车上下来一个中年人。

“杨守业！”有人在叫杨守业的名字。

“哎！”中年人习惯地答应着，他发现面前有两个陌生人，不由有些吃惊，“你们是？”

“我们是小城刑警，你涉嫌犯罪，请和我们走吧！”江涛和罗玉辉发

现此人和杜江照的照片上的人极其相像。他亮出警官证。

“我什么也没干，我不和你们走！”杨守业似乎要向院门外退去，他要伺机逃跑。

江涛看出他的目的，哪容已到嘴的肉丢失了。他立即上前抓住杨守业的胳膊。

“我没有犯罪，我什么也不知道。”杨守业在挣脱。

这时，罗玉辉上前将杨守业铐上手铐。

“我没干什么坏事，你们为什么抓我！”杨守业还在耍赖。

“杨守业，别抱幻想了，和我们走吧！不过，你的车我们也要开走。”江涛推了他一把。

杨守业被塞进他自己的红色桑塔纳轿车中。这时，他家房内的灯亮了，他的妻子披着衣服从室内闻讯跑出来：“守业，你这是怎么了？”

杨守业从摇开的后座车窗露出面孔对妻子说：“没什么，我很快就会回来的，你不要管我。照看好孩子吧！”

“不，你到底怎么了，让我也知道呀。”妻子非常着急地叫着。

“你不要管我，回去睡觉吧！”

由罗玉辉控制着杨守业，江涛打开红色轿车的后备箱，但在车厢中除了一桶机油和修车工具外，什么也没有，也没其他车牌照。这让江涛和罗玉辉有些失望。但他们决定还是将杨守业带回刑警大队。罗玉辉和高岩开着警车押着杨守业在前，江涛开着这辆红色轿车在后，他们直接将杨守业带到了刑警大队。

得知杨守业被抓获，陈汉雄安排一下对黄福之的调查和抓捕，便和白雪匆忙地赶回刑警大队。

他们首先对杨守业的车后备箱进行详细的检查。但这辆车的后备箱有近日被冲洗过的明显特征。除了一些修车工具，还有半桶机油外，后备箱中空空如也，没有半点血迹。尽管如此，陈汉雄调来了技术科的技术员对这台车进行技术检验。技术员从已冲洗过的后备箱中发现两根毛发，在左轮胎壳上方，竟然找到一块没有被冲洗掉的血点。技术员提取了这些物证。

审讯杨守业开始了，陈汉雄主审，江涛、罗玉辉参加，白雪做记录。

开始，杨守业不是不语就是什么也不知道。

陈汉雄决定先和他谈谈，再等技术员那边检验的证据。

“杨守业，我说了半天，你听明白了。党的政策你也知道的，坦白从宽，抗拒从严。我想你应该尽快交代你参与犯罪的事实。”

“警官，我是一个守法的公民，什么犯罪的事也没干过。不信，你问问我的邻居，这些年我一直在开出租车，没有干过坏事呀。对了，那位女警官我好像见过，你是不是我家邻居沈月的外甥女？”杨守业在看着白雪。

“我们在问你，请你不要扯别的转移视线？”白雪严厉地指责他。

“杨守业。我相信你曾经是个守法的公民，但有些事你要说清楚。我问你，上星期六一早，你去大青山月光湖畔干什么？这几天你的车中坐着谁，又在干什么？”陈汉雄目光如剑，看着杨守业。

“警官，我……我，我没有去过月光湖，这几天是早出晚归，不就……就在城内多拉几个顾客赚点钱吗？”杨守业说话有些吞吞吐吐，并躲避陈汉雄的目光。

“你没有去过月光湖？”

“是的。”

“我再问你，这几天都是什么人坐你的车？”

“都是过往的乘客，我一个也不认识。只是今天东城果品加工厂姜主

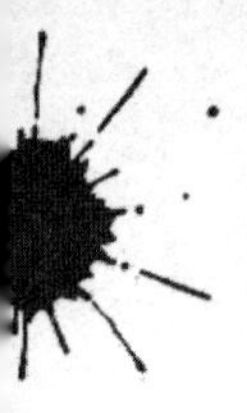

任用我的车去省城联系业务，我是早六点走的，晚十点多刚进家院就被你们带来了。”

“你车后备箱近些日子都装过什么？”陈汉雄看着杨守业，问道。

这一问让杨守业一惊，不过他很快又平静下来：“警官，我的后备箱平时放些工具。但有些顾客带着一些包裹或物品，也只好放在后备箱中了。”

“你的车后备箱近日冲洗过吧？”

“没有，真的没有。不，是半个月前冲洗的。是下乡，一个顾客拉鸡蛋，由于乡道不好走，鸡蛋不慎打了一些，车后备箱这个脏呀，加上乡道尘土飞扬，我的车后备箱中都是土，我就洗了车。”

“不这样吧？”

“是这样。”

就在这时，技术员走进来，在陈汉雄耳边说了什么。陈汉雄点了点头。

技术员走了。陈汉雄怒视着杨守业，大喝道：“杨守业，你不要再狡辩了。关于你近日的行踪我们是全调查清楚才找你的。你想想，没有一定的证据，我们能将你请到这来吗？想怎么办，你自己决定。别牵着不走，打着倒退。”

杨守业再次一惊，脸上冒着汗，仍在躲避陈汉雄的目光，低下头。

“你车后备箱拉鸡蛋，还拉过人吧！”陈汉雄先发制人。

杨守业不语。

“你不说，人家黄福之是要说的。你看着办吧？”

一听说黄福之，杨守业抬起头来，看着陈汉雄，然后站起身来。

陈汉雄大喝一声：“坐下，谁让你站起来的？”

杨守业又坐下来说：“警官，我说，我说。那个人不是我杀的，是黄福之杀的，我只是帮他运了尸体，那是被逼无奈呀。”

陈汉雄见他开口了，并不急于往下问。而是点燃一支烟吸了起来。

“警官，我说的是实话，能不能给我一支烟，我全说。”

“想说实话，坦白交代？”陈汉雄追问道。

“我坦白，我全说了。”

“给他一支烟。”陈汉雄让江涛递给杨守业一支点燃的烟。

杨守业贪婪地吸了几口烟，然后他交代了以下的事实。

杨守业与黄福之是初中时的同学，也是好朋友。黄福之没读完高中便在小城打工，而杨守业由于家境困难，只读完初中便与人学开车，后来干起了个体司机这一行当。起初是租别人车，也给别人干过钟点工。直到五年前，他结婚后，才积攒几万元钱从别人手中买了一辆二手的红色桑塔纳。

十年前，他与黄福之还多次接触，在一起吃喝过。黄福之外出或在城内也多次打过他开的出租车。可后来，黄福之突然没了踪影，他不知黄福之因犯罪而被判刑。一晃八年多过去了，今年春天，在站前有一个中等身材的中年男子打他的车，他一惊，这不是他初中的同学黄福之吗？黄福之要去平城，平城距秋原大约一百六十多公里。一路上，他与黄福之攀谈，这才得知黄福之劳改蹲了八年，前一段时间才刑满释放。黄福之说他现在做买卖，生意非常好，今天是去平城办点事。去平城，打车费一百五元即可，杨守业因是同学关系，不想要钱了，但黄福之却给他二百元。他们相互留下手机号。之后，黄福之在城内或去平城等地，几次租他的车，还几次请他吃饭喝酒。杨守业曾问过他现在住哪，他说他在城东天桥路老区，是租别人的房子。

上星期五的深夜十一点，黄福之给杨守业打电话，说星期六要用他的车去吉林，要起早走。他们定了凌晨三点走。黄福之让他到天桥老区他的租房处去接他。星期六凌晨三点，杨守业准时起床，开着他的车，按他说

的地点，找到了他家。黄福之早已起床，让杨守业先到他的屋内，有话要和他说。来到室内，黄福之将一把尖刀插在室内的桌子上，说他杀死了一个人，是外地他的一个仇人，现就藏在他住的租房西边的仓房中，让杨守业帮助将尸体运走，如果他同意就给他两万元钱，如果不同意，他就杀了杨守业。面对黄福之的尖刀，无奈之下，他决定还是帮他将尸体运走。

趁着天还没有亮，周围没有人时，他们从仓房中抬出一具用麻袋包裹着的尸体，将尸体放到后备箱中。上车后，黄福之让杨守业开车立即去往城东郊，将尸体抛到月光湖中。那里可是个抛尸的好地方，一是地点隐蔽，二是路远些，即使有人发现尸体，一时是无人能认识死者的。

于是他们进入大青山中，在通往月光湖北面的一条小路边停下了车，为怕人事后认出杨守业的车，杨守业停车后便先卸去车牌照，然后二人抬着尸体，便来到了月光湖。他们见四周无人，便将尸体抛向湖中。

然而，就在他们将尸体抛入湖中的同时，他们发现对面的山坡上有光亮一闪，他们一惊，发现山上有人影，像是对着这面照相，黄福之感到事情被人发现了，然后便向对面的山上叫喊，但他们发现湖对岸山坡上的人影一闪，不见了。不知这个人有没有发现他们的罪恶，黄福之决定和杨守业到对岸的山中去寻找照相的人。于是他们绕到湖的西面，从那里到对面的山上，寻了一阵，根本没发现那个照相人的踪影。他们决定下山去寻找，这时天下雨了，他们冒雨在山中的几条路找了一阵也没找到。后来从一个路人那里打听到有一台白色桑塔纳轿车曾出山向小城方向去了。但是，这个人是谁，他们不知道。

黄福之让杨守业开着他的车回小城，沿路追着这辆白色桑塔纳轿车，但没有发现这辆车的踪影。黄福之说，这几天还要用杨守业的车，他分析这个去大青山的人是小城的，他要在小城内找到这个人，索回他照的底片。

到小城后，天正下着大雨，黄福之在车中给了杨守业两万元钱，让他不能将此事说出去，因他也参与了杀人案，是与黄福之同罪。在小城东城一个僻静处，黄福之请杨守业在一间小吃部吃的午饭，也算是早饭吧。

然后，黄福之在中途顶着雨下了车，说有事要办。怕车后备箱中有血，杨守业没有将车开回家，而是将车开到城西一处僻静的河边丛中，冒着雨用车中的小水桶冲洗了车的后备箱，认为没有血迹才停止。然后回家换了衣服，趁妻子洗衣服之际，将钱藏在家中的工具箱中，之后就到站前出车去了。

可事隔两天，黄福之给他打电话，要用他的车。早上六点，让他在城西一个偏僻的小巷内等他。并让他换上他用报纸包着的一副车牌照。并告诉他，那个照相的人找到了，他叫杜江，是小城环保局的宣传干事，他连他家都找到了。他们在街面一间小吃部吃了点早餐，然后按黄福之说的他们来到香荷公园南路，等在路边。早七点半，他们发现了杜江的车，并进行跟踪，通过跟踪他的车找到了他的单位所在地。

之后，黄福之让杨守业摘下那副车牌，该跑出租还跑出租，晚四点半仍在香荷公园南路的路边树丛下等他。这一天，黄福之干什么去了，他不知道，晚上按他的指令，他在晚四点半前到了香荷公园南路，果真等到了他。但他晚上五点多发现杜江的车回住宅小区时，黄福之并没有再跟踪，而是让他去城南区，在车上又给了杨守业二百元钱，车到南区法院附近，他下了车。他和黄福之到月光湖抛的尸体，他不认识死者，只听黄福之说是他以前的一个外地的仇人，就是警方找到尸体也破不了案。但红风公司老会计姜永泉是谁杀的，他真的不知道。

“你和黄福之去大青山月光湖抛尸挂没挂车牌照？”

“去时挂着牌照，但到山里后我怕有人记住我的车牌号将车牌子摘下来了，抛尸后从山里出来，在回小城的路上换了车牌照。”

“在跟踪到山中拍照的杜江时，你的车挂的哪个牌照？”

“我本不想去跟踪那个叫杜江的人，可黄福之不答应我，说不给他出车不但要杀了我，还要杀了我全家，我只好给他出车。我说这个车牌一旦叫人发现就能找到我，他说不怕，让我将车牌子摘下来。他不知从哪弄来一副牌子，当时用报纸包着夹在胳膊下，让我换上那个车牌子，我那几天在跟踪杜江或黄福之用车时就换上那个车牌子。”

“车牌号是多少？”

“54236。”

“这是真牌照吗？”

“开始我没看出是假的，第二次用时，发现这是一个假牌照。我对黄福之说这个牌照是假的。他说看不出来，这是他花钱托一个高手制作的，如果交警查牌照都能过关。这个真牌照在小城之外另一辆红色桑塔纳轿车上，一旦有人发现，让警察去查那个有真牌的人去吧。”

“看来，这个黄福之还真不简单，真是煞费苦心。现在这个车牌子呢？”

“在我家院内的一堆木柴下边藏着呢，我不知黄福之什么时候再找我，没敢扔掉。”

陈汉雄思考了一下，然后对罗玉辉和高岩说：“你叫上高岩，再让派出所去一名辖区民警，现在就去杨守业家，找出那副车牌照，让他妻子见证做好笔录。”

“是。”罗玉辉走出讯问室。

罗玉辉走后，陈汉雄、江涛和白雪继续对杨守业进行讯问。

“杨守业，黄福之的有关情况，你要如实交代。”陈汉雄闪动如剑一样的目光，看着杨守业，他不得不低下头。

“你们没有抓到他吗？”杨守业抬头看了陈汉雄一眼，有些疑惑。

“告诉你，他也许现在和你一样。不过你不要多问，我们问你什么你就答什么？你的认罪态度很好，对你处理时我们会适当考虑的，只要你说实话。”陈汉雄仍在问着他。

“黄福之没职业，做什么买卖，我不清楚。但看样子很有钱，否则一个无业人员怎么说给我两万元钱时像玩一样。”杨守业说。

“这个人多大岁数，长得什么样，什么衣着？”

“他今年二十多岁，中等身材，也是中等个头，圆脸型，眉毛较轻，普通人，没有什么特征。近日，他穿一件淡黄色半截袖衬衫、黑色裤子，别的我没注意。”

“他有什么特长？”

“曾在小城文工团的歌舞团干过，后在小城内多家工厂或工地打工。还在什么公司干过，以后不知为什么不在这个公司干了，再后来迷上了钱财，他那时还好赌，几千几千的输赢，我曾拉过他去吉林梨树，还有法库等地赌过，以后的事我就不知道了。”

“他现在住在哪？”

“租房在天桥路北老区，他家是前数第四趟房子最东边的一家，门向东开，门口有七棵大杨树。”

“在小城内他有什么亲属？”

“我知道他有一个姐姐在小城，但叫什么，具体住在哪不知道。此事是我在八年前听黄福之说的。”

“他姐夫叫什么名字？”

“我想想，叫刘玉石，不，叫刘景石，是叫这个名字。黄福之说过，我想起这个名字。”

“他在哪工作？”

“小城石化公司，是一名职员。”

“他家住哪你知道吗？”

“我好像听黄福之说过住在东城一带，具体地址真的不知道。”

“对，我再问你。上个月，黄福之用过你的车吗？”

“没用过。”

“上个月你去过大青山吗？”

“没去过。”

“黄福之是否去过？”

“不知道。”

“黄福之有什么爱好？”

“他爱好钓鱼，但都在小城附近的水库，也听他自己说去过大青山里的月光湖，他对那个湖是很熟的，连那里的路都熟，但我就陪他去过一次大青山，就是抛尸的那天。”

“除了和你关系较好，他还经常和谁在一起，或是关系比较密切些？”

“这个我不知道。”

“你还有什么要说的？”

“没有了。”

陈汉雄看着墙上的挂钟，现在是凌晨三点，他决定等罗玉辉他们回来，然后连夜去拘捕黄福之。

半个小时后，罗玉辉和高岩回来了，按杨守业说的，他们果真在杨家院内的柴火堆下找到了一副车牌照，号码正是54236。

陈汉雄仔细地观察了这副牌照，然后肯定地说：“果真是一副假牌照，但可以以假乱真。套牌，制作者一定是根据真牌照做的，看来在这些人之中还有人熟悉有真牌照的那辆车。”

“队长，你是说伪造牌照的人认识桦林镇的侯东林？”江涛想到。

“我认为是黄福之认识或打过侯东林的车，但不是在小城，而是在桦林镇。”陈汉雄说完又看了一下手机的时间，然后说：“我们现在就去黄福之租房的家。”

为了能准确地找到黄福之的住处，陈汉雄将杨守业也带去了。很快，他们来到天桥路北的老区，找到了黄福之的住处，一个小院落，院门向东开，院墙边有七棵杨树。院内有两间正房，东边接了一间仓房。

“独门独院，真是杀人的好地方呀！”陈汉雄想到。

陈汉雄让几名刑警首先将这个院落的前门和后边的窗户守住，他和江涛推开院门，院门并没有锁，他们悄悄地进入到院内，发现黄福之家的房门却在外边锁着。陈汉雄和江涛用手电筒从房子的窗户照入室内观看，室内并没有黄福之的人影。

“黄福之是跑了，还是今夜没有回来呢？”陈汉雄在分析。

“队长，仓房中有血迹。”江涛在叫陈汉雄。

陈汉雄来到黄家的仓房，仓房中放了点杂物，在墙角还有根能伸缩的钓鱼竿，还有一个装鱼用的小塑料桶。他们用手电照着室内，发现在一块塑料布下有几块血迹。

“看来马原被害后黄福之是将他的尸体藏到这里了。”陈汉雄望着血迹说。

“队长，你是说这是第二现场，那么第一现场能在哪呢？”江涛想到。

“由此看来，第一现场有可能是在黄福之的家里了，我们应该想办法打开他的房门。”陈汉雄说。

天还没亮，陈汉雄决定找来住在附近的委主任。十几分钟后，委主任

和她儿子披着衣服来了，陈汉雄说明了情况，江涛撬开了黄福之的租房门锁。果然发现黄家里屋的炕下有血迹，虽然被擦过，还是被看了出来。屋地上也有被水洗过的痕迹，看来这里就是杀人的第一现场。陈汉雄当即叫来技术员对室内外进行了拍照，并提取了现场血迹。

陈汉雄环视黄福之家中的设置，很简单，外屋是一些炊具、一堆煤块。里屋有一铺炕，一张桌子，两张椅子，一个旧立柜。还有一台十四英寸的黑白电视。炕上有一套行李。

经搜查，在黄福之家中再没有发现什么与案件有关的物品，委主任在场，做了见证。

“马原怎么会到黄福之家来，是骗来的，还是被绑架来的，这还是个谜。”陈汉雄疑惑着。

“队长，黄福之还不知我们来抓他，会不会是逃跑了？”江涛问。

“也许没有逃跑。现在，我们留两个人在黄家守着，其他人先休息几个小时，天亮后，围绕黄福之的社会关系寻找黄福之。”陈汉雄说。

天亮了，陈汉雄决定和江涛、白雪去寻找黄福之的姐姐，也许黄福之现躲藏在那里。就是没有躲藏在那里，他姐姐也会知道他的一些情况的。

据杨守业说，黄福之的姐姐在东城一带，具体地址不知道，他只是听黄福之说过，但没有去过。他姐夫叫刘景石，是小城石化公司的职员。陈汉雄和江涛、白雪先来到小城东区向阳派出所，所长王长河正在值班，得知陈汉雄他们的来意，立即给户籍员小周打电话，接电话后，小周仅十几分钟便打出租车从家赶到派出所，她是名女民警。此时是早六点多，小周打开电脑查阅户籍登记底卡，打出名字，很快查到了刘景石这个人，其妻叫黄秀芝，家住在东城北方路二十一号小区住宅楼。

“看来，这个黄秀芝就是黄福之的姐姐。东城有三个派出所，我们仅查第一个就找到了我们要找的人，看来后面的事也许会顺利的。”陈汉雄很高兴。

在派出所民警刘鹏的带领下，陈汉雄和江涛、白雪很快就找到了刘景石的家。因刘鹏是这个管区的民警，曾来过刘景石的家。刘景石家住在一个楼口的东五楼，刘鹏敲开门后，他们来到刘景石家，刘景石家现是夫妻二人和一个七岁的小男孩，此时，他们刚起床不久。在他的家中没有发现黄福之的身影。

陈汉雄说了到刘景石家来的目的。

“自我弟弟一月份刑满释放后，他仅到我家来过一次，是向我借钱来了，说要找地方租个房子，然后在外打工。我念是姐弟情分，借给他三千元，并将我的一部旧手机也给了他。自借给他钱后，已几个月了，只在两个月前接到他一个电话，说他在外地打工呢，要在秋后回小城，让我不用挂念，秋后一定会还我三千元钱的。”黄秀芝说。

“在小城只有你们姐弟，本是关系最亲的，他为什么回来几个月仅来你家一次呢，而且又很少联系？”陈汉雄问。

“陈队长，不怕你笑话。我弟弟和他姐夫刘景石在十年前就不合，他瞧不起我弟弟的行为，也痛恨他。原先我这个弟弟好赌，曾从他姐夫那骗去几千元钱，还向我借过几次钱，至今也没还过，他姐夫能不生气吗。一月份我弟弟来我家时，他对我弟弟非常冷淡，只说两句话，就到里屋独自看书去了，当我弟弟提出向我借三千元钱时，他姐夫是不同意的，是我想到弟弟的难处，强行借给他的。因此，在我弟弟走后，他姐夫还与我吵了一架。我想，这事我弟弟一定会记恨的，也不愿与他见面，他也不愿往我家打电话。”黄秀芝说。

“你弟弟现在在哪？”

“那可能是二月份，春节后吧，他给我来电话说在外地做买卖呢，从此再也没有给我来过电话，我们也没有见过面。我问他他在哪做买卖，他没有说，所以，我不知他现在在哪。”黄秀芳说。

“你那弟弟，我看尽撒谎，说在外地打工，半月前我还在城内见过他呢，是从一家大酒店里出来，我想是发大财了。”刘景石气愤地说。

“你说说这是怎么回事？”陈汉雄问。

“那天晚上，我回家晚些，在路南区皇朝大酒店，发现他弟弟正从酒店中出来，脸喝得通红。我是骑自行车，他出了酒店走上马路边打车。我看了他一眼，他也看到我了，没有说话，我便自行车骑过去了。”刘景石说。

“他穿的什么衣服，和谁在一起？”

“好像是淡黄色短袖上衣，黑裤子。就他自己，别人我没有注意呀。”

陈汉雄又问黄秀芳：“在小城你们还有什么亲属？”

“没有了。十年前有个远房亲属与我弟弟关系不错，但这个远房亲属在前几年已去世了。”

“在小城，他都有哪些朋友？”

“我不知道。八年前也许有几位，但他犯法后我看就没有人再愿理会他了。你们好好查查吧，我真的不知道。”

“你弟弟在小城租房的事你知道吗？”

“不知道。那次他向我借钱后说要租房，他给我打电话时我曾问他租房的事，他说没有租房，用这笔钱到外地做买卖，也许在外地要租房，以后他再也没给我打过电话。但他前一段在小城内的事我真的不知道，也许是回小城办事来了，他也不给我打电话。”

“你弟弟有手机吗？”

“有一个，是我给他的，是摩托罗拉旧手机，现在也就卖二百元吧。但给我留下个手机号码。我后来给他打电话一直没有打通。”

黄秀芝找到他弟弟留下的电话号码，再次拨打，电话中说此电话已停机。

在黄福之的租房处，守候在那里的两名侦察员一直没有发现黄福之回家。黄福之能到哪去呢？陈汉雄和江涛、白雪围绕黄福之的一些社会关系展开调查和追捕，但直到晚上，仍没有发现黄福之的踪影。

当晚，陈汉雄将此情况向刘天林做了汇报。

“现在看来，马原是黄福之杀的，这已是事实。杨守业有可能仅仅是帮他运尸。但是，黄福之为什么要杀马原，而后又到几十里外的大青山中去匿尸？这是个谜。再有，姜永泉和马原是一个公司的，仅几日后，他在回家的路上又被害，表面上看是抢劫杀人，但会不会他的死与马原的死也有关呢？杀人者会不会是一个人呢？还有，黄福之与这个红风公司有什么关系呢？”刘天林在分析这两起案件。

“刘局，你的意思我明白。我们下一步的工作除围绕黄福之和马原、姜永泉的接触人员调查外，重点还要放在红风公司。”陈汉雄说。

“对，就是这样。你们这边要抓紧调查和组织追捕，我让刑警大队向各地发通缉令通缉黄福之。”

红风公司

黄福之哪去了呢？

陈汉雄决定再次提审杨守业，并让他用他的手机拨打黄福之的手机，引他出现。但杨守业拨了黄福之的手机，一直是无法接通。为了尽快抓到黄福之，陈汉雄决定让罗玉辉和高岩围绕黄福之的社会关系进一步展开调查。在黄福之的租房处，仍有两名侦察员在对他的住处进行监控。但黄福之仍然没有回到他的住处来。

第二天，陈汉雄决定再去红风公司，他给周万才打了电话，周万才正在省城参加轻工产品展销会，如果需要他可以回去，让罗科长在这里，因昨晚与一些商家已见了面，还签了两份合同。

上午十点半，陈汉雄接到周万才的电话，说他已回到小城，陈汉雄和江涛、白雪再次来到了红风公司。

陈汉雄他们三人还是穿着便衣，警车开到院中，他们下车上了三楼，来到办公室，见赵丽丽正在办公室中。

“是陈队长来了，找我们周总吗？”赵丽丽微微一笑，面对陈汉雄三人。

“是的。”

“陈队长，你们三位在这里稍等，我去通报一下，经贸委于大光主任在周总的办公室，郭主任也在那里。”赵丽丽说。

“好，又打扰你了。”

“没关系。”

赵丽丽走出了办公室，陈汉雄他们三人坐在办公室的沙发上。

片刻，赵丽丽回来了。

“陈队长，周总让你们到他的办公室。”

赵丽丽走在前面，将陈汉雄三人带到周万才的办公室门前。

赵丽丽推开周万才的办公室房门：“周总，陈队长他们到了。”

打开的门内，传来周万才的声音：“陈队长，快请进。”

进入副经理办公室，陈汉雄发现周万才站在他的老板台旁边，正向陈汉雄他们打招呼，郭凯也迎了过来，于大光主任坐在沙发上。陈汉雄与于大光早已认识，上次到月光湖辨认马原尸体，于大光也去了，他是个五十来岁的男子，长得很富态。

“原来于主任也在这里，我们来方便吗？”陈汉雄客气地说。

“不，陈队长，我一早就来红风公司了，和郭主任刚研究完给广东一家公司生产产品的项目。这不，周总也回来了，我们再敲定一下。我还要到曙光公司去，现在的经济形势很好。你们别站着，都快坐下。”于大光说。

“丁主任，一天也很忙呀。”陈汉雄说。

“陈队长，你们都请坐。”周万才为陈汉雄他们让座后，转身对赵丽丽说：“赵丽丽，给客人倒茶。”

陈汉雄和江涛、白雪相继坐在另一侧的沙发上，赵丽丽为他们每人泡了一杯茶放在他们身边的茶几上，然后她走出周万才的办公室。

“陈队长，这些日子你们太辛苦了，马原被害，姜会计又被害，红风公司连失帅将，我真希望你们早点破案呀。”于大光说。

“于主任，我们正在工作，但更需要各方的配合和支持，我想这两起案件很快就会水落石出的。”陈汉雄说。

“但愿如此。这样我们从心理上也会减压了。红风公司是咱小城的重点企业，也是一个纳税大户，马原被害，蒋副总经理偏偏在这之前父亲病危，回了山东。这样一个大公司重任现在全部压在周万才副总身上，也够难为他了。”于大光叹息着说。

“蒋副总是否知道马原和姜会计的事？”陈汉雄问。

“知道了。马原被害的第三天我给他打了电话，问他回家是否顺利和他父亲的病情，顺便说了马原被害的事。他说那天郭主任送他上火车后，他坐了一天半的火车，是第二天下午到的家，父亲正在当地医院抢救，现在还在昏迷中。当他得知马原被害的事时非常惊讶，更是悲痛万分，他要尽快医治父亲的病，如果抢救过来等父亲稍好转一点，让弟弟及其他亲属照看，他就回公司。但两天后给我回电话说父亲醒过来了，但没有脱离危险，还要等几天才能回来，父亲一旦去世，他就在家等处理完后事再回公司。我想，他家中有大事，还是个孝子，回来不回来都可以，我累一些，大事还有经贸委于主任做后盾呢。可是第二夜里姜会计又出了事，我还没有将此事告诉他呢。”周万才说。

“蒋副总经理这个人也不赖，业务能力和外交能力都很强，这些年为公司的发展的确做了不少贡献。还是个孝子，在姜会计没出事前我也给他打过电话，他说需要他回去马上就回公司，我让他多陪父亲几天，不急。

他请假回老家，马原在那天曾和我说过，人家家有大事，让他回去是理所当然的。我想，尽管公司担子重，周副总的能力也是很强的又是公司的老领导，一定能战胜眼前的各种困难，将公司经营得很好。蒋副总在家多尽尽孝也是人之常情。姜会计的事没告诉他也对，他是个事业型的人，家事一处理完，很快会回公司的。好了，陈队长你们谈吧，我现在去曙光公司。”于大光边说边站起身来。

“陈队长，我送一下于主任，你们先坐着。”周万才也站起身来，要送于大光。

“周总，你们都不要送我了，招待好陈队长他们，都是自家人，不必有那么多礼节。”于主任说。

“好，我不送了。郭凯，你送一下于主任吧。”周万才说。

郭凯送于大光走出了周万才办公室。

“周总我们知道你的工作非常忙，但没有办法，只好再三打扰你了。”陈汉雄说。

“没什么。我们理当配合。唉，以前是一个非常安静的公司，现在却乱了，让我也焦头烂额。在这个时候，经贸委却找我来主持这个乱摊子，真叫我为难呀。”周万才有些伤感地说。

“我想你也是临危受命，方显出你的才能呀。不管怎样，红风公司总得有人负责。好了，不耽误周总的时间，直接说吧，我们还是为马原和姜永泉的案件来的。”

“马总和姜会计的事出现后，我和广大职工都很悲痛，现在就是希望你们公安机关早点破案呀。不过，我也非常理解你们的难处，现在的案件也的确不好破。有什么事你们尽管说。”周万才坐在他的座椅上既悲观又慷慨地说。

“我们今天来，就是请你协助和配合的。”陈汉雄坐在沙发上，一边吸烟一边说。

“毕竟失去了两位公司的主要人员，人命关天，只要我周万才能尽力的，我绝对不推辞。就是你们办案需要经费我们公司也可以出。”周万才很诚恳地说。

“关于经费还不必。你先辨认一下这几张照片，看你是否认识照片上的人。”陈汉雄说着，白雪从公文包中拿出几张照片递给周万才。

周万才看着照片，但摇了摇头说：“这上面的人我都不认识。”

陈汉雄问周万才：“我现在问你两个人你是否认识？”

“谁？”

“一个是小城的个体出租车司机杨守业。”

“杨守业？我不认识，也没听说过这个名字。”

“还有一个人叫黄福之。”

“黄福之。他今年多大岁数，哪的人？”

“他今年三十多岁，是小城人。”

“小城人，不怕你们多心，如果真是那个黄福之，此人与我有些远亲呢。十年前我们公司成立不久，黄福之的父亲来找我，说黄福之没读完高中，便到小城的艺术团打杂，因经济效益不好，一直没给开工资，所以他不干了。现在在家无事，不是早晨不起床，就是晚上不回家。他在外交了一些不三不四的朋友，怕他学坏，让我在红风公司给他找份工作，因我们是亲属，我想到公司也正好用一些力工或合同工，便找到马原经理，一说，他还真同意了，便让黄福之到红风公司来上班。那时他也就二十多岁，但这个孩子我一点也不了解，干了有半年，后来被总经理马原开除了。”周万才回忆说。

“这个黄福之在你们公司干过？”江涛有些急切地问。

“但我不知你们要问的黄福之会不会就是我说的黄福之。”周万才说。

这时白雪从一边再次将周万才看过的黄福之的照片递给周万才，说：“周总，你再看看这个人你是否认识。”

周万才再次看这张照片:“这张照片上的人的确有些面熟,他是黄福之?不过比以前我见的他胖了些。”

“经过辨认，可以说这张照片上的人应该就是黄福之。”陈汉雄说。

周万才仔细端详着照片，然后惊讶地说：“是他，是他。只是他现在有些胖了，但绝对是他。”

白雪又从公文包中拿出一张通缉令递给周万才：“周总，这是我们即将发出的通缉令。”

周万才又看了看通缉令：“陈队长，这么说马原是黄福之杀害的？”

“现在他逃跑了，我们只好一边追查，一边发通缉令了。”

周万才在沉思。

“这么说这个黄福之原是你们公司的？”陈汉雄又在问。

“是的。不过他在我们公司待了仅半年的时间。”

“他为什么被你们公司开除了？”

“因为偷盗。那天中午，因现金员到城中去办事没回来，会计姜永泉为她代收了三千元货款,这是一笔最小额的货款了,所以购货人付的是现金。中午姜会计到食堂去吃饭便将这三千元现金锁到办公桌的抽屉中，回来时他发现黄福之从他的办公室方向惊慌地走过去。当他来到财会室时，发现财会室的门锁被撬，他的办公桌抽屉锁也被撬，里边的三千元现款不翼而飞。当即他报告了马原总经理，公司派保卫科的大刘调查此事，在工棚中找到黄福之，但黄福之不承认是他偷盗的现金，可大刘在他的衣兜中搜出了三千元现金。本想将此事报给公安机关，但我们的供销科长蒋俊理因为黄福之是我的亲属,故与马原说情,马原也考虑到黄福之和我有些亲属关系，决定不报案，将黄福之开除了事。”周万才说。

“能认定这三千元就是黄福之偷的吗？”陈汉雄问。

“能。从他身上都搜出了赃物，有证据这还有假。”

“既然有证据，黄福之为什么不承认盗窃呢？”

“他也许怕羞耻呗。尽管被开除，我看他很不服气，说他没有偷钱，是冤枉的。”

“公司对此事深入调查了吗？”

“也不交公安，也不报警，证据充分，开除他也就了事了。”

“这么说那时黄福之就和马原和姜永泉结了怨。”陈汉雄问。

“我认为应该是这样。”

“但以前我们来公司调查，你却没有提到此事呀？”

“因这是十年前的事，谁还记得。你们这次不提起黄福之来，我还是没有想到。”

“关于黄福之在你们公司时的事，现在你们公司还有谁知道？”

“哎呀，公司那时有十几个人，老人走的走，死的死。还有谁呢？老蒋，老许，老赵，原料科的老职工董恒。还有谁？我想老人就这几位了。还有保卫科的大刘，那年就调到广东去了，其他人都是在黄福之走后来的。”周万才说。

“那黄福之以后的事你知道吗？”

“自从出了那事，我再也没有见到他家的人，也没见到过他，也不知道他干什么呢。后来遇到过他姐姐黄秀芝，听她说他因在社会上盗窃和抢劫进去了，被判了十年有期徒刑，至今也没听到他出来呀。难道说他刑满释放了，还是逃出监狱了？这个孩子有些倔强，今天从你们的通缉令上看到你们正在通缉他，如果他真的出来，马原和姜会计的事与他有关，我想一定是他为报十年前的仇。”周万才说。

陈汉雄在沉思，片刻，他又说道："在马总和姜会计被害之前，你们公司有人发现过黄福之吗？"

"这事我不知道，但我是一直没发现过他。"

"这样吧，你给我们找到老许和老赵，或者是老一些的职工，我们找他们了解些情况。"陈汉雄说。

老赵被找到了，他叫赵连东，52 岁，在公司工作接近十年，可他什么也不知道，就连黄福之他都不认识，也没听说过什么黄福之盗窃的事。按他的话说，也许黄福之在这公司时，他还没到公司呢。或是那时他在公司，忙于车间工作，根本不知道公司内发生的盗窃案。

董恒，也是位五十多岁的老职工，近期有病没有上班，在家休息呢。

老许叫许德刚，今年 54 岁，是公司的一名营销员，原是从部队转业后分配到这个公司的。今天因外出刚回家没有到单位来。

"红风公司，黄福之与这个公司竟然有关。"陈汉雄和江涛、白雪走出公司，上了警车，他决定傍晚再去找老许。

晚上，室外很凉爽。吃过晚饭，陈汉雄和白雪穿着便衣找到了许德刚的家，许德刚正在家中。陈汉雄与许德刚一见面，原来他们早就熟悉。在十年前，许德刚从部队转业后，在陈汉雄的手下当过治安帮办，他是后来才正式分配到红风公司的。今天见面，当然是一见如故，相互是信任的。

当谈到黄福之，许德刚说："这个人我认识，他在十年前在我们公司时，只不过是个毛孩子，但谁会想到他到公司仅半年就盗窃，这样的人公司能用吗？马总开除他就对了。但是，自从黄福之走出公司后，我就再也没有见到过他，也不知他干什么了。"

"黄福之是怎么来公司的？"陈汉雄问。

“据说此人与周万才有点远亲，是他介绍的。”

“周万才这个人怎么样？”

“没发现什么，不过他与马原总经理有些矛盾，与姜会计很不对付。”

“与马原有什么矛盾？”

“也许是工作上的事，马原认为他工作能力差，本想辞了这个副总经理，但因周万才和他是创办公司时的元老，有过功。故让他管些后勤之类的，提起了一个比周万才岁数小些的供销科长蒋俊理为副总经理。我想一个公司有一个副总经理也就够了，周万才名义上是副总，但实际上等于被撤职，原来管业务权多大，现在不行了，我想他一定会怨恨马原。至于马原和姜永泉的死是否与他有关？我说不清，也没发现任何证据，但也有些怀疑。”

“周万才能去杀人？”

“也许他会雇杀手。”

“雇谁？”

“这我不知道。”

“他与姜永泉什么矛盾？”

“我想是因为在一些费用报销上吧。公司大的开销是马原一支笔，但一些小的数目蒋俊理也可批条，同是副总的周万才却没有此权，再说批了到姜永泉那也不好使，所以他与姜永泉是不对付的。”

“那经贸委为什么让他现在主持公司工作？”

“我想是蒋俊理没在公司，他也就是临时性的吧。将来公司的总经理也许是蒋俊理。”

“你们公司的蒋总怎样？”

“这个人为人讲义气，总是文质彬彬的，业务是个能手，近年来靠他就给公司赚了几百万或几千万，人们评价他业务能力很强。也没发现他什么问题。此人会开车，自己有一辆本田车，平时好钓鱼。”

“蒋总这个人和马原的关系如何？”

“很密切，否则马原怎么会重用他呢。”

陈汉雄吸了一口烟。

“你说周万才会雇凶杀人，他会雇谁？”

“我不知道，不过听说他的亲属黄福之刑满释放了，能不能雇他？”

“为什么要雇他？”

“因为他们是亲属，黄福之十年前在我们公司干过，是他介绍来的，但没干半年因在公司偷窃被马原开除了，他有可能在周万才的雇佣下，达到报复杀人的目的。”

“那么除了周万才、黄福之，你们公司还有谁能与马原和姜永泉的死联系上呢？”

“我没发现，也看不出来。”

“你们的财务上有什么问题吗？”

“没听说，我们公司从不偷税漏税，审计也年年来，没发现什么问题。”

“你认为周万才指使黄福之去杀人的目的是报复，有没有想当总经理的目的？”

“这我说不好。”

“关于你们公司的事你还能说些什么？”

“没有了。”

“你们公司的老人还有谁能认识黄福之？”

“蒋俊理副总经理，不过他这些天一直没有在公司，因他老父亲病危，他回老家在护理他父亲呢。再有，我们公司的老董头一定认识黄福之，他们曾在一个车间干过活，董恒好像还带过他呢。你明天找一找老董头，他是个倔强而正直的人。”

“老董头是不是叫董恒？”

“是的，就是他。他家住在城南老区阳春路二十八号，以前我曾多次去过他家，很好找。”

陈汉雄看看许家墙上的挂钟，已是深夜十一点多。

走出许德刚家，陈汉雄决定明天找董恒老人谈谈，说不上会发现什么线索呢。但他想到周万才的情况和黄福之的关系，认为周万才的确是应该列入重点排查的对象。

但是，不管怎样，陈汉雄总觉得马原和姜永泉的被害，仿佛与红风公司有什么关系。

“红风公司，这里边还会有什么秘密呢？周万才，他会不会是雇凶杀人的幕后指使者？于大光在这个时候任命周万才负责，这里边会不会还有其他事情？”

也是在这天，刑警大队向有关地区发布了通缉黄福之的通缉令。

副总疑云

第二天清晨，天下起了小雨。陈汉雄决定围绕周万才能接触的人员，对周万才进行秘密调查。他们要找到董恒老人。

警车在雨中穿行。江涛开着警车，副驾坐着陈汉雄，后面坐着白雪。很快，他们来到城南老区阳春路二十八号，这是一座老式楼住宅楼。经打听，得知董恒家住在西楼口东二楼。

敲门后，一位老妇人开开了门。

“你们是？”老妇人吃惊地望着陈汉雄三人，他们都穿着便衣。

“大婶，我们是公安局刑警大队的，找我董大叔了解点情况。”陈汉雄温和地说。

“找他？请进到屋里来吧。”老妇人让他们走进室内。

在客厅的沙发上坐着一位老汉，他正喝水吃药。

“您就是董恒大叔吧？”陈汉雄很有礼貌地问。

“是。你们要找我？”

“是的。我是刑警大队重案队的陈汉雄，这位是警官江涛，这位是警官白雪。”陈汉雄将身后的两位介绍给董恒。

董恒看着他们，然后说：“请坐吧，吸烟，茶几上有。”

陈汉雄和江涛、白雪坐在沙发上，环视董家，这是一所面积在五十多平方米的住宅，南边有一个卧室，中间是客厅，北边是厨房，进门处有个门厅和卫生间。陈汉雄不客气地拿过茶几上的烟抽出一支，这是大生产牌香烟，是个老牌子，价格一直很低廉。

“大叔，你家几口人呀？”陈汉雄问。

“现在就我们两口子，两个儿子都已结婚单过了。”董恒说。

“看来大叔这些年一直在辛劳着，不过孩子都已娶妻成家，大叔也该省心享享清福了。”陈汉雄说。

“谈不上享福，只是身体这些年一直不好，高血压，外加冠心病。这不，这几天又犯了冠心病，已有多天没上班了。”董恒说。

“来，几位警官喝茶吧！”老妇人为陈汉雄三人各端上来一杯茶。

“你们喝茶吧，找我什么事尽管说。你大叔这些年就是辛辛苦苦地劳累，犯法的事不做，歪门邪道不走。”

“大叔，我们知道你的为人，所以今天耽误你一会工夫，和你谈谈，你也不要多心。我想，你们公司马原和姜会计先后被害的事，你一定是早知道了。”陈汉雄说。

“是的，这几天心情不好，马原可是个好人呀，这样的人怎么能被人害死呢？是他带领我们搞的创业，又有了今天这样辉煌的成绩。还有姜会计，他也是公司的元老，仅几天内也被人杀死，还被人抢去几千元钱，难道是图财害命？”

陈汉雄吸了一口烟说："我想事情并没有那么简单。昨天我们去了你的公司，了解一些情况。经我们工作，得知杀死马原的凶手之一是你熟悉的一个人，他现在逃走了，我们已下发了通缉令。"

"他是谁？"

"黄福之。"

"黄福之？这个人的名字怎么这么熟。会不会就是原和我在一起干过活，后因盗窃被公司开除的黄福之？"

"正是他。"

"他不是因抢劫犯罪被判十年徒刑，还得二年才刑满呢？"

"他被减刑两年，今年一月份就获释了。"

"怪不得，一个月前，我在公司门口那发现一个人影像黄福之，他果然出来了。"

"有这样的事，你说说。"

"那是一个月前的事，哪天我记不清了，我在公司加班，晚上六点多我才骑上自行车回家，刚出公司大门，发现大门东侧有一个人正向公司门口窥视，这个人见到我，立即转过头向南走去。我看这个人怎么那么像以前和我在一起在原料科干活的黄福之。想到他在服刑，我想一定是自己看错了，再说黄福之没有这个人胖呀。这事就过去了，我再没有去想。后来，我在科里听说马原总经理突然失踪，又得知他被人杀害，有人将他的尸体投入到月光湖中。这时，你们就来公司调查，想到马原的死，我暗自悲伤，冠心病就犯了，住了几天医院，便回家静养，可刚到家一天，又听说公司姜会计夜里回家已快到家门口了还被人抢劫杀死。这世上不太平呀。"

"你没想到姜会计的死与马原会有联系吗？"

"开始没想，但也想到这事怎么就这么巧，总经理被害，会计也被害，都是一个公司的。尽管我想到两个人的被害，也想不出谁能干出这样的事。"

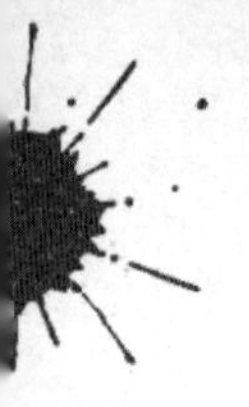

“这二位在你们公司有仇人吗？”

“仇人倒是没听说。只是姜会计和我们公司的副总经理周万才有些矛盾，但没有到激化的程度。不过听周万才有一次找财会报什么条子，背后他骂过姜会计，是狗眼看人低，不是个好东西。对马原似乎也有些不满，可能是因对他不够器重。但是，周万才会不会去杀马原和姜会计，我可说不好，人命关天，没有证据呀。现在经贸委又让他主持公司工作，谁还敢说什么？”

“你认为周万才这个人怎么样？”

“他也是公司创建时的元老，人也很正直，能干，能吃苦，也懂技术，开始公司创业时的一些项目不能不说有他的功劳，他提出的几个创意都被采用，生产的产品投入市场很受欢迎。但随着社会的发展和电子工业的发展，他的老本就不够用了。加之保守没有创新意识，不懂经营管理等，有些事就落伍了。故马原让他管后勤，让头脑活跃原是供销科长出身的蒋俊理管生产与销售，这也是改进公司保守生产的一种新的机制。他与马原的矛盾也许就因为是在这点上想不通。不过，周万才这些年勤勤恳恳，没有发现什么违法违纪，也没有发现贪污腐化的事情。”

“他与你们公司的副总经理蒋俊理关系怎么样？”

“这些年一直很好，没有发生过任何矛盾。即使周万才对马原对他的利用不满，我想也不会怨恨蒋俊理，开始时，蒋俊理言称并不想管生产和销售这么大块的事，但马原的决定他只好服从，事后蒋俊理曾向周万才解释过，他们还在一起喝酒、陪客商，没有什么特别的。如果怨恨，周万才只有怨恨马原。”

“蒋俊理副总经理这个人怎么样？”

“这人挺有文化，懂技术，只是平时少言，办事很稳重，没有发现任何违法乱纪的事。与公司的人关系处理得都很融洽，平时待人处事态度温和，很容易让人接受。自他管生产和销售以来，公司成绩又大增，产值和利润也大增，马原一直对他是赞赏的。在马原出事的前几天，他家中已来了几次电话，他七十多岁的老父亲病危，他只好向马原请假回老家去照看一下父亲，这也是人之常情。为此，听说马原还给他拿了两千元钱，并派办公室郭主任送上的火车。不知他现在回来没有，马原的事他是否知道。”

“马原和姜会计的被害，你怀疑谁能做出此案？”

“我想不出来。但想到黄福之回来了，你们认定是黄福之是凶手，是不是还有人参与或指使？”

“你怎么看？”

“如果此案是黄福之一人所为，他一定是报复十年前马原将他开除的事，此事涉及姜会计，是姜会计丢失三千元钱引起的。但至黄福之走出公司他也不承认是他盗窃了姜会计的三千元钱，也许黄福之是冤枉的，憋在心里十年的怨仇得以申报。如果此案不是黄福之一人所为，我想到周万才，因他们是远亲，黄福之到公司来，就是他介绍的。会不会是周万才怨恨马原和姜会计而雇他杀人或他们共同杀人。这仅是我的猜疑，没有任何证据，你们全面调查一下也许会有证据。”

“周万才平时和谁的关系比较好？”

“这个倒是没注意，他除了和姜会计有矛盾，对马原有看法，对其他人员我看都很温和，但提到关系密切，这我还不了解。看到的也仅是工作关系。”

“他生活作风怎样？”

“没发现什么。”

“你们公司办公楼晚上的情况怎样？”

“晚上办公楼内有几名员工住宿，有值班的，门卫也有人看护。晚上的情况，我看你们有必要找一找公司晚上看大门的门卫老耿头了解些情况。”

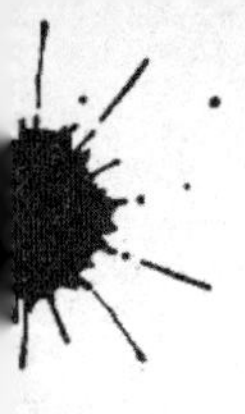

“老耿头家住在哪？”

“他家离我家不远，我这是阳春路二十八号，向东走过两条街，那也是阳春路，有一所旧楼是三十一号，你一打听就会打听到，他家住在那所楼的三楼，他叫耿占山，原是天河百货公司退休职工，去年到我们公司晚上看门卫的，也许他能知道些情况。”

“他今年多大岁数？”

“六十三吧。”

“这时他能在家吗？”

“他该是早八点下班，休一天一宿，明天晚五点接班，这时应该在家呢。”

走出董恒家，陈汉雄、江涛和白雪来到阳春路三十一号，经打听，果真找到了耿占山的家。还好，耿老汉正在家哄孙子呢，看到陈汉雄他们到来，忙来让座。原来，这几天，陈汉雄、江涛和白雪到公司，有时起早或贪黑，他们已认识，但没有机会好好地谈一谈。

耿老汉是去年到公司的，公司的一些情况他是不了解的，但他反映了一个情况。大约也是一个月前，有一天晚上七点多钟，一个三十多岁的男子到公司来找人，问他找谁，他说找周万才副总经理。耿老汉想到耿万才早已下班回家，便说周万才已回家，让他明天再来找。第二天早晨耿老汉下班了，白天不知这个男子是否来找过周万才。耿老汉说了此人的体貌特征，陈汉雄想到此人有可能是黄福之。他拿出通缉令，让耿老汉看上面的照片，耿老汉认定那个晚上来找周万才的人正是黄福之。

“黄福之到公司来找周万才，他有没有与他联系上了呢？”陈汉雄在思考，但与周万才谈话时，周万才否认今年以来见过黄福之，他们也没有任何联系。

经耿老汉回忆，在马原失踪前，周万才好像每天下班回家都很晚，有一天晚上，他从公司中领出两个陌生人，此人是谁，他不知道。因公司职工那天都下班了，马原和蒋俊理先走的，他和这两个人是最后走的，出了公司的大门，三人上了一辆红色出租车，不知去向。分析这两个人是在晚上五点前他接班前来的。

这两个人是谁？看来，这周万才还是个疑团。

下午，陈汉雄、江涛和白雪先来到经贸委，在经贸委的主任办公室见到于大光主任，经与他交谈，自马原失踪后，小城主要领导对红风公司的事非常重视，在谁来主持公司工作曾进行了讨论，得知蒋俊理现正在老家护理他重病的父亲，最后决定还是让周万才主持工作。于大光得知红风公司的一些情况，但并没有发现周万才和马原有什么矛盾。自马原失踪后，他几乎每天都在红风公司，并发现周万才是个敬业型的领导，为了公司的工作，有时夜里都不回家。

就在陈汉雄在经贸委时，红风公司的办公室主任郭凯来经贸委办事走进了于大光的办公室，借此机会，陈汉雄、江涛和白雪又与郭凯谈了谈，他是前五年到红风公司的，以前并不认识黄福之，但看了通缉令的照片，他回忆，似乎在哪天见过这个人来过红风公司，是哪一天记不得了，但好像要找周万才副总，至于见没见到周万才，他下楼办事就不知道了。

走出经贸委，陈汉雄、江涛和白雪围绕周万才平时接触的一些社会关系展开调查。竟然查出，在姜会计被害后，有一天晚上，他和一个中年人曾在公司附近的餐馆中喝酒，并谈着什么，此人是谁？又是个谜。

“队长，我们是否对周万才进行监控？”江涛有些着急。

“我看还不是时候，有些事情还需进一步调查。”陈汉雄说。

“他会不会逃走？”江涛有些不放心。

“我想不会的，因他现正主持公司工作。如果此案真的与他有关，他定会将一些事情做得天衣无缝。尽管我们发现了黄福之，但在他身上还没有发现任何他犯罪的证据，对待这样一个人物，他也知道没有一定的证据，我们是奈何不了他的。还有，如果此案真是他幕后指使的，他的目的是什么，是想当公司总经理，还是报复？现在看还不能确定。”陈汉雄分析着。

监控黄福之的两名刑警仍然没有发现黄福之回到他的住处，罗玉辉他们围绕黄福之的社会关系正在继续调查，但仍然没有查到黄福之的行踪。难道是黄福之逃出了小城。看到天已黑下来，陈汉雄给杜江打了一个电话，得知杜江和他们单位的卢森在一起，他今夜有些工作要在单位加班，并决定夜里和卢森都住在单位。这样，对杜江的安全，陈汉雄放心了。

已是深夜，淅淅沥沥下了一天的小雨，终于停了。陈汉雄决定今夜收兵，明天还要到红风公司展开调查。周万才的确有很多谜，明天都要一一解开。

又是一天的清晨，陈汉雄在刑警大队食堂吃过早饭，想到对周万才的调查，决定带江涛、白雪再次来到红风公司。然而就在这时，他接到铁路派出所徐所长给他打来的一个电话，说在昨天夜间，在距小城西三公里处的火车道上，一辆由西向东来要进小城的火车，在铁道上撞死了一个男人，此人三十多岁，中等身材，身着淡黄色的半截袖衬衣，下穿黑色裤子，从他的裤兜中有一个身份证，身份证的名字叫黄福之。在九十年代末，在北方一些郊外对铁路两侧还没有像以后那样进行封闭，故进入铁路是很平常的事。

“黄福之被火车撞死了？”陈汉雄感到惊讶，回头他对身边的江涛、白雪说：“走，我们看看去。”

疑凶之死

今天天空很晴朗，而且阳光很强烈，由于雨后地面湿润，远处的大地出现一些淡淡的雾霭。

陈汉雄、江涛和白雪乘着警车快速地赶往城西的铁路三公里处，还是江涛开车。半个小时后，他们来到现场。这是郊外，除了路基，两边是树林和绿意葱葱的庄稼。铁路派出所的人仍在那里，公安处的人正对已移到路基下的死者拍照。

铁路派出所的徐所长见陈汉雄来了，便对他说：“昨夜十一点多，这列火车向小城行驶的时候，司机在夜幕中发现前面好像有个人影，由于车速快，刹车来不及了，瞬间车已将这个人撞死了。我们从死者的兜中发现了身份证，知道你们正在通缉黄福之，我便给你打了电话。你看是不是你们要找的人？”

陈汉雄仔细地观察着死者的尸体，这人的体貌特征与他们贴在通缉令上的人很像。只是身体和面目多处已被撞得血肉模糊，尽管面目血肉模糊，

初步看可以认定是黄福之。

“从体貌上看，可以认定是黄福之。听你说，司机发现时有个黑影在火车道上，这个黑影在动吗？也就是说黄福之在被撞前是活着的还是事先就被人害死了？”陈汉雄问。

“可以认定是活着的，法医检验认定死亡时间正是昨夜十一点多。”徐所长说。

“这么说黄福之是自杀身亡了。”陈汉雄说。

“现在看是这样的。他身上除了这次形成的伤，并没有发现陈旧伤，也没发现服毒现象。”徐所长说。

“现场周围发现了什么没有？”

“没有发现，不过我们只是在路基上看了看。”徐所长说。

“除了司机，还有直接目击者吗？”

“没有。因是在郊外的深夜，不可能再有第二个人了。”徐所长说。

“队长，黄福之是畏罪自杀？”江涛想到便问。

“从现场上看是这样。”他又转身问徐所长，“黄福之的亲属有人来认尸吗？”

“我已通过有关部门，现已找到他姐姐黄秀芝，我正派人接她到这里来呢。”

“死者都有什么遗物？”陈汉雄问。

“对，我们在路基上捡到一个破碎的手机，是摩托罗拉牌的，加上从死者身上搜出的两千多元钱，他的手腕子上还有一块手表，表面已破碎，一个身份证。拍照后，让民警小刘在接死者姐姐途中送回派出所了。”徐所长说。

“再没有发现别的物品了？”

“没有了。”

陈汉雄在深思。

就在这时，一辆警车又停在附近树林边的土路上，从车上下来两位民警、两位妇女和一名中年男子。陈汉雄发现，其中的一名妇女是黄秀芝，身边的是她丈夫刘景石，另一名女子有可能是他们的亲属。

“所长，这位是黄秀芝，这位是她的丈夫刘景石，另一位是黄秀芝的侄女。”陪同的一名铁路民警小刘在向徐所长报告。

徐所长看了看他们，对黄秀芝说：“黄秀芝，你不要太激动，要冷静些。昨夜在这里火车撞死一个人，你先辨认一下是不是你弟弟黄福之。”

黄秀芝在她丈夫刘景石和侄女的陪同下来到停在路基下草地上的尸体旁，她看了尸体后，流下了泪，但并没有嚎啕大哭。

徐所长问她：“你仔细看好，到底是不是你弟弟？”

这位妇女看了一会说：“是他，是他。我这个不争气的弟弟，为什么会这样？”

徐所长和身边铁路公安处的领导商量了一下，然后对黄秀芝说：“黄秀芝，我们从你弟弟的裤兜中搜出两千多元现款、一个身份证，在路基上还捡到一个撞碎的手机、一块手表。如果你认准真是你弟弟，请到铁路派出所来作个材料，我们好告诉你处理意见。”

“你能认准死者就是你弟弟黄福之？”陈汉雄从一边走过来，问道。

“你是陈队长，我弟弟的事也将你麻烦来了。陈队长，我看是他，不会错的。”黄秀芝流着泪说。

“他身上的特征你看过了吗？”陈汉雄问。

“你看那面目、衣着、身高，还有那双皮鞋，里边穿的白背心，上面印的字，那是他姐夫的背心，我背着他姐夫给他的。陈队长，我怎么摊上

那么个不争气的弟弟呀。”

陈汉雄对徐所长说：“在黄福之的身上发现手机了？”

“有一个手机，是摩托罗拉牌，不过已经碎得只有些残骸。”徐所长说。

“还有块手表？”

“对。”

“什么牌子的？”

“小刘那有记录。这样吧，你们和我一起去派出所。”徐所长说。

陈汉雄想了想说：“徐所长，让小刘他们和黄福之的姐姐先去派出所吧，我想和江涛对现场四周再搜索一下。你看，这一段至少有五六百米远，火车速度快，也许还会发现别的物证。”

“好，我在这里等你们。那边公安处的人要撤了，我和他们打个招呼，让他们也先回派出所，一会殡仪馆的车也要来，我还要安排其他民警看看那个尸首。”徐所长说。

随后，陈汉雄来到黄福之姐姐黄秀芝身边，对她说：“黄秀芝，你和铁路民警们去吧，有时间我们还要再和你谈谈，也希望你冷静下来，配合我们的工作。”

“陈队长，我听警察的，也听政府的。”

黄秀芝和民警小刘他们走了。

“队长。现在黄福之自杀了，但这几天他躲到哪去了呢？现在他怎么又想到自杀了呢？再有，我怀疑姜永泉也是黄福之杀死的，难道他想到他连害两条人命后真的怕我们找到他而畏罪自杀一了百了。我们正在通缉的犯罪嫌疑人死了，马原的案件可以结案了吗？”江涛在和陈汉雄说话。

“如果真是黄福之为了报十年前的仇，也许是这样。想到我们在到处通缉他，早晚会落网，也许是想不开一了百了了。不过，就是他死了，此事我们也要深入地查一查，直到水落石出为止。”

陈汉雄观察着现场的周围，在距铁道北十五米处有一条柏油公路，这是一条国家级公路，但在下半夜行车并不多。在这现场附近，可以说都是茂密的青纱帐，黄福之为什么要到这里来自杀，他是自己从小城走出来的，还是雇出租车来的？陈汉雄决定在现场四周搜索一下。

“江涛，我们在现场四周走走。”陈汉雄说。他们穿过铁路北面的杨树林，树林里都是草丛，像是被人践踏过，但看不出足迹，走出树林便是公路，公路上车来车往，仍是看不出什么特殊的痕迹。他们沿公路向东走，在公路的边上似乎有小车停车的痕迹。

“昨天白天下了一天雨，这是雨后在这里停过车的痕迹。如果是过路车除非车上有人小解他会将车停在这，要不就是车坏了停在这，但从这里的痕迹看，没有人在此小解，也没有在此修车的迹象，难道说黄福之昨夜坐车来到这里的？是出租车还是有人专门拉他来的呢？”陈汉雄在仔细地观看路边的车轮痕迹。

“队长，从停车的痕迹看，有可能黄福之是乘车来的。不过这种车的痕迹太不明显了。”江涛说。

“这说明柏油马路由于光滑，加之天亮后车辆过往和日晒风吹，才使这种车痕逐渐消失的。我们再在周围找找，看看还能找到什么？”陈汉雄说。

他们又回到路基上，陈汉雄决定他们二人分别在南北路基下的草丛及树木中搜寻，沿那一段现场又重新走了一遍，眼睛像扫描仪一样巡视着草丛及树木中的一切痕迹及物品。江涛在路基南向西寻着，突然，他发现草丛中有一个黑东西，近了一看，是一个黑色公文包，上面还有雨水。

“公文包，这能是谁扔的呢？”江涛在思考。

他并没有急于去拿那个公文包，而是注意观察，发现公文包有些鼓，

认定里边一定有物品。

“队长，这里有个公文包。”江涛站起身来叫着路基北边的陈汉雄。

陈汉雄闻讯赶了过来。

陈汉雄蹲在草丛中注视着这个公文包，然后小心翼翼地拿起公文包的一角，打开公文包，发现里边有两本杂志，还有一条毛巾、一把木梳。

“江涛，我看这个公文包有可能也是死者黄福之的，然而公文包真正的主人是姜永泉。”陈汉雄说。

“队长，如果有这些物证，可以认定姜永泉被劫杀的案件也是黄福之所为。”江涛很惊讶。

“是的。徐所长说黄福之有块手表，现在在派出所，如果是上海牌的，那块手表就是姜永泉的。你去那边叫徐所长过来，回去我们写个提取笔录，我们好共同签字。”

“是。”

很快徐所长过来了，还带来了公安处一名技术员，将公文包归到原位进行了拍照，又打开给里边的物品拍了照。

“江涛，拿着这个公文包，一会再向西搜索一下，要是没有其他证据，我们就去铁路派出所。”陈汉雄说。

“陈队长，你们在这里先看着，我和公安处的人回派出所等你。”徐所长说。

“好，你们先走，我们很快也会到派出所的。”陈汉雄说。

徐所长和公安处技术员走后，殡仪馆的车也到了，他们拉走了黄福之的尸体。而陈汉雄他们又向西搜索了一公里路，却再也没有找到有价值的痕迹或物证。

随后，他们来到铁路派出所。铁路公安处的人已回去了。徐所长正在接待黄福之的姐姐、姐夫及侄女。在公安处人在场时，已宣布处理意见，黄福之的姐姐及亲属没有异议。

“陈队长，你们回来得正好，我想让黄秀芝他们辨认一下黄福之的遗物。”徐所长说。

“好，我们一起参加。不过我们要看一下黄福之那块手表。”陈汉雄说。

于是，民警小刘将一包用塑料布包着的物品摆在地板上。

“你看这个破碎的手机是你给你弟弟那个吗？”徐所在问黄秀芝。

黄秀芝看着桌上用塑料袋装着的手机残骸，用手拿起反复看着：“是我给他的那个，这个外壳有记号，是我不小心划出印的。”

徐所长又指着桌上一张身份证叫黄秀芝看：“你看这个身份证是不是你弟弟的？”

黄秀芝看着身份证说：“是我弟弟的。”

“还有这块手表？”

“这个我不知道，那次他到我家并没有戴手表，也许是后来在哪买的吧。”

陈汉雄看着这块手表，竟然是上海牌，他心头一震，看来，这块手表就是姜永泉的。

江涛又将那个公文包摆在那里。

“黄秀芝，这个公文包你见过吗？”江涛问。

“没有。”

“这个公文包也是在你弟弟出事的现场找到的，你看里边的物品你可认得？”陈汉雄说。

江涛打开公文包，黄秀芝看着里边的物品，摇摇头说：“这些物品我都不认得。不，这把木梳好像是我弟弟从我家拿走的那把。这是牛角的，

是那年我去广州在地摊上花五元钱买的。”

“你可认准了。”

刘景石上前看了看说：“是你给的那把木梳。”

陈汉雄思考一下说：“黄秀芝，我问你，你弟弟这两天给你打过电话吗？”

“没有，一直没有。我曾给他打了几次电话，手机一直是无法接通，不知是为什么。”

“这几天有人通过你找你弟弟吗？”

“没有。”

“你知道你弟弟身上的两千元钱是哪来的吗？”

“几个月前我借给他三千元钱，他说要做买卖，可能还没有花了这三千元，或是投进去，又赚回这两千元。警官，我脑袋有些糊涂，我不知道。”

“江涛，我们给黄秀芝做个笔录。”

随后，陈汉雄和江涛在徐所长的办公室给黄秀芝和刘景石分别做了笔录及辨认笔录。并决定将这些物品暂留在这里。

“我的弟弟，他为什么寻死呀……”黄秀芝望着弟弟的遗物，不免悲伤地低泣起来。

从铁路派出所出来，陈汉雄带着现场发现的上海牌手表和那个公文包来到姜永泉家，经姜永泉妻子辨认，这两件物品都是姜永泉的。由此完全可以认定，马原和姜永泉都是黄福之所杀害。

从姜家出来，陈汉雄和江涛立即回到刑警大队，陈汉雄将此情况立即向刘天林汇报了，但大家都认为黄福之的死是个谜。

“汉雄，说说你的想法。”刘天林对陈汉雄说。

“从杨守业交代的情况看，他说是黄福之让他帮他抛尸，也就是马原的尸体，黄福之说是他杀死的马原。但后来姜永泉又被杀了，这是谁干的？我们在黄福之自杀的前两天又到了红风公司调查，得知黄福之十年前在这个公司当过半年工人，后来因盗窃被公司总经理马原开除，从这一点上看，他有对马原报复的可能，如果联想到会计姜永泉丢钱的事，我认为那起所谓的盗窃案是不是有问题，或者说黄福之是冤枉的，所以他又杀了姜永泉。”

“但是，如果马原和姜永泉都是黄福之所杀害，他采用的是秘密杀人，为何要公开自杀呢？黄福之死得不明不白，这就说明马原和姜永泉的案件很复杂，其中必有什么黑幕，绝不是简单的报复杀人，如果进一步的分析，黄福之可能是被人雇佣的杀手，现在雇他的人见他已暴露，只好杀了他。昨天，我与这个公司的一位老职工许德刚谈话，他说黄福之与现在主持红风公司工作的副总经理周万才有亲属关系，黄福之十年前到这个公司来也是周介绍的。周与总经理马原及姜永泉都有矛盾，这个幕后指使人会不会就是周万才？”陈汉雄边吸着烟边说。

“这么说黄福之不是自杀，是他杀，特地布置成在火车道上自杀的假象？”江涛说。

“我想有这种可能。但这只是我的分析，没有足够的证据。就是黄福之真的是自杀，我也有些怀疑，除非排除其他可能。”陈汉雄说。

“但火车司机发现前边有黑影时，见这个人影在动呀？”江涛说。

“这也许是司机在夜间行进中的一种错觉，火车在飞速行进，这个黄福之有可能是被人刚刚用棒子之类的东西击打头部而死，死后被人摆着坐在火车道上，远处看不到他的身影，近了，能看到他的影子，但由于惊慌，等到刹车时，车已到了这个人的面前，他必然被撞得血肉模糊。所以法医

在检验时，难以将用重器击伤和短时间内又被火车撞伤的部位分别出来，在相距非常近的时间内，可以说也就在十几分钟之内先后两次形成的伤，法医从伤上只能判断死亡时间是在同一时间范围内。”陈汉雄继续说。

“我没有去现场,但我认为陈队长说得有道理,黄福之也许真的是他杀。我们正在调查同一个公司的两个被害人，而又发现了黄福之与马原和姜永泉原先就认识，而且有过恩怨，但事情已过去十年，马原在被开除之前本就应报这个仇，为什么等十年后才来报复呢？也许人们会说，他这十年中，有一年在社会上打工，后八年在服刑所以没有机会，但这也很牵强。现在看来，黄福之如果是杀人凶手的话，他也必然是受他人之雇佣。我认为周万才是值得怀疑的。”白雪凑过来说。

“我也认为这个周万才可列为重点调查对象，能不能将他先拘留起来？”江涛说。

“这还不必，现在我们需要的是证据。从马原和姜永泉的案件看，不同时间，被害的却是同一单位的人，这说明此案与他们的单位，即红风公司有必然的联系。姜永泉看上去像是夜间走路被人抢劫，这也是一种假象。现在还没有发现别的嫌疑人，周万才可列为重点调查对象。同时，也要围绕与这些人有关联的人作工作。”陈汉雄一边在演绎他的推理一边说。

“汉雄说得有道理，虽然黄福之死了，但我们要围绕他曾接触过的人做过细致的工作。周万才可列为重点调查对象，但我们也不要仅局限在他一个人身上调查，还要在调查范围上开拓一些，会不会还有第二个‘周万才’。我想，只要深入下去，马原和姜永泉的案件，一定会水落石出的。”刘天林说了话。

“下一步我们的工作重点，我看还仍放在红风公司？”陈汉雄说。

“对，就是红风公司。红风公司是小城的著名企业，现在总经理和会计先后被杀，小城已是满城风雨。也许这中间有着什么迷雾，这就要靠你们重案组来解谜了。”刘天林说。片刻，刘天林问陈汉雄：“你说他们还有一位副总经理叫蒋俊理，此人在马原被害的前两天回山东老家看望重病的父亲，你与他们当地联系，在发案时他是否在山东？”

“我前天打的电话，当地民警给我回了电话，说蒋俊理的父亲是得了重病一直住在医院，情况很危险。他的姐姐和弟弟都曾给蒋俊理打过电话，现在仍在医院，不过有些好转，蒋俊理早就回山东多日了，现正在山东护理他父亲。马原的事是他走后发生的，这些事经过调查还没有对他有任何牵连。据说这个人很敬业，已往公司打过几次电话，得知马原的死，周万才让他不要着急，在家中好好照顾他父亲。近日听说他又往公司打电话，是公司的赵丽丽接的电话，又告诉他姜会计的事，他说安顿一下他父亲近几天就回公司。”陈汉雄说。

正在这时，一名刑警来叫陈汉雄，说红风公司的副总经理周万才来到刑警大队，说有重要情况向陈汉雄反映。

“好，我还想再找周万才谈谈，他却自己来了。”陈汉雄说着，走出办公室，下了楼。

协助调查

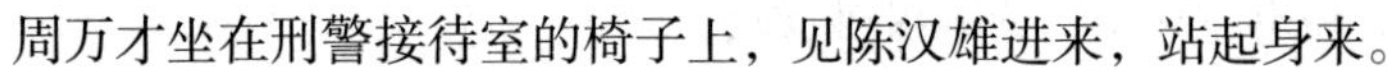

周万才坐在刑警接待室的椅子上，见陈汉雄进来，站起身来。

“陈队长，关于马总被害案我提点线索。”

“好啊！你来得也正好，要不我们还要去你的公司找你呢。这样吧，走到我的办公室来。”

周万才和陈汉雄走上刑警大队的二楼，陈汉雄的办公室就在二楼，江涛、白雪也在这个办公室。

“请坐吧！”走进办公室后，陈汉雄为周万才让座。

周万才今天穿的是一件蓝领白线衣，米色裤子，白皮凉鞋。他坐在沙发上，白雪过来为他泡了一杯绿茶。

陈汉雄从办公桌上拿起一盒石林烟要抽出一支给周万才，周万才见此急忙从裤兜中掏出一盒玉溪烟说：“抽我的吧，我的怎么也比你的好多了。”说着将一支烟递给陈汉雄。

“还得当老总呀。”陈汉雄感慨地说。

“不能这么说，只是陈队长，你们不但辛苦，而且危险，工资收入也不算多呀。”

周万才自己又点上支烟后又说：“自你们来过几次后，我也注重对我们内部进行了排查，查找其他线索。有人反映在马原失踪前的几天，发现黄福之曾在公司大门外出现过，马原在那次坐车出了公司大门后，黄福之打车跟踪过马原，后来马原就失踪了，之后发现是被害了，而且还将他的尸体抛到月光湖。”

陈汉雄没有言语，在慢慢地吸着烟。

“陈队长，我不知道黄福之抓到没有，但我认为这个情况很重要，所以特来向你报告。”周万才有些激动。

“有人发现黄福之曾在你们公司附近徘徊，还跟踪过他，是谁发现的？”陈汉雄说话了。

“是我们公司的小车司机小赵，叫赵洪安。”

“你怎么知道的？”

“是近日小赵自己说的。”

“赵洪安给谁开车，开的什么车？”

“他是给办公室开车。我们公司财务状况虽然很好，但马原一向是以俭朴为荣。除了他一辆宝马专用车外，另外就是公司办公室有一辆黑色本田车，归办公室指派。如果是跑长途，多是用马原的宝马车。如果是城内和省内，只要工作需要，办公室就派这辆本田车出差。此车多为我们两个副总经理，另外是办公室主任或供销科长所用。蒋俊理本人有 辆私家车，也是本田，是买别人的二手黑色小本田。一般情况下他都是自己开车上下班，很少用公司的车，除非出远门要开车。此外，公司还有两辆大货车，用来

运原料和送成品货物。”周万才说。

“此事除了赵洪安看到了，还有谁看到了？”

“我问过一些职工，别人没有发现的。”

“给马原开车的小伙子怎样？”

“你是说马明辉，他是马原的叔伯侄。已给马原开了七年多车了。你们不是找他谈过了吗？他说那天晚上是送马原走到他家附近的小巷口，马原下车后向家的方去的。然而他却没有回家。这些日子，马明辉非常伤心，这几天将车停在车库，他没有来上班，病了。马明辉是个好小伙子，没有什么问题，平时很勤快，大家评价很好。”

陈汉雄在室内踱着步，是的，自马原失踪后，陈汉雄曾两次找马明辉谈话，但没有发现此人有问题。

“你反映的是黄福之的情况，这很好。”

“是的。你们不是正在通缉他吗？”

陈汉雄沉默片刻，他对周万才说道：“是的，你反映的情况很重要，可惜太晚了。”

“为什么？难道说你们抓到了黄福之？”周万才有些不解。

“不，昨夜他在城西的铁道上被火车撞死了。”

“有这事？那么说马原被杀案就这样了结了？”周万才感到失望的样子。

“不，我们还会对此案继续调查的，也许还要去麻烦你的。在此，也希望你在公司内多听听职工反映的情况，有什么情况随时告诉我们。”

“那当然。”

陈汉雄一边吸着烟，一边思考，片刻，他站起身来开门见山地问周万才：“我先前说，要不我们也要去找你，据我们了解，你与你们的马总和会计姜永泉都有些矛盾？”

“这叫我怎么说呢？我对马原是有些意见，对姜永泉也没太好的印象，但他们的死与我无关。马原是公司总经理，可以说为人很正直，但在为人处事上也有不公之处。我本是公司的元老，但马原为了迎合上边的关系，差点要拿掉我这个副总。提拔蒋俊理我没意见，但却排在我前边，所赋予的权力比我这干了很多年的还多，让我管后勤，实际上什么权也没有，就是来人陪陪客。而那个姜永泉却有些狗仗人势，听马原的倒可以，却与蒋俊理关系特密切，连批条子到财会都可报销。我答应来客几条烟都要找总经理批，如果单据是白条子，那到姜永泉那根本就报不了。给一些客商送礼根本就没有收据呀，叫我怎么办？同样是副总，蒋总报条了是经常的，难道就没白条子？现在马原和姜永泉被害了，我不该说这些，也怕这事与他的死联系上了，但你们今天问我，我只有实事求是了。”周万才坐在沙发上无奈地说。

“就因为这些吗？”

“是的。”

“你对你们财务有什么看法吗？”

“没发现什么。因主管是马原，我说过他是个正直的人，在经济上我们相信他，审计也来查过，并没有发现问题。”

“你们公司现在是有两个副总？”

“是的，因为没有董事长，是总经理负责制。但我是这个公司的老人也是最先提拔起来的副总，创办公司时，我是出过很多力的。原是管业务的，但在五年前由经贸委提议，马总将蒋俊理又提拔为副总，让我管后勤，让他管业务了。”

“这么说你心怀不满？”

“不是。但心里总感到不平衡。现在马总和姜会计死了，我想你们一定会怀疑我，但我问心无愧。无论是马总，还是姜会计的被害与我都无关，

一码是一码。他们的被害，我能不悲痛吗？我真希望你们快一点破案，让事实大白于天下，看看我周万才是什么人。”周万才有些激动。

“周总，你不要激动，我们会破案的，事实也会清楚的。”

“这就好，这就好。”

“周总，我再问你，你们的蒋总怎样？”

“他在干业务上是有一套，但我们的业务也是事在人为。谁干都一样，我们公司的产品从性能到质量可以说都是一流的，但在今天的商品社会，想多揽些顾客，也得下本，现在是金钱开道，你不给他好处，他也不来你这，谁心里都明白。但蒋俊理这些年还可以，与公司上下处得都挺好，没发现什么问题。”

“他与马总和姜会计有什么矛盾吗？”

“矛盾？像亲哥们一样，还会有矛盾。”

“蒋俊理在小城有什么社会关系吗？”

“有一位，那就是小城的副书记韩伟强。我想，他能提拔副总与这位副书记不能说没关系，而韩书记和于大光的关系也非同一般。”

“是这样。但从蒋俊理的工作水平和为人是能胜任这个副总经理的，他不见得是凭这种人事关系吧？”

“当前，即使你有才能，没有伯乐，没有一定的社会背景也是不行的。这是马原，据说在别的地方要提拔重用一些人，除了你的能力，有的必须要花费一些大钱了，没有经济基础也是不行的。”

“当前，是有些不正之风，但这种腐败的现象总会得到根治的。一些好的领导还是注重人才的。有了人才才有新的动力，公司才会更好地发展。”

“但愿如此。”

又是一阵沉默。

“既然你来了，今天我们再向你询问几件事，你能说清楚就可以。

一是，在马原失踪前，马原和蒋俊理都已下班回家，你从公司带出两个陌生人，出公司大门上了一辆红色出租车，这两个人是谁？二是前几天，也就是马原和姜永泉被害后，有一天晚上，你在公司附近一个餐馆和一个男子用餐，这个人又是谁？三是，一个月左右，或是近期，黄福之是否找过你，你们是否见过面？”陈汉雄面色严峻地说。

“看来，你们对我了解得挺细，这是你们的工作，我理解。就是你们怀疑我也是应该的，因为在没破案之前，谁都可以成为嫌疑者。你们说在前些日子下班后我从公司中领出两个人，有这事。他们一个是我的外甥，叫李臣，另一个是他的同事姓詹，叫什么不知道。他们是辽阳石化的，来我市联系业务，到小城来，当然要来看看他的舅舅了。因公司要处理些业务，那天我带他俩走出公司大门已是晚上六点多，我们在小城东来顺涮的羊肉。晚上他俩到我家坐到十一点多才回宾馆。他们待了两天便回辽阳了。”

“你们还查到我近期在一个晚上与人到公司附近的小餐馆用餐，有这事。这个人叫丁子玉，我们是好朋友，那天本是下班要回家的，出了公司大门，途中遇到他。多日没见面，他要请我喝点。我想到我公司门口了，我便请了他，叙叙旧。直到晚上八点多才分手。丁子玉在城南税务所当所长。那天他是到我公司附近的一个橡胶厂办事，他自己开一辆尼桑黑色轿车。再有你问我这一时期黄福之是否找过我，我听别人说有一个人曾找过我，我不知是谁，因为一直没有见到面。后来，得知你们说黄福之已经刑满释放，我想这个人有可能是他，但我一直没有和他见过面。尽管如此，黄福之一直没有与我联系过，就是连电话也没有给我来过。我想，他曾来过公司或在公司门外出现，目的是找马原和姜会计报仇，不可能是来找我。我说的都是实话，你们可以调查一下。”周万才说。

“马原失踪那天夜里你在哪？也就是七月八日，星期五的晚上。”陈

汉雄问。

“马原失踪经推想是上星期五晚五点钟之后，我们确定消息是在星期六。因这一段生产任务紧，公司及生产车间是没有休息的。星期六，因原定这天上午，于大光主任来我公司检查工作。可于大光到我们公司后，马原却没到，我给马原家打电话，是他妻子接的，说他昨早去公司至今也没回家，也没给家里打一个电话，以为在公司呢。我又给马原打电话，一直是无法接通。我感到此事有些蹊跷，又给一些客户打电话，均没有联系上马原。这天上午，马原的妻子和孩子曾来公司询问消息，我们进行了安慰。等到下午三点，仍然没有得到马原的任何信息。”

“于是，我打电话向你们报了警。不知怎么，此事被电视台知道了，他们在晚上也跑到我们这来询问情况，并在新闻节目中向社会发布了消息。马原失踪是在星期五的晚上，这天晚上我是晚五点半回的家，后来一直在家了，我的家人可以证实。星期六这天晚上，我是在公司住的。星期日的上午十点，我们接到你们的通知，说在大青山月光湖发现了一具尸体，从体貌特征上看像是马原，我便安排两辆车和郭凯及他的家人到现场，路上给于大光主任打了电话，我们到现场时后，于大光也到了。到现场一辨认，月光湖中捞出的那具尸体正是失踪两天的马原总经理，”周万才说。

“而姜永泉会计被害的那天晚上你在哪？”

“这天，我正在公司值班，你们到现场给我打电话，我在公司我的办公室正要入睡，听到消息，便给郭凯打电话，让他下楼等着，因他家就在公司旁边的路口，之后，我招呼小车司机赵洪安上车我们出了公司院门，在公司旁边的路口接了郭凯和我一起去的现场。”

“但愿你说的是真话，我们也相信你。希望你不要有什么想法，正像你说的那样，没破案之前，任何疑点在我们眼前都不能漏掉，只要与马原、姜永泉接触过的任何人都可能会有嫌疑。有些现象我们也必须找你本人说清楚，这样我们才能进行调查，我想你是能理解的。”

周万才没有说什么。

周万才走后，陈汉雄陷入了一种沉思。原先他怀疑的重点就是周万才，如果周万才现在说的是心里话，现在让他也不知所措了。他感到，此案由于黄福之的死亡，也许会越来越复杂了，但从周万才的谈话中，现在看好像这二人的死似乎与周万才没有关系，甚至与红风公司也没有关系了。难道这两起杀人案件是黄福之一人所为，目的就是来报十年前的仇怨。现在黄福之自杀了，此案真的可以结案了吗?

背后阴影

送走周万才后，陈汉雄的手机响了，是铁路派出所徐所长打来的，经铁路公安处和铁路派出所的现场进行调查，可以认定黄福之是自杀。

“自杀？事情过于简单了。”善于推理的陈汉雄总感觉到事情并非这样简单，但说黄福之是他杀，却没有一点证据。没有查到黄福之谋杀马原和姜永泉的事有幕后操纵者，如果真是这样，就因为怀疑他盗窃将他开除，所以他十年后再来复仇吗？还有一点，陈汉雄至此也不明白，就算黄福之是为了报十年前的仇，可对于一个本是没有正当职业，靠向姐姐借钱来生活的人，怎么会有两万元钱呢？难道是他在外做了什么大买卖发了，一下子赚了两万多元？他不能理解。

夜幕又降临了，陈汉雄决定让他手下的队员们都好好休息一下，今天没有任何行动。他想到有一个星期都没有回家了，妻子秦月娥和儿子冬冬已给他打过多次电话，今天晚上他要回家了，妻子说家对他来说更像一个“旅店”。想到黄福之已死，杜江再也没有危险了，他很高兴，他要将这个消息告诉杜江。

杜江昨夜和卢森在单位加班到深夜十二点，第二天又忙了小半天。

自那天深夜一持刀人从窗户要闯入杜江家后，杜江的神经一直紧张着。不过好歹知道了杀死马原的两个人是谁，其中一人已被陈汉雄他们抓获，另一个叫黄福之的人已外逃。杜江想，黄福之外逃，只要他不在小城，自己就不会有危险了。但他也想到在上海的妻子和女儿，黄福之会不会找到她们的住处去杀害她们，故时还是有些担心。

这天是卢森的生日，上午卢森就安排了生日庆宴，定于晚上五点之后，借此机会找几位朋友喝点酒，并让杜江一定要去。因为，他们既是同事又是好朋友。

傍晚下班后，卢森在小城南区京华酒店安排了一桌酒宴。想到晚上要喝酒，杜江决定将他的轿车放在单位的院内，他是和卢森打车去的酒店，因朋友聚会，多少也要喝些酒，如果喝酒开车，一是安全，二是违章被交警抓到要处罚的。

杜江和卢森到达京华酒店时，是晚上五点半，卢森请的朋友已陆续地来了几位。杜江与大家相互认识后，帮着张罗酒宴。晚六点，要请的朋友全到齐了。

大家围坐一张大圆桌，菜上了六道，卢森打开一瓶五粮液，站在身边的服务员小姐为大家斟满酒。

“各位朋友，今天是我的生日，诚蒙大家光临捧场，不尽谢意。今天到场的都是我的好朋友，但是大家有的不一定都能认识，现在我将在座的诸位朋友一一介绍一下。”卢森站起身来笑容满面地说。

“这位是我的同事，小城环保局宣传科干事杜江。这位是江岸中学历

史老师胡万友，我大学时的同学。这位是东林房地产公司总经理赵东林，我高中时的同学。这位是宏达食品公司保卫科长高峰，我高中时的同学。这位是天宇电子公司的技术员王铁石，也是我大学时的同学。这位是江东银行的主任何军，我的好朋友。这位是城东工商局的丁光然，我多年的好朋友。”

卢森每介绍一位朋友，这位朋友站起来一点头。

介绍完毕，卢森张罗着大家喝酒吃菜，大家轮流坐庄敬酒，一瓶五粮液喝光了，卢森又打开了一瓶。酒过三巡，两瓶五粮液喝光了。赵东林就建议喝酒后他请大家到歌舞厅去唱歌跳舞。

晚上八点半，大家离开了酒店。赵东林在马路边上拦了两辆出租车，他们八人坐两辆出租车正好去歌舞厅。可杜江感到头有些晕，他不想去唱歌跳舞了，便向大家告辞。卢森和赵东林谦让一下，见他不去也就罢了。

在马路边上，杜江看了一下手表，是晚上八点四十分，此地离他家大约有五公里，他决定散散步，走着回家。闷热了一天的小城，此时才有些清凉的风，风吹来，杜江感到格外的凉爽，本是昏沉的头，有些清醒了。

夜晚散步的感觉是清新的。在城市，很多人都愿在晚饭后出来到街上来散步，这也是锻炼身体和减肥的一种好方法，杜江体态正适宜，今天散步是寻找一种感觉，顺便散散心、清清脑。他缓慢地行走在路上，心里突然又想起黄福之来。这个人现在逃出了小城，但他能逃到哪去呢？千万别发现刘艳霞和杜鹃的住处。可也是，即使黄福之知道她们母女在上海，上海那么大，他能找到他们吗？太可笑了，是自己多虑了。

杜江不觉一笑。

那是街心公园，很多人在树丛下乘凉。在那边的长椅上，总有些谈恋爱的人坐在那里，成双成对。杜江和刘艳霞处对象时，也曾在月色下步入这个公园。公园并不大，有树，有草坪，有花园，有凉亭，有假山，有一个喷泉。杜江信步走进公园，他在喷泉边看了一会喷泉喷射的水柱，真是壮观极了。在那边，有人打着鼓吹着唢呐，原来那里有一片空地，很多老年人在那里扭秧歌。杜江不想去观看，便沿着公园的一条路走出了公园，上了大马路。

马路边上有一个书摊，杜江停下脚步，发现一个中年男人蹲在路边卖书，有几个人围在那里，翻着书。杜江也凑上去，看了看，发现书摊中有几本珍藏版的人物肖像小画册。妻子刘艳霞爱画画，曾要找这几本书没有找到，今天遇到了，杜江决定买下来，等妻子回来送给她，她一定会高兴。问了一下价，人家要三十元一本。讨价还价，三本画册给人家七十元。不过，这三本书都很新。杜江拿着这三本书继续向前走，穿过马路上的人行道，到马路对过的小街。

杜江无意中回头看了一下，发现后面不远的地方有一个穿白色半截袖、米色裤子、白凉鞋的男子也向这边走来，并注视着杜江。杜江并没在意，因马路上还有很多同一方向的路人。杜江进入一条小街，这个人也出现在小街口。小街较长，因小街两边多为居民住户，虽有些行人来往，偶尔也有一两辆轿车通行，但此处还是比较安静。杜江走在小街内，他回头向后看，那个人仍在不远不近地跟在他后边。因此处灯光暗，他看不清这个人的面孔。走出这条小街，杜江向东走，这又是一条宽敞的大马路。

这是一段繁华的街市，马路两侧全是商业门店，有饭店、酒店、大商场、游戏厅、冷饮店、书店、音像店等。一些商业门店还有各种霓虹灯，衬托得高楼大厦格外的壮观美丽。大马路上仍是车水马龙，人行道上的行人也是络绎不绝。前面是广乐商场，门前的小广场人流如海，非常热闹。杜江走在马路的人行道上，他无心欣赏这美丽的夜景，只想让凉风吹拂着，

多呼吸些新鲜的空气。

马路上的车辆仍然很多，可以说是川流不息。

这段路上的人行道上比先前那段路的人要多得多。杜江再次回头，发现这个人也向东走来。再过那座小桥向北拐又是一条小街，穿过这个小街便是香荷公园南路，再走一段便是杜江家的小区。上了马路上的天桥，杜江又一次回头，发现那个穿白色半截袖衣服的人不见了。下了天桥，他走入向北去的这条小街。然而，当他再一次回头时，发现在他身后不远处又出现了这个身穿白色半截袖衣服的人。

“是同路，还是有意在跟踪我？”杜江心中有些嘀咕，不免引起他的警觉。

想到此，杜江故意停住脚步。那个穿白色半截袖衣服的人见此，也停在他身后不远的地方。

“黄福之已经外逃，会不会是黄福之派来的人？这个人是什么人呢，他为什么要跟踪我？”杜江向小街内看了看，发现这条小街的行人非常少。于是，又走了起来，而且是加快了步伐。出了小街，前面是僻静的香荷公园路，杜江夹着那三本画册，不觉加快了脚步，但是那个穿白色半截袖的人仍然在他后边不远的地方跟着他。这段路两边几乎全是树木，没有行人和车辆，只有路边昏暗的路灯静静地立在那里，像是睁着眼睛睡着了，杜江此时感到胆战心惊。前面灯火辉煌的地方，那是杜江家的小区，眼前就要到小区了，此时，他有些不放心，再次回头看，发现那个穿白色半截袖衣服的人又不见了。

回到家中，回想刚才路上见到的情景，他不免有些紧张。

黄福之已外逃了，自己在小城没有任何仇人，谁会跟踪我呢，其目的是什么？此时，他感到既疲倦又口渴，泡了一杯绿茶，坐在沙发上，打开电视，一个频道正在演播电视连续剧《戏说乾隆》，这是一部古装戏，主演是郑少秋。去年，杜江和妻子每天晚上就在一起看这部电视剧，剧中的故事情节一直吸引着他们，特别是那首主题歌《问情》，妻子刘艳霞最喜欢这首歌了，最后连不爱唱歌的杜江都听会了这首歌。

山川载不动太多悲哀
岁月禁不住太长的等待
春花最爱向风中摇摆
黄沙偏要将痴和怨掩埋
一世的聪明情愿糊涂
一身的遭遇向谁诉
爱到不能爱聚到终须散
繁华过后成一梦啊
海水永不干天也望不穿
红尘一笑和你共徘徊

那时，杜江在晚上没事时常哼着这首歌。

现在妻子没在身边，他感到孤独，他真的有些想妻子和女儿了，可妻子在上海学习，还要一个月后才能回来呢。唉，一个月，很快就会到的，想到这里，仿佛看到了妻子和女儿的笑脸，他也笑了。电视剧仍在演着，不知为什么，他的脑海中总是抹不去晚上的情景，想到今晚路上的跟踪者，又有些恐惧。尽管是自己喜爱的电视剧，今天却也看不下去了，于是他干脆关掉了电视。

喝了一杯茶，他又在杯中添上水。想到上次深夜北边窗户出现持刀人的情景，杜江又到北边的窗户看了看，窗户已从里边锁好。前几天因有江

涛保护，自得知黄福之外逃后，危险已极小了，他让江涛离开了他家，夜里都是自己住的。还好，这几天夜里再没有接到一个恐吓电话了。但想到今天的事情，他又有些后怕。给江涛打电话？不，这样显得自己太胆怯了。反正北窗在里边锁着，一旦发现北边室内有动静，他拨打床头的电话给110或江涛就可以了，在他的床头放着一把菜刀，那是防备万一的。

就在这时，客厅内茶几上的电话响了，杜江查看一下电话，原来是陈汉雄的手机号。

“杜江，告诉你一个好消息。”

“是陈队长，什么好消息？”

“黄福之昨夜在西郊的铁路上撞火车自杀了，这回你不用担心了。我想再也不让江涛陪你了。但是，夜里睡觉也要注意安全，这一段时间也别大意，注意一下身边的事情。”

“陈队长，你是说黄福之死了？”

“对，他真的死了。”

“什么时间死的？”

“昨天深夜。”

“太好了。陈队长，谢谢你。”

杜江本是想将不久前路上发现有人跟踪他的情况说给陈汉雄的，但一听说黄福之已死了，又感到也许是自己多心，那个跟踪者也许是同路的。

这夜，杜江睡得很安稳，夜里也没有发生任何事情。

尽管铁路方认定黄福之是自杀，陈汉雄还是决定再次对周万才进行一次调查，如果周万才与黄福之没有联系，这样才能最后认定黄福之是自杀。第二天一早，陈汉雄带着江涛、白雪围绕与周万才接触的有关人员及红风公司的几名保安人员展开调查，认定周万才说的全是真话，马原和姜永泉的死的确与他无关。这样看来，杀死马原和姜永泉的真凶真是黄福之。如果说参与者，那还有个杨守业。黄福之死了，马原和姜永泉的案件可以结案了。

又是一天，杜江吃过早饭，便想早些到单位。因车放在单位，早晨上班他只好到站点去等公共汽车了。还要穿过小区前这条小街，他习惯地回头看看，身后有很多行人，想到昨夜的跟踪者，他想寻找那个人的身影，但是没有。走出小街，在右边大马路站点等车。等车的人还真不少。突然，杜江发现一个熟悉的身影，此人身穿白色半截袖线衣，蓝色领子，从形体上看，很像昨晚跟踪他的人。此人大约五十来岁，身高一米七五，中等身材，方脸，面色有些红润，但没有明显特征。这个人见到杜江，似乎也有些疑惑。正在这时，公共汽车到了，杜江登上了汽车，但是，那个跟踪他的人并没有乘同一路车，好像在等到另一路的汽车。

黄福之虽然死了，此人会不会时黄福之的同伙呢？到了环保局，杜江思考着，还是决定用电话将此事告诉给陈汉雄。

白日见鬼

这天早晨，陈汉雄刚走进刑警大队的办公室，他的手机响了。原来是杜江给他打来的电话，简要地述说他昨夜好像有人跟踪的事。黄福之已死，谁还会跟踪杜江呢？陈汉雄认为可能是与杜江同路的人。

放下电话，陈汉雄想着杜江说的昨夜跟踪他的那个的体貌特征，他感到杜江说的这个人他有些太熟悉了。

“难道是周万才？”

因昨晚周万才来刑警大队时正是穿的这种装束，体貌特征也是一致的。

江涛和白雪走进陈汉雄的办公室。

“队长，黄福之已死，马原和姜永泉的案件是不是可以宣告侦破了？”江涛来到陈汉雄的办公室。

“按理说是可以告破了，但我总觉得这两个人的死并非这么简单。就算是黄福之为复仇杀人，但他给杨守业的两万元钱是哪来的。他用来杀人的刀呢？”

“我想刀是不是他案后扔掉了。至于那两万元钱，会不会是他真的做买卖赚到钱了。这个人自小就好抢劫偷盗，或者是在外地抢劫或偷盗来的钱？”江涛说。

“我想，现在的小城一直是比较安定的，除了马原案件和姜永泉案件，几个月来没有其他大要案。我想即使马原的死和姜永泉的死真是黄福之一人所为，我们还要做些工作。比如到黄福之的租房，对他的物品进行检查。刚才杜江来电话，说昨夜他又被人跟踪，从他说的人的体貌特征上看，我认定此人是周万才。在这个节骨眼上，周万才为什么要跟踪杜江？他与黄福之是亲属，难道说他是这两起案件的幕后指使者？我们还要到红风公司做些工作。还有，周万才昨天下午到刑警大队反映情况，说在马原失踪前，黄福之曾出现在红风公司，还对马原进行过跟踪，我们找找那个叫赵洪安的司机谈谈。”陈汉雄说。

“队长，这么说我们还要调查下去？”白雪问道。

“是的。现在可以撤销对黄福之租房的监控，但我们还去红风公司。”陈汉雄说着。

在红风公司，陈汉雄通过郭凯找到了小车司机赵洪安。小赵说：“在马总失踪前，我发现在我们公司附近曾有一个三十来岁的男子在此窥视过。后来又发现马总的车出去，他曾打出租车跟踪过马总。但这些当时我并没在意，想是哪位年轻人无事随意地溜达，或要找什么人。就是他跟踪马总，当时我也没想到他是跟踪，认为人家要回去，跟在马总的车后是偶然的。但后来得知马总被害了，我将此事联系来看感到这个人很可疑，但不知这个人到底是谁。昨天上午，从管区派出所门前发现了通缉黄福之的通缉令，我认定我见到的人就是黄福之，我就将此情况向公司周副总经理反映了。”

陈汉雄点点头后问：“关于黄福之在公司附近徘徊还有谁看到了？”

“这我不知道。”

“黄福之与你们公司谁有联系？”

“这个我不知道。”

“你在公司中发现过黄福之吗？”

“没有。就在公司附近发现了那么一次。”

“你们公司内部近年来发现过什么问题吗？”

“没发现。”

“公司领导间的关系怎样？”

“没发现什么问题，我看是挺友好的。没见他们有过矛盾。”

当日，陈汉雄又找了公司的女现金员秦华，也是临时代理会计，向她了解情况。从公司的财务上，她也没反映出什么问题，但她也提到了周万才与姜永泉的矛盾，其内容和许德刚和周万才本人说的一致。但周万才对马原的不满，她还没有发现。

与这些人谈完话，陈汉雄和江涛、白雪再次来到周万才的办公室。

周万才去经贸委开会刚刚回来，见陈汉雄和江涛、白雪来了，虽说不太情愿，但表面上也要装出笑脸。因自马原失踪后，陈汉雄他们已到红风公司多次了。

还是赵丽丽过来为他们泡上绿茶。

在与周万才闲谈时，陈汉雄故意将昨夜有人在南区广乐商场大马路附近被跟踪的事引出来。周万才听后，不觉一愣。

“陈队长，我昨天晚上又发现这样一个情况。”周万才说。

原来，周万才昨晚从刑警大队回到公司，得知公司来了客商，他和郭凯主任，还有供销科长田德会陪同，吃完饭快晚上八点多了，将两位客商送到宾馆，周万才想到上午他母亲来过电话让他晚上到她家去一趟。周万才的母亲已七十岁了，现住在香荷公园东边的辽水小区内，现和他的弟弟生活在一起。他是走着去的，就是顺便想散散步。当他走到在广乐商场附近时，发现一个年轻男子走在他的前面，不知为什么，这个人几次回头看着他。

到了小街，这个年轻人还不时地回头看着他，此人还夹着几本书。后来这个人过了香荷南路，走得非常急，难道是将自己当成坏人了？再后来，这个人进入到环保局的住宅小区楼院内。此人穿着白上衣、蓝色牛仔裤。周万才走到环保局家属楼附近时，从旁边一条小路去了另一个住宅小区，他母亲就在那个小区，来到小区口的商店，他为母亲买了几斤水果，还有些糕点，因他以前经常来这个小区，对这里的住宅情况是非常熟悉的。到母亲家是晚上九点多，弟弟在家，弟媳和孩子在前几天去沈阳市的娘家了。

原来，母亲是想他了，才特地让他去的。母亲腿脚有病，走路很困难，这些年全指望弟弟和弟媳妇照顾。周万才本是想尽孝的，但其妻子早已下岗多年，近年来又得了多种疾病，今年都曾两次住过医院，他已有三个多月没与母亲见面了。这夜，周万才是住在母亲家，和弟弟睡在一个床上的。第二天一早，和母亲、弟弟一起吃的早饭。早饭后，他便又顺着香荷南路，穿过小街到大马路的站点上等公共汽车。

陈汉雄想到周万才说的是杜江，看来杜江是过于紧张，想象中背后的阴影，是一场虚惊。这让周万才也产生了疑心。

一早杜江给陈汉雄打完电话，加之昨夜听到陈汉雄给他打电话说黄福之自杀了，悬着多日的心，总算有些安静了。他不用担心来自黄福之的危险了。也许，从此再也不会有人打电话来威胁和恐吓他了。从今往后，他睡觉也不用再闭紧门窗，提心吊胆的了。今天傍晚，杜江回到家，自己想

包点饺子，但冰箱中却没有饺子馅了，连青菜也没有了。杜江这才想起来，原来自妻子刘艳霞和女儿走后，他从来还没有到市场或商场买过东西。原来妻子留在冰箱内的一些青菜早已吃光。他想煮碗面条，但食品柜中却没有挂面了，还是冲碗奶粉先充饥吧。就在这时，客厅内的电话响了。杜江放下手中的奶粉，去接电话，原来是上海打来的，一定是妻子和女儿的电话。

杜江接过电话，果然是妻子的电话。

“杜江，这些天可好吗？”妻子刘艳霞在电话中亲切地问着他。

“好，一切都好。”杜江忘记饿了，高兴地说。

“工作忙不忙，身体好吧？”

“工作还算可以，身体很好。你和杜鹃都好吧？”

“好。只是杜鹃这几天有些想你了，你也不给我们打个电话。”

“昨天晚上，我曾往大姐家打过电话，没有人接。我也打过你的手机，也关机。”

“昨天晚上，我们都去看歌剧了，我的手机在大姐家中充电了。你这几天吃得怎样呀？”

“很好。”

“可别糊弄自己呀。我想冰箱中已经没有菜了，你要到商场买些菜，还有肉可能也没了，你要买些肉和熟食，千万要吃好呀！”

“好，我会安排好的。杜鹃在你身边吗？”

“在，这不她也要抢电话了。”妻子说着将电话交给了女儿。很快，电话中又传来女儿杜鹃清脆的声音：“爸爸，我想你了。这些天了，你连个电话都不给我打，是不是将我忘了？”

“哪能呢？爸爸心中天天想着你呢，你是我心中的心肝宝贝。杜鹃呀，上海好不好呀，玩得怎样呀？”

“上海好，到处是大高楼，还有黄浦江，大轮船，还有彩电塔。大姨带我们都看了，太好了。”

“可别太太贪玩呀，这些天学习怎样呀？又背会几首唐诗呀，又学会多少个生字呀？英语学得怎样了？”

“爸爸，看你唠叨的。妈妈和大姨天天看着我学习，小姐姐又教我背会五首唐诗、学会三十多个生字，还有二十几个英语单词呢！”

“好样的，回来后爸爸要奖励你。”

“说话可要算数，还要带我去大青山看风景。”

“好了。杜鹃呀，要听妈妈的话。爸爸会常给你打电话的。”杜江太嘱咐女儿。

这时妻子刘艳霞又抢过电话：“杜江呀，不和你多说了。外出一定要注意安全，一天三顿饭一定要吃好，可别糊弄自己呀，也要加强锻炼，晚上吃完饭到街上或公园去散散步，否则会发胖的。记住，要去商场买菜。这里你放心，我们都很好，我的学习一切都很顺利的。好了，我挂了。”

放下电话，杜江还在回想妻子女儿的笑颜，仿佛她们就在自己的身边，他笑了。喝了一碗奶粉，他坐在沙发上休息一会。才是晚上六点钟，他决定按妻子说的，晚上外出散散步，顺便到城内的大华商场买些菜和食品，还要买几斤肉。但他不想走得太远，因为外面还很热。

走出住宅楼的庭院，杜江决定到附近最近的一个小市去买了些菜和食品。十几分钟后，他便来到了这个小市场，这个小市场在他们的小区东侧。此时虽是黄昏，但天还很亮。小市场的人仍然很多，杜江在一楼蔬菜摊买了些青菜，又到肉摊买了两斤猪肉、两斤肉馅。又在食品摊买了一瓶辣酱、一瓶醋、两斤挂面。回到家中时，已是晚八点半了。

又是一天的早晨，杜江刚走进环保局自己的办公室，卢森也进来了。

“杜江，近日，我们要搞一个环保周宣传，你策划一下，再拍些相关照片。”

“什么时间要这些东西？”

“今天是周四，我看下周一我们就要制作图片，时间都很紧。”

“好。不过，主题是什么？”

“保护环境，就是保护人类的家园。”

杜江用笔记下这个主题。

卢森走后，杜江从背包中拿出照相机，他发现照相机的充电电池没电了，可也是，电池使用了有一年了，反复充电，已充不进去了。他决定到商场去买一对新的电池。于是，他来到卢森的办公室对卢森说：“科长，我去附近的商场买一对充电电池，然后在小城搞些拍照，中午会赶回吃午饭的。”

“好的，中午我等你。”

来到环保局后院，杜江开动了他的轿车。出了环保局的大门，沿着大马路向南行。他要去南区的大华商场，那里的电池保真，服务员服务态度还好，杜江曾在那个商场多次购买过照相器材，以及胶卷、电池等。半个小时后，他将车停在大华商场门前的广场上。走出轿车，锁上车，他来到了大华商场。上了电梯直接到五楼，这个楼主要经营文化用品和照相器材，在照相器材摊，他买了一对充电电池。然后背着背包来到手扶电梯处，他要下电梯。突然他惊呆了，在上行电梯上，有一个戴墨镜的人吸引了他。

“从体貌特征上看，这个人怎么这么像黄福之？”

这个人也发现了杜江，有意地转过身去，并在电梯上急切地向上走着。

“黄福之不是被火车撞死了吗？这个人这么像黄福之，难道说大白天我遇见鬼了？”

杜江看着这个人匆忙上楼的背影，越看越觉得像黄福之。出于好奇，也是为了查看清此人到底是不是黄福之，杜江决定也上楼。于是他来了一个腾空飞跃，从下楼的电梯一跃到旁边上楼的电梯，他也匆忙上楼了。然而，他上楼后，发现那个像黄福之的人不见了。他在三楼找了一圈，没有找到。殊不知，就在杜江走上三楼时，那个戴墨镜的人先于杜江登上三楼，他快速地离开电梯，迅速地躲在电梯旁边的一根方柱子后。在杜江上到三楼后，他发现了杜江，杜江向这边来，他又转到另一侧柱子后边，所以杜江在这根柱子边几乎是转了一圈，匆忙间，他一直没有发现柱子后边的人。杜江在三楼没有发现他要找的人，又上了四楼的电梯，那个人见此，立即下楼了。

杜江来到四楼，仍然没有发现这个人的踪影，于是他又上了五楼、六楼、七楼，最后连厕所都找了，却再也没有见到这个人。

“我真的见鬼了，这个人怎么连个影子都没有，难道他真是鬼影？”杜江疑惑不解。因为他分明看到上楼的电梯上站着一个人，他可以认定这个人就是黄福之，但他怎么会消失呢？

杜江非常失望地一层一层地下了楼，最后不得不走出大华商场。他在广场上又看了看，仍然没有发现这个人的身影。杜江相信他没有看错。

坐在他的白色桑塔纳轿车上，他想到应该将此情况向陈汉雄报告。于是，他掏出手机，拨通了陈汉雄的手机号。

“怎么，你认为这个人就是黄福之？这么说被火车撞死的人不是黄福之？”陈汉雄既感到疑虑又感到非常惊讶。

此时，陈汉雄和白雪正在刑警大队，听了杜江的报告，都感到有些吃惊。

“队长，黄福之的姐姐不是已认定死者就是黄福之吗，这还会出错？”

白雪说。

“也有可能黄福之的姐姐黄秀芝被那张故意放在死者身上的身份证和其装束所迷惑。如果杜江能看准的话，这个黄福之有可能没有死，而有人故意在用调包计，以假乱真，来掩盖事实真相。”陈汉雄说。

“那么，死者能是谁呢？”白雪也在疑虑。

“那就是一个替死鬼了。”陈汉雄说。

“队长，既然黄福之找人替死，他知道我们正在通缉他，他应该离开小城呀，为什么还敢露面呢？”白雪问。

“也许他还有什么事没有办完，或他的同伙还需要他活着，在小城完成某件事才能逃走，所以他才铤而走险，不得以抛头露面。”片刻他问白雪，“今天是那个黄福之被火车撞死的第几天了？”

“今天是第四天。”白雪说。

“按理说，被撞死的人昨天应该被火化了。”陈汉雄低头思考着。

正在这时，江涛和侦察员张英回到刑警大队。

“队长，红风公司的案子有什么新的线索吗？”江涛问。

“没有。现在看这起案件更复杂了。”陈汉雄说。

“又发生了什么事？”江涛问。

陈汉雄没有回答江涛，思考了片刻说：“会不会现在还没有火化呢？江涛、白雪、张英，我们立即去殡仪馆。”

替身真相

警车呼啸，急奔东郊外的殡仪馆。

为了赶时间，警车一直开到殡仪馆火化室门前。陈汉雄、江涛、张英、白雪跳下警车，见火化室门前聚集一些人，陈汉雄发现黄福之的姐姐黄秀芝正在其中。看来，簇拥在黄秀芝身边的一定是她的亲属们了。

“黄福之的尸体火化了吗？”见到黄秀芝，陈汉雄急切地问。

“本应是昨天火化，因我们没到，昨天这里的活多，给推迟了一天，所以今天才火化的。”黄秀芝满脸泪花，悲痛地说。

“这么说刚刚火化？”陈汉雄问。

“我们刚从里边出来，火化管理员不让进，现在有可能是火化上了。”黄秀芝仍是带着悲伤说。

陈汉雄还是走进了火化室，此时，火化工正要将放在车上的一具尸体推入炉中，陈汉雄大喝了一声：“慢！请问这个死者叫什么名字？”

“黄福之。”火化工说。

“先不要火化，我们是公安局的，已和你们领导说了，这具尸体暂缓火化，因涉及一起案件，我们要留下尸体进行调查和检验。”陈汉雄焦急地说。

“这必须有我们领导的签字才能变更。”火化工说。

“我现在就给你们馆长打电话，你停止火化吧。”陈汉雄说。

“好吧。”火化工说。

正在这时，殡仪馆的馆长来了，他同意了陈汉雄的意见。

黄福之的尸体又被推到一边，准备再次放入冷藏箱中。

“江涛、张英，你们找黄福之的几名亲属再了解些情况。我和白雪再找黄福之的姐姐黄秀芝谈谈。”

随即，陈汉雄和白雪走出火化室，将在火化室外边等候的黄秀芝带到殡仪馆长的办公室。这边，江涛、张英在火化室外找到了黄福之的几名亲属，向他们了解黄福之的具体特征和有关情况。

在殡仪馆办公室，陈汉雄和白雪向黄秀芝详细了解黄福之的具体特征，这也是鉴别黄福之的最直接办法。

“黄秀芝，你好好回忆一下你弟弟的身上是否有什么明显的特征或印记？”陈汉雄温和地对黄秀芝说。

黄秀芝想一会说：“我弟弟小时候是个非常淘气的孩子，要说身体上也没有什么特殊的特征。只是在他十二岁时与人踢球跑到马路上，被汽车刮伤过，前面的大腿上部，有两片缝合的伤口，我想经过二十年了，他的伤能否再看出来我也不敢确定。”

“在别的地方还有什么特征，比方说黑痣或其他伤痕等。”陈汉雄问。

“这些都没发现。”黄秀芝说。

“你好好想想，不要着急。”白雪也说话了。

“这么一说，我还想起一件事，在他两岁时，我爸爸吸烟，不小心烟头烫伤了他的脚背，当时有个水泡，在十几岁时脚背还有伤痕，后来就不知道了。”

“是哪只脚背？”白雪问。

“是右脚背。”

陈汉雄思考着，点着一支烟吸了起来。

“就这些特征了吗？”

“就这些了，别的地方没有什么特征。”

“现在你认定火车撞死的就是你弟弟,你看到他腿上和脚上的伤痕了吗？”

“我没有去特意寻找他腿部和脚上的伤痕，但从衣着、体型、身份证上看就是我弟弟。出事那天，我有些闹心，不知是为什么，也许是我弟弟自杀后我们姐弟之间的感应。铁路上给我通知说我弟弟出事了，我不信，在到铁路上之前，先给我弟弟打的电话，但电话中说这个手机已关机。我到现场一看，我弟弟已被火车撞得面目全非，从脸部什么也看不出来了，但其他特征都像。在铁路派出所我见到那部撞碎的手机，这部手机正是我给我弟弟的那部，由此我才敢认定死者就是我弟弟。”黄秀芝目光有些呆痴地说。

“但是，经过我们调查，现在的情况有些变化，你认定的黄福之有可能不是你的弟弟。”陈汉雄说。

“这不可能。不是我弟弟，那他能是谁？”黄秀芝有些惊讶。

“这就让我们再来看看他的腿部和脚部特征。他的腿部在小时候被车刮伤缝合过，即使恢复得再好，也会留下一些痕迹。脚背也许还会有伤痕，因小时候的烫伤会伴随生理发展产生变化，落下的印记是不容易消失的，

而且有的还会随着皮肤而变大，变成一种明显特征。”陈汉雄说。

“这么说我认错人了？”

“我们看看死者的腿部和脚部就可以了。”

“但是，这阵子他的尸体已经火化了，我们去看什么呀？”

“不，我们让他们已停止了火化。”

他们来到停尸间，从冰柜中推出那个被火车撞成七零八碎而拼合在一起的尸体，陈汉雄和白雪，还有死者的姐姐一同查看了这具勉强拼合在一起的破碎尸体，尽管这个人被撞得面目全非伤痕累累，但大腿上部根本就没有小时留下的缝合伤的痕迹。陈汉雄和白雪仔细地观看死者的右脚背，也没有发现任何烫伤留下的伤痕。

“黄秀芝，你再好好看看你弟弟应该有伤痕的地方。”陈汉雄叫着黄秀芝。

黄秀芝凑上前来，她也在认真地观察死者右脚背部上的特征，然后摇摇头。

“你弟弟的特征，在这具死尸上都没找到。”陈汉雄看着黄秀芝说。

“这是为什么呢？”

“因为死者根本就不是你弟弟，而是另一个人。”

“这么说，我们折腾了几天，白折腾了。什么人要冒充我弟弟去死呢？作孽呀。”一向没有流泪的黄福之的姐姐，此时却大哭了起来。

“大姐，你不要哭了，我们有事还要与你谈谈，希望你冷静下来。”白雪在劝黄秀芝。

“黄秀芝，现在看，这个死者不是你弟弟。但是，为了我们工作的需要，还请你对此事先不要张扬，或者说你弟弟的尸体已火化了，后边的事就不要向任何人说起了。因为，此事我们还要调查，也希望你给予配合。”陈汉雄说。

黄秀芝呆痴地看着陈汉雄，没有作声。

“大姐，陈队长的话你听明白了吗？”白雪在问黄秀芝。

黄秀芝如梦方醒，点了点头：“明白了。”

死者不是黄福之，此案更为复杂了。当日，陈汉雄将殡仪馆的事向刘天林作了详细的汇报。

“看来，马原和姜永泉的死，不是一般的杀人案件，其中必有重大隐情。我们发现了黄福之，黄福之却被火车撞死了，但这是一个替死者，也是一个被害者。真正的黄福之就是想以此来蒙蔽我们，以为他死后，追查马原和姜永泉的案件线索也就断了，也没人再去想世上还存在一个真的黄福之。我想，马原和姜永泉之死，不仅是一个黄福之所为，有可能还有其他参与者。你想，一个社会上的无业人员为什么要相继杀死红风公司的两个重要人物呢？由此看，有人在利用黄福之在红风公司待过，又与马原和姜永泉有过节，指使他的人有可能是与马原和姜永泉有某种利害关系的人所为，也有可能是红风公司内部人员所为。但是，这个人很有钱，也有一定的势力，否则，黄福之也不会为一点蝇头小利去冒险连续杀人。让人假冒黄福之去死，那就是要掩盖事实的真相，让人们认为杀人者已死，谁还会再查这起无头案呢？下一步，不但要查到被火车撞死的是谁，还要尽快地查到黄福之和幕后的真凶。”刘天林说。

“刘局的意思我明白了，我会想办法破获这些案件的。”陈汉雄坚定地说。

“现在没有其他案件，你们重案队就全力以赴抓这个系列案件。如果人员不够，我随时会给你们调人。”刘天林说。

大又下起了阵阵急雨，马路上人和车比以往少多了。然而，陈汉雄和他的战友们仍在雨中忙碌着。

根据刘天林的指示，刑警大队将死者特征的印成协查通报发往周边地区。一些派出所根据死者的特征，对一些失踪人员进行梳理排查。

这天上午，江涛和白雪来到东岭农贸市场调查。在对一些个体商户走访调查中，一位早市蔬菜批发商说起了这样一件事，前一段时间，在东岭市场外，经常有一个头发蓬乱，穿得非常邋遢，背个尼龙丝袋子的中年男子。此人好像痴呆，但也明白一些事，不打人骂人。给吃的就要，给钱也要，谁找他干活也去。还经常到一些垃圾箱中去捡东西，捡到一些物品，比如易拉罐、矿泉水瓶、书本等，便积攒到他背的尼龙丝袋中，找到收废品的，便换几个零钱。晚上好像铺点塑料就住在市场外的墙角下的水泥凳上，下雨天可能是住在东边的公厕内。此人人们都叫他“老强子”，但具体姓什么、叫什么，是哪的人不知道。可是，近些日子，人们发现老强子不见了。

“这个人有多高个，有什么特征？”江涛问。

“大约一米七二左右，不胖不瘦。”

“这是一个有些神志不清的拾荒人员？”

“是这样一个人。”

江涛和白雪交换一下眼色，然后，对这位个体批发商说：“谢谢你！”

离开这名个体批发商，江涛对白雪说：“这个老强子会不会就是我们要找的火车撞死的人？”

“从此人的身高、体型上看有些像。我看，我们应该再找些群众了解些情况。也许这个人就是我们要找的死者。”白雪说。

在农贸市场，江涛、白雪又对多人进行了走访，有多人说起老强子这个人。但奇怪的是，这些天却突然见不到老强子的身影了。有人反映，前几天，在东边的公厕过道处发现了老强子经常背的尼龙丝袋子。

随即，江涛、白雪又找到了公厕的管理人员老龚。据老龚说，东边的这个免费公厕是五年前为了方便在农贸大厅外边出摊做买卖的人修的，一边是男厕，一边是女厕，晚上几乎没有什么人再到这里上厕所了。前一段时间发现一个叫老强子的人有时到这个公厕的走廊上去住，此人只是痴呆，并不破坏公厕的设施，故晚上他就住在那里了，无人去制止，且此人在天亮后就离开了。

那天一早，清洁工老李到公厕，发现老强子的塑料袋在公厕的走廊中，以为老强子上厕所了，但到男厕去查看，并没有发现老强子。认为他是有什么事出去了，老李便将他的尼龙丝袋扔到墙角，但直到晚上也没有见老强子来取。第二天，老李发现那个尼龙丝袋还在墙角，便将此事和老龚说了。他们打开尼龙丝袋，发现里边有几件衣物，还有几个面包，还有半瓶白酒，别无他物。三天过去了，老强子仍然没来取他的尼龙丝袋。老龚便叫老李给扔到外边的垃圾箱中。从此，人们再也没有见到老强子，也没有人谈论他。对于这样一个人，成天忙碌的人早就将他遗忘了。

当即，江涛和白雪回到刑警大队将此事向陈汉雄做了汇报。陈汉雄认为此人的体貌体征与被火车撞死的人的体貌特征基本相符。但此人是哪里的，叫什么，应该做些了解。

就在这时，马家桥派出所所长明亮给陈汉雄打了一个电话，说他们辖区高家村村民高文强两个月前从家出走，此人有可能在小城内，因在半个月前他们村的人在城里见过他在农贸市场附近拾垃圾。

“江涛、白雪，我们去一趟高家村。”放下电话，陈汉雄决定着。

在马家桥镇派出所所长明高的陪同下，陈汉雄他们来到了高家村。据这个村的村主任说，他们村是有一个叫高文强的人，人们都叫他老强子，因他们哥五个，他在家排行老疙瘩，此人三十多岁，从小就呆傻。原有一个老母亲，可半年前去世了。在村中本有老强子的两个哥哥嫂子，但他们

根本就不管他弟弟。就在他母亲病故一个月后，老强子突然出走，谁都不知他去哪了。为此，村里曾问过高文强的两个哥哥，他们说他们不管。

“此人腿部有什么特征？”陈汉雄问村主任。

“没发现什么特征。”

“他小时受过伤吧？”

“没有。”

听了村主任的描述，陈汉雄点点头，此人极大可能就是被火车撞死的老强子。老强子的外部体貌特征与黄福之完全一样。

“但是，只要这个黄福之活在世上，我们就一定要抓到他。”陈汉雄握紧拳头说。

经到马家桥调查，后又查得老强子的血型，被火车撞死的人正是与老强子一样的血型。

“看来这个替死鬼真是老强子，这伙歹徒也太卑鄙了。”白雪说。

忧郁女子

下午两点，陈汉雄和白雪冒雨又来到了红风公司周副总的办公室。此时，在周万才的办公室还有一个中年人，此人大高个，长得很魁梧，文质彬彬，也很英俊。

“是陈队长来了，请进！”周万才仍是笑容可掬地迎出来。

陈汉雄望着周万才办公室的陌生人，周万才忙介绍：“对，我给你们介绍一下，这位是陈队长，这位是我们公司的蒋总，他回山东忙了一阵他父亲的病。近日，他父亲的病稍有好转，昨天给我打电话听说公司连续出事，今天便赶回来了。”

“陈队长，久仰。前几天我给公司打电话，听说马总和姜会计出事了，我心中极其悲痛，就急忙地赶了回来。”蒋俊理一边与陈汉雄握手，一边面带悲伤地说。他手中拿着一把折叠的纸扇子，室内并不太热，坐在沙发上，但他也在摇着这把打开的纸扇子，也许是一种习惯。

“陈队长为我们公司的马总和姜会计被害的事尽心尽力，也累坏了你

们，不容易呀。陈队长，小白，请坐。赵丽丽，给客人泡杯茶。”周万才又在招呼门对面办公室内的女秘书赵丽丽。

还是上次见到的那位漂亮的女秘书赵丽丽，她为陈汉雄和白雪泡上两杯菊花茶。在她临走时，她暗暗地看了陈汉雄一眼，她深沉的目光，充满了忧郁。

但是，这种目光，让陈汉雄感受到了什么，他迅速地回避了这种目光，点燃了一支烟。

“马原是我们的好领导，姜会计一心扑在事业上，他们都是重事业，工作非常认真的人，可惜，太可惜了。”蒋俊理悲叹地说。

陈汉雄并没有言语。

“听说害死马原的人是叫黄福之，这个人我认识。不怕周总多心，黄福之与周总还有些亲属关系。如果真是他杀死的马原和姜会计，我想，黄福之一定是因为十年前的事，他与马总和姜会计有仇，一定是来报仇来了。现在听说黄福之撞火车自杀了，这样的人呀，知道自己也没好，杀了两人算多赚一个。”蒋俊理合上纸扇子说。

“蒋总是这样认为？”陈汉雄问。

“是的。昨天晚上我就想着这事，没想到公安机关这么快就破了案，作案人自杀了，是死有余辜。”蒋俊理说。

“但是，事情并没有这么简单。在此，我来这个公司，还要宣布一个消息，黄福之没有死，那个被火车撞死的人根本就不是黄福之，而是西城市场附近的拾荒人员老强子。”陈汉雄说。

“有这事？”周万才感到惊讶。

“这么说黄福之没有死？”蒋俊理也感到惊讶。

“是的。”

“你们抓住他了？”周万才问。

“他是逃不掉的，我们一定会抓到他的。”陈汉雄坚定地说。停顿一下，陈汉雄对蒋俊理说：“蒋总为其父的病回家照看，孝敬老人是中华民族的美德。不知老人家的病怎样了？”

“多谢陈队长关心。老父得的冠心病，近日有些肺感染，加之有哮喘病，经过医院抢救，总算脱离了危险，现在仍在医院中住院，我姐姐和弟弟他们在照看。我想，公司在这种情况下，虽然周总主持工作，但我也要尽我的能力，协助周总帮助公司渡过这危难之时。”蒋俊理说。

“看来，蒋总的思想境界是很高的，尽管家中有事，也是将公司的利益放在首位，值得敬佩。这次蒋总回来的也算及时，否则，我们也要用电话找你。因你既是公司的主要领导，也是公司的元老，我们有些情况还要向你了解，也希望你对于我们的工作给予配合和理解。”陈汉雄看着蒋俊理说。

“是的，这也是我的责任，陈队长有什么需要我尽力的，我责无旁贷。只要抓到黄福之，为我们公司的马总和姜会计申冤，让我们干什么都行呀。”蒋俊理有些激动。

就在这时赵丽丽走进周万才的办公室，来到周万才面前，对着他的耳朵低声说：“周总，上海庆华公司电话。”

周万才听后，站起身来，对陈汉雄说：“陈队长，你和蒋总先谈着，我接一下客户电话，顺便安排一下中午的伙食。中午在这里吃顿工作餐吧。”周万才说。

“不了，你有事先忙着，我们和蒋总谈谈。”陈汉雄说。

“那好，上海方一定是要货的，之后我要到车间和供销科去安排此事。”

周万才走了，陈汉雄和蒋俊理谈了起来，蒋俊理谈到十年前由周万才介绍黄福之到红风公司的事，谈到姜会计三千元现款放在抽屉中被盗的事，

谈到马原对那次事件的愤怒，要向公安机关报警，是蒋俊理说服了他，为了公司的形象和名誉，马原没有报警，而是将黄福之辞退了。事后得知黄福之非常痛恨马原和姜会计，并说过一些气话。

“黄福之那时都说什么了？”

“在对他辞退时，是我和保卫科长和他谈的，他一直否认是他盗窃了姜会计的钱，但对他身上的三千元钱又不能说明来源。他说，不管钱是哪来的，反正不是偷的，姜会计放钱，他根本不知道，他中午是从姜会计办公室那路过，但根本就没进入过那个办公室的走廊。在我们查获他身上有三千元钱后，马原和姜会计也到了，姜会计认定那三千元钱就是他的。在宣布对他辞退后，他说早晚要报此仇，像马原这样的人就是该杀，姜永泉更是可恶。”

“黄福之说过要杀马原的话？”

“是的。我看他当时非常气愤，我对他进行劝说。我说既然有错，不要怨恨他人。马原和姜会计看在周科长的面上，对你已是网开一面了，否则一旦报警，你就得被抓判刑。但黄福之仍然否认他盗窃的事，对此事却不能说明。在那时，周万才是材料科的副科长。”

“你认为黄福之当时就有杀人的念头了？”

“我不信。也许他对马原和姜会计怨恨，说的是气话。但是，事隔十年，他却杀了人。想不到呀。”

“黄福之离开红风公司后，你与他还有联系吗？”

“没有。自那天他从公司走后，我们至今也没见过一次面。一年后，听说他因抢劫犯罪被法院判了十年有期徒刑，谁知他这次出来居然杀人了。”

“在小城，黄福之和谁的关系不错？”

“这个不清楚。”

“你知道他都有什么亲属吗？”

"我听周总说，他有一个姐姐在小城，别的不知道了。"

"马原和姜会计现在已被害，就此问题，你还能提出什么见解，比如马原和姜会计是否还有其他仇人，或在公司内有什么让人怨恨的事？"

"陈队长，听到马原和姜会计出事后，我在惊讶悲痛之时，回想过你提出的问题，但是没有想到黄福之，因他与马原和姜会计的恩怨已过十年，当时没有干的事，十年后能干吗？马原平时为人正派，在商业经济中有勇有谋，领导有方，一心扑在公司事业上，使一个公司从弱到强，发展壮大，凡在红风公司的职工，经济收入一直是稳定的，人们都感谢他呀。至于他是否有仇人，公司外边的事，我不知道，但公司内，我还没发现。姜会计多年工作勤勤恳恳，从没出过差错，平时像头老黄牛，从没与人有过争执，更没发现他有什么仇人呀。"

陈汉雄思虑片刻，吸了一口烟后说道："听说你们的周总平时与马原和姜会计有些矛盾？"

"这叫我怎么说呢。我认为，也许在工作上他对马原和姜会计有些想法，但那仅是工作上的意见分歧。不至于和黄福之合伙杀人吧？"

"那关于马原和姜永泉的死你还有什么看法？"

"没有了。不过，我真诚地希望你们及早地抓到黄福之，为马总和姜会计申冤。"

"是的。我们会抓到他的。"陈汉雄坚定地说。

走出红风公司，陈汉雄想到赵丽丽的目光，他想应该找这个女子谈谈，也许她知道些什么。

当晚，陈汉雄、白雪在东城京华路一所老住宅楼中找到了赵丽丽的家，为了不引人注意。陈汉雄和白雪都穿着便衣，打车来到这里。

赵丽丽的家是在这所老住宅的五楼，大约六十多平方米，南边有一个

卧室，中间有个小客厅，北边有个卧室和厨房。此时，赵丽丽正在家中，她的母亲杨雨荷也在家。杨雨荷和丈夫赵坚原都是小城精密工件厂的工人，但前几年因工厂倒闭双双下岗，母亲时常到一些饭店打零工，而父亲因身体不好，多数都是在家，干些家务。赵丽丽住在此边的小卧室。她家很俭朴，没有一样像样的家具，客厅有一台电视，还是个十四英寸的黑白电视。赵丽丽的母亲穿着更是俭朴。由此看来，赵丽丽家很贫寒。

赵丽丽认得陈汉雄和白雪，为他们让座、泡茶。陈汉雄发现赵丽丽比他在红风公司见时更漂亮了，她穿着一件红色衣裙，手指上竟然戴着一只红宝石钻戒，而脖子上还戴着一条金项链。这些，在红风公司见她时，并没有。

在她家的客厅，陈汉雄和白雪向赵丽丽了解情况。

但赵丽丽仍是很忧郁，似乎有什么难言之隐。开始，陈汉雄问她一些问题，她回答都是不知道。

“马总和赵会计相继被害，红风公司的风波至今也没有平息。对于这两个人的死，全公司的人都非常悲痛，我更是无比的悲痛。这两位是好人呀，怎么能被害呢？人们说是黄福之干的，这个人原先和马总和姜会计有仇，现在开始对他们报复了。但你们问到马原和姜会计与谁有仇，我真的不知道。”赵丽丽慢声慢语地说，但从面色发现，她的内心似乎很矛盾，还是有什么话没有说。

“赵丽丽，你到红风公司也好几年了，对其他人包括公司的情况都是了解的。我希望你相信我们，不要有什么顾虑。有什么话该向我们说的，也不必隐瞒了。如果对这两个人的死还有什么新的线索或发现，包括你的疑问都可以向我们讲。”陈汉雄语重心长地说。

“陈队长，我真的不知道什么。马总和姜会计的死，让我心里一直很乱。我暗中曾独自哭过几次。如果公司没有马总这样的人，我真不知公司的将来的命运会怎么样。”

“如果是这样，自马总他们出事后，你们公司的周总反应如何？”陈汉雄问道。

赵丽丽想了想说道：“周总得知马原和姜会计相继被害后，也是很悲伤。因蒋总没在公司，回老家了，现在是他主持公司工作。但近几日，我发现周总似乎把马总他们被害的事淡忘了。原本以为他会无比悲伤，但现在看他似乎并没有太在意，反而暗中高兴，也不知为何。”

“有这样的事？”

“公司办公室主任郭凯曾问过他如何处理两位死者的后事，他说不忙，要听公安的人和这两家家属的。在郭主任走后，他说出的一句话，让我很惊讶。”

“什么话？”

“‘马原呀，太傻了，姜永泉太奸了。他们是报应呀！’但转身他见我在一边，又说道，‘我有些失态，这是对马总和姜会计的思念。’”

“你明白他说的意思吗？”

“不知道。”

“你发现周总都有什么问题？”

“没发现。平时这个人是挺好的，待人和蔼，办事很利索，马总让他管后勤，他工作干得挺好，职工们都很满意。”

“周万才与马总和姜会计的关系怎么样？”

“没发现什么特别的，也没发现过有什么矛盾。只是周总对姜会计因财务报销什么的有些想法，似乎对姜永泉有些意见，但具体因为什么我不知道。”

“他与蒋总的关系怎样？”

“都是副总，关系很好，没发现什么矛盾。”

“蒋总这个人怎么样？”

赵丽丽又有思虑，片刻，她说道：“蒋总很好，是敬业型的，很能干，并没发现什么问题，这几年为公司赚了很多钱，马原曾几次夸奖过他呢，他还多次被评为公司和小城的先进工作者呢。那天，蒋总的老家兄弟来电话找蒋总，是我接的电话，电话中说蒋总的父亲病危，现正在医院抢救，让蒋总必须回山东老家一趟。我接过电话就去叫蒋总，后来蒋总找到马原请假，马原立即给了他假，并给姜会计打电话，让财会给他拿来两千元钱，作为对老人家的慰问金，让蒋总带走交给蒋总的父亲或母亲，以表公司的一点心意。当时我和周总，还有办公室主任郭凯都在场。蒋总一再感谢马原总经理，说安排好公司的几件事就立即订票回家。据说，当天，蒋总就回老家了。后来，蒋总与周总通话，说他父亲的病虽然很重，但公司出了这么大的事，他让家人照料病重的父亲，昨天，便赶回了小城。”

“蒋总在小城都有什么亲人？”

“在这里只有他的妻子和一个女儿，妻子听说是五金行业的，女儿正在上大学。他家住在南城，自己有一辆黑色小本田车，上下班都是自己开车。前一段时间他去山东，他的车一直锁在公司的车库中，直到他昨天回来才将他的车开出来。”

陈汉雄点燃了一支烟，思虑了片刻又问道：“赵丽丽，你到红风公司多久了？”

“今年已五年了。”

“到公司就做办公室秘书吗？”

“是的。我在大学是学企业管理的。红风公司在人才中心招聘人才，我报了名，便被录取了。马总看了我的学历后，让我写个关于企业管理的文章，我写了一篇交给他。他说我字写得好，便让我在办公室当秘书，平时收发文件，接接电话，来人去客给端端茶倒倒水。但经常还要汇总公司业绩等一些情况，给小城经贸委员会写汇报材料，年节帮郭主任搞些娱乐或福利活动。有时忙，有时闲。但我很喜欢办公室这种工作。一个女孩家，能坐办公室也就可以了，我没有什么奢望，在这样的公司，已心满意足了。”

“是这样。你还有什么要说的吗？”陈汉雄望着赵丽丽，发现她的目光仍然充满忧郁。

“陈队长，你们喝茶呀！”赵丽丽的母亲过来为陈汉雄他们倒茶。

“大婶，你不必忙了。到你家给你们带来麻烦，也请你们谅解。”陈汉雄说。

“看你们说外道话了。人民警察是人民的保护神，平日里为了小城的安宁没日没夜地忙碌，能到大婶家来坐坐，也是难得的。陈队长，我家丽丽回家已说过他们公司的事，并说你们几次到公司调查。我不便打听你们工作的事，但我听赵丽丽说，马原可是个好人呀，你们一定要尽快抓到杀人凶手呀。”赵丽丽的母亲很开通。她回头对赵丽丽说：“丽丽，你前几天对我说过你们周总是个小肚鸡肠的人，有什么话你对陈队长说吧。”

“妈，没什么。周总挺好的。”赵丽丽看了她母亲一眼。

“赵丽丽，还有什么事没向我们说吗？不要有顾虑，要相信我们。你难道不希望我们早日抓到杀死马原和姜永泉的凶手吗，不想让这两起案件早日真相大白吗？所以，哪怕你在公司见到的一些不以为然的小事或与此案似乎有牵连的事都应该向我们讲，这也是支持我们工作。”

赵丽丽想了想说：“有一件事，我本是不应该说的。我认为周总本来是个很温和的人，可自马原死后，他主持公司工作后，似乎人有些变了。对别人倒是仍然很温和，但对我却有些另眼相看。前几天的上午，公司来了位外地客商，是他和郭主任陪的酒，下午不知什么事不顺气，来到办公室对我说，现在公司是他说的算，让我绝对得听他的，否则要重新换秘书的，因为是一朝天子一朝臣。当时就我一个人在办公室，我不知周总是什么意思，但发现他是个报复心极强的人，并好女色，我对他都有些恐惧。因以前来

人去客他曾陪客商到歌舞厅，并找过小姐陪唱，听人议论还找过小姐在宾馆住过。所以，自马原死后，我对这样的人有些戒备。这些天我的心情也不好，对一些事有些担忧。”

“原来周万才还是这样的人？”陈汉雄在疑虑。

“我是这样认为的。但他在众人面前装的是正人君子，外界人是看不透的。”赵丽丽说。

陈汉雄他目光盯在赵丽丽的首饰上，并说着：“赵小姐的钻戒真漂亮。”

赵丽丽淡淡一笑，并没有说什么。

白雪借机问道：“赵小姐，这钻戒是从哪买的？”

就在这时，赵丽丽的母亲插过话来：“那是她的叔叔赵宁给她买的。这不，去年秋季，她去了深圳。”

“看来，她的这位叔叔既疼爱侄女，又有钱呀？”

“是的。她叔叔是一个大公司的领导，每月工资达六七千元，一个月的工资赶上丽丽大半年的工资了。”

听了赵丽丽介绍的情况，陈汉雄在静静地思虑。

回到刑警大队已是深夜，陈汉雄让江涛和白雪回他们的宿舍休息去了。他不准备回家，因为劳累，他想在自己的办公室的床上睡个安稳觉。刚倒在床上，办公桌上的电话响了，陈汉雄接过电话。

“请问哪位？”陈汉雄习惯地问。

“你是陈队长吗？”电话中是一个男人粗哑的声音。

“我是，你是谁？”

“陈队长，我不能报名字，我检举一件事。”

“什么事，请说。”

“你们调查的红风公司马原和姜永泉案件与红风公司的副总经理周万

才有关，他可是杀人凶手呀，你们千万别放过他，要不先将他抓起来。”来电话的人说话声音很低。

“你有什么证据？”

“这个人和黄福之是亲属，前些日子的夜晚，他们经常在一起，还去过大酒店。在酒店中密谋过什么，周万才还给了黄福之几万元钱呢。”

“你怎么知道的？”

“我亲眼见到的，这两个人我都认识。”

“你能报上姓名吗，我们一定会给你保密，如果你说的属实，我们还要重奖。”

“不必了，我也不要什么重奖，只要你们快些破案，别让周万才逍遥法外。就说这些吧。”来人放下了电话。

陈汉雄查了一下来电人打电话的地址，原来此人是从小城东一条马路边的公用电话打的电话。

“这个人怎么对周万才这么了解，他能是谁呢？他说的话是真的吗？”陈汉雄陷入沉思。

极度惊恐

自从那天在商场门口见到黄福之，杜江一直在胆战心惊，生怕这个黄福之在深夜闯入他的房间，也担心在上海的妻子和女儿。但他不明白这个黄福之既然已杀人，又找了一个替死的，为什么不离开小城呢？再有十几天就到小城美术书法摄影联展的日子，杜江还没有交上作品，他为此也很着急。他决定等下个双休日还要去大青山拍摄风光照。

妻子和女儿还要在上海待一段时间，虽说家中没有妻子女儿的温情，他独自在家，本应是无限的清静，现在却一直心神不安。他想，不管怎样，他也要参加这次联展，他爱摄影，甚至高于自己的生命。他想，等市里的美术、书法、摄影展开幕后，他的作品得了大奖后，妻子女儿回来，突然给她们一个惊喜该多好。

这天晚上五点，他下班回到了家，准备自己做点饭菜，吃完饭坐在客厅的沙发上看看电视。想到妻子和女儿，他拨通了上海他妻姐家的电话，是杜娟接的，她听到爸爸来了电话非常高兴，问这问那，还说了她这几天在上海的情况，她和大姨全家去了南京路，还到黄浦江边上去玩了呢。接着妻子刘艳霞接过电话，问了杜江近日的情况，嘱咐几句。之后是姐夫和他通话，闲谈一阵放下了电话。

想到妻子和女儿，杜江很兴奋，直到深夜十一点了，他才倒在床上。

可就在这时，电话铃响了，是谁打来的呢？杜江接过了电话："喂！是哪位？"

"我是你在月光湖拍到的杀人凶手黄福之，前天你不是在商场门前看到我了吗？我想你早已报告陈汉雄那个小子了。"电话中是一个男人熟悉而又凶恶的声音，这个声音就是前阵子给他打过电话索要底片的人。

"你是黄福之？"杜江自前天见到黄福之后，心里一直在悬着，他想到黄福之不但会给他来电话，有可能还会想办法加害他。自他向陈汉雄报告此事后，陈汉雄早已派人暗中在保护他。黄福之正被通缉着，他轻易是不会露面的。虽然如此，杜江仍是不放心，夜里怕再出现持刀人从窗户闯入的情景。他夜里不但关好了南北窗户，而且将电话放在身边，身边还放了一把用来自卫的菜刀。白天上班，他不敢将车停在半路，而是直接开到环保局，将车停在院内，便待在自己的办公室，除了到后院的水房去打水，几乎全天很少走出办公室。卢森这几天没有什么大事，有时来到他的办公室，闲谈些事情。也谈到红风公司的马总和姜会计的事，但他不知黄福之的事。

"是的，我就是你前两天在商场看到的黄福之。都是你小子几次坏我的好事，我告诉你，姓马的和姓姜的都是我杀的，目的吗，就是报那十年前他们在红风公司诬陷我偷什么三十元的事。没有那事，我也不会有后来的那一步，我能不恨他们吗？我本是找了一个替死鬼的，没想到让你给发现了，遇到你算我倒霉了。我知道公安现在仍在通缉我，街上的通缉令你

也会看的。但我不怕，我一个人杀了三个人，而且其中还有一个名人，我不但够本，还赚了两个。不过，下一个该是你了，你看你想在哪里死，怎么个死法？”黄福之在电话中嚎叫着。

杜江听了电话中的声音，真是不知所措。

“怎么，害怕了吧。无论你怎么样，你是躲不过的。白天，我随时在看着你，你开着车行走的路线，也正是我行走的路线。夜里我也会随时光顾你的家，你要想安稳地睡觉是不可能了。再有，我知道你妻子和女儿现在在上海，我杀了你之后，就会去上海杀她们俩的，你信不？”黄福之在电话里仍是凶恶地说。

“你不要这样没有人性，有本事你就冲我来，去杀幼弱的女子算什么能耐。”杜江听到他还要害他的妻子和女儿，顿时一震，他不再害怕了，面对这样的杀人恶魔，他只有坚强起来。

“你小子还挺横，我还是那句话，你是躲不过的。从现在开始，我就是你的克星，我就是魔鬼。”黄福之吼叫着，突然声低了，并挂断了电话。

杜江从电话中好像听到有汽车鸣笛声，他想黄福之一定是用街上的公共电话给他打的电话。想到黄福之在电话中的恐吓，他真的有些担心。想到此，他拨通了陈汉雄的手机，将刚才黄福之给他打电话的事向陈汉雄做了报告。

半个小时之后，陈汉雄和江涛来到他家。陈汉雄看了看杜江家的室内情况，对杜江说：“刚才黄福之是在南城城郊的路边公共电话给你打的电话，不过你不要害怕，我们正在想办法抓到这杀人恶魔。今晚，还是由江涛在你家陪伴你，不会出什么事的。刘天林局长对你刚才反映的情况非常重视，他现在正组织警力深入到城南一带对黄福之展开搜捕，我一会儿还有任务。至于你妻子和女儿在上海的情况，刘局长已与上海警方取得联系，他们会千方百计保护她们母女安全的，你不必担心。”

“陈队长，这个黄福之有些神通，他怎么连我妻子和女儿在上海都知道呀？”杜江有些不解。

“我也感到很奇怪，现在黄福之说是他一个人杀的人，我想他是否还有同伙。其次是我们正在通缉他，他为什么没有离开小城，还留在小城呢，是不是有什么事没有办成，还继续要杀人呢？现在他的存在对你是产生了一定的威胁，但你不要害怕，我们会尽力保护好你的安全的。”

当夜，江涛陪着杜江睡在杜江家，但一夜无事。而陈汉雄他们忙了一夜，没有抓到黄福之。

第二天，杜江和江涛一起走出他家的住宅，杜江还是到车库去发动了他的白色桑塔纳轿车。杜江驾驶着车，江涛坐在副驾位置上，一路穿过大街小巷。杜江和江涛一直观察着路上的情况，并没有发现有人或车辆特意在跟踪杜江的车。车一直驶进环保局后院，杜江请江涛上楼去办公室坐坐，江涛想到陈汉雄他们忙了一夜，他准备回刑警大队，看是否还有新的任务，决定不进杜江的办公室了。因白天到处是人，杜江的安全不会有什么问题的。

江涛走后，杜江从环保局后边的楼门上了楼，到了三楼他的办公室门前，他惊呆了。原来办公室昨晚下班时是他亲手锁上的，此门是保险门，但此时却开了一道缝，因杜江办公室的门锁只有杜江一个人有钥匙，没有钥匙谁能打开房门呢？于是，他小心翼翼地拉开房门，发现室内床上像有人睡过，床铺很凌乱，办公桌上有些食品，还有半瓶白酒，更让杜江惊恐的是办公桌上的一件东西。

原来是一把匕首插在桌上，上面还有一封信。杜江明白了，一定是黄

福之昨夜来到他的办公室了，黄福之的父亲是开锁的行家，黄福之一定是从他父亲那学会了修锁开锁，开个普通的门锁是没有什么问题的。

“杜江，发生了什么事？”宣传科长卢森闻讯走进他的办公室，见到桌上和室内的情景，不觉也很惊讶。

“一定是黄福之干的。”杜江说。

“快报告魏局长吧，再报告公安局。”卢森也不知所措。

杜江不敢再走向办公桌，立即掏出自己的手机，给江涛打了电话。

魏局长来了。十几分钟，江涛和白雪来了。

江涛他们查看了一下杜江的办公室，分析是昨夜有人用自制钥匙打开了杜江办公室的门锁，因没有用钥匙锁门。像这样的门锁，就是不用钥匙，用一张硬薄板从外边的门缝塞进去，也可以打开锁。这个不速之客闯入到室内后，将带来的食品饱食一顿，然后在杜江的床上还睡了一觉。江涛戴上手套，拔下桌上的匕首，拿起匕首尖上的信，只见信上写着：“杜江，我说的话可信吧。我连你们戒备森严的环保局都能进出，杀你个小人物不成问题吧？如果你能多活一天，就算你有一天的福。”落款是黄福之。

“这个黄福之越来越嚣张了！”

“我们晚上办公楼的前门在里边上锁，一楼还有值班的。后院有门卫，大门在晚上很早就上锁了，这个人是怎么进到楼内的呢？”魏局长有些疑惑。

“我们问问你们昨夜值班的和后院门卫，是否在昨夜发现了什么情况？”江涛说。

昨夜在一楼值班的是环保局副局长赵长杰。据他说，在晚上九点多，他到后院的门卫看了一下，然后回到办公楼，锁好了办公楼的后门，便一直在一楼的值班室看电视了。晚上十点多睡的觉，一直到早六点起床，一夜并没有发现任何动静和异常。这些年来，环保局从来没有出过任何事，特别是夜间有人能进入到上锁的办公室，到环保局盗窃这种事。

门卫人员是一位六十三岁的退休职工，他因是独身一人，常年住在门卫值班室。据他说，昨晚六点左右，他见环保局后院没有车了，人们早已下班回家了，他便锁上了楼边通往后院的大门和小门。然后在室内看电视了。晚九点多，在楼内值班的赵局长到门卫值班室看了看，然后回楼内了。十点多，他出来到后院看了看，因后院有两个车库，有一个食堂和水房子，没有别的异常。于是，他像往常一样，便到门卫室睡觉去了，一夜也没有听到任何动静，直到早五点起床。

陈汉雄接到江涛的电话，也来到了环保局。昨夜他忙了一夜，直到天亮时，他才睡了三个小时的觉，便又要开始劳累了。

陈汉雄将楼上和后院有些地方观察了一遍，看了看后院的大门，又来到一楼的窗户前，挨个看着，发现一扇窗户在里边并没有锁上，窗台有蹬踩磨擦过的痕迹。他对白雪说："白雪，你看这里的痕迹……"

白雪观察了一下，然后说："这个人是从这个窗户进入到楼内的。"

陈汉雄想了想说："这个人是在深夜趁门卫人员熟睡，从楼边的铁大门上攀到后院的，然后拉开一楼的这扇窗户进入到楼内，从楼梯上了三楼，撬开杜江的办公室，并在室内写了这封恐吓信。也许是走累了，也许是无处休息，便在杜江的办公室内住到下半夜，又从来的路线逃走的。"

"这个人真够胆大的，太厉害了。必须要吸取教训，今后值班和门卫，在睡觉前一定要检查好门窗，否则出大事就晚了。"魏局长也感到后怕。

这个黄福之是有些猖狂，陈汉雄和江涛、白雪在环保局提取了黄福之丢在杜江办公室内的匕首和信件等便回刑警大队了。为了杜江的安全，陈汉雄决定在下班时，让江涛继续陪同杜江。

傍晚。江涛在环保局大门外等到了杜江，他们一同回到杜江的住处。进入杜江家后，江涛接到陈汉雄的电话，让他回刑警大队有事研究。

“杜江，我回刑警大队，大约在晚上九点前就能回来，你不必担心，在家中哪也别去了。有什么情况立即给我打电话。”

江涛走了。杜江自己做的晚饭，吃过晚饭便坐在沙发上看电视。晚九点，江涛还没有回来，也就在这时，杜江家的电话又响了。杜江看着电话上的电话号码，发现这是省城的区号电话。他不知是谁打来的，便接了过来。

“杜江吧，你的房间是否有公安在保护你呀？”电话中传来黄福之的声音。

“你是黄福之？”杜江想到江涛即将要来并不害怕了。

“是我。我昨天在你的办公室住了一夜，还给你写了一封表扬信，我的信写得不错吧，只是字差点，你可别见笑。哈哈！”黄福之今天在电话中笑了。

“黄福之，你又要干什么？”

“干什么？今天你不用害怕，我只让你给姓陈的小子捎个话，说我从今天一早就离开小城了，要远走高飞，他们也不必折腾了。现在你告诉他们，我已走了，到一个他们找不到的地方。不过咱们有笔账要记着，现在不算，将来再算。就是你乱拍照，坏了我的事，使我成了丧家之犬。我本要杀了你，还要杀了你的妻子和女儿，我知道她们在上海就快回来了。但我要看你今后的表现，以后有事还要找你的。”电话挂断了。

杜江还在拿着电话，他想到对方说的话，应立即告诉陈汉雄。随即，他打了陈汉雄的手机，陈汉雄告诉他，他们正在对黄福之进行追捕，这个人是在天亮后，化了装，打一辆出租车到邻省的一个车站，乘火车走的，现在此人在省城打的电话。他已派两名侦察员去了省城。不过，江涛还会到杜江家陪伴他的。

放下电话，杜江还是有些忐忑不安，想着这个黄福之的电话，想着大青山的遭遇，想到家中被盗、夜里从顶楼来人的事。黄福之这个三十多岁的人却很有本事。他在剧团曾当过武生，会些武艺，又会乔装打扮，一旦他再回小城，防他也是很难的。正在思考中，他家的电话铃声又响了。

“难道又是那个黄福之打来的？”杜江胆战心惊地接过电话。

原来是妻子刘艳霞从上海打来电话：“杜江呀，昨天你给我打电话还没有定下来，今天接到培训单位里通知，我在上海学习要提前结业了，再有一周就可以回家了。”

“什么，这么快呀？”杜江感到突然。

“怎么，不愿意让我回家呀？”妻子在电话中生气了。

“哪里，我以为你按原先培训期限还得一个月呢。回来好呀，你事先来电话，我去车站接你们。”杜江怎敢得罪妻子，只好顺水推舟装出高兴的样子。

“你别放下，杜娟和你说话。”妻子在电话中说道。

“爸爸呀，再有一周我就要回家了！”女儿杜娟娇柔稚嫩的声音传了过来。

“我的娟娟呀，我想死你了，快回来吧！”的确，杜江非常的想念才分离快一个月的女儿。

“爸爸，我和妈妈很快就要回家了，你还要带我到大青山去玩。”

“好的，爸爸一定带你去。”

“爸爸，上海这地方什么都有，你要些什么，我给你买呀？”

“爸爸什么也不要，就要杜娟快点回家。”杜江听着女儿说话，似乎忘记了最近发生的一切，他脸上露出了久违的笑容。

放下电话，杜江陷入了又一次的担忧和恐惧，他原以为黄福之已死了，没想到在商场门前遇到了他，今天却接到了黄福之的电话。自己倒没什么，可在这个时候，妻子和女儿又要回来。黄福之没有抓到，妻子女儿会不会有危险呀？

再有一周妻子和女儿就要回来了，杜江既高兴又担忧。想了想，没有什么，火车上人多，即使有坏人也不敢怎么的，到小城正好是白天，他到车站去接站，不会有事的。

夜幕早已降临了，杜江望着窗外的一片片灯光，此时真有些思念在南方的妻儿了。杜江看着墙上的挂钟，快到晚十点了，他想江涛一会就会到他家来了。可就在这时，他家的电话又响了，杜江接过电话，是江涛打来的，他告诉杜江，他们正在查找黄福之的踪迹，刚才接到一位群众报案，红风公司女秘书赵丽丽被一台黑色轿车撞成重伤，肇事者开车逃跑了，他们怀疑此案与前两起案件有关，正在赶往医院调查。也许会在半夜以后才能到他家，让他注意安全。

又是红风公司的人出事，这事会不会还与黄福之有关系？杜江也在思考。

雨夜谋杀

原来在昨天晚上，赵丽丽接到她在高中时的班主任吕琛的电话，吕琛说，明天是他的六十大寿，请赵丽丽和一些同学来参加贺宴，贺宴在明晚的五点，设在小城南他家附近的聚仙楼。想到老师的六十岁大寿，今天一早，赵丽丽在他们公司附近的天鹅蛋糕店订做了一个生日蛋糕，定好是在今晚四点去取。因为在读高中时，吕老师对赵丽丽非常好。吕老师主教数学，赵丽丽的数学成绩也一直在全班的前几名，所以吕老师一直让赵丽丽做数学课代表，这些赵丽丽是忘不了的。今天下午三点半，赵丽丽向公司副总周万才请了假，提前走一会。

赵丽丽骑着自行车走出红风公司的大门，她先到天鹅蛋糕店取来她在早晨订做的生日蛋糕，然后又骑上自行车去距公司约七公里的聚仙楼。到了聚仙楼，吕老师的亲朋好友都在这里。吕老师的老伴见赵丽丽来了也非常高兴，对赵丽丽问长问短。吕老师的一位同事为他主持生日庆典，简单的仪式后，众人入席，酒宴结束已到晚上八点多，此时天色早已黑了下来，

祝寿的人们也相继离开。

赵丽丽回家的路线是正南，她与几个同学同行一段后，便独自行走在另一条路上，走过宽敞的马路，她拐入一条僻静的街巷，因这条路离她家近一些。这条小街很静，很少有行人和过往车辆，然而她正常行走之时，迎面驶过一台黑色轿车，向她突然撞来，她就是躲避也是来不及了。被车撞倒后，她头部受了重伤。但这台车并没有停下，而是快速地开出了这条街道。尽管此路灯光比较暗些，还是有行人发现了此情景，并打电话向110报警，还有人打了120急救中心，几乎是110巡警、交警、120急救中心的人们同时到达。想到可能是一起交通事故逃逸案，交警直接就将这起案件接了过来。这边留两名交警勘查现场，交警小刘会同急救中心的人将赵丽丽抬到急救车上，并随他们一同将赵丽丽送往了医院抢救。

陈汉雄、江涛、白雪迅速赶到了医院，赵丽丽昏迷不醒，刚刚被推进急救室进行抢救，她的颅骨受了伤，必须要手术。她的母亲杨雨荷和父亲赵坚也到医院了，他们已与红风公司取得了联系，红风公司的副总蒋俊理正在公司打电话联系公司业务，接到公司值班人员的电话，他在公司立即给周万才打了电话，然后开着他的车从公司奔向医院。周万才已回到家中，闻讯决定带领办公室主任郭凯，由赵洪安开着公司的车立即去医院。在陈汉雄到达医院时，他们还没有到达医院。

交警刘勇仍在医院，他和交警王勇、李佰成最先到的现场。小刘说他们是接到110指挥中心电话后便赶到了，他与医护人员在抢救赵丽丽，王勇和李佰成现正在现场调查。

赵丽丽刚被推进手术室，据说得几个小时才能做完手术。为了抓紧调查，陈汉雄决定先找到出现场的交警了解情况。于是，他调来刑警张英留在医院，他和江涛、白雪去对此案展开调查。

据王勇和李佰成介绍，他们到现场后就找到了一位目击者，据这位目击者说肇事车中仅一个人，开车人是一个三十来岁的男子，长脸较瘦。车出了这条路不知去向，他们正在追查这台车的下落。此车是一辆黑色捷达。

“长脸较瘦，从特征看此人绝对不是黄福之呀？”江涛说。

“你说得对，黄福之并不会开车。这说明撞赵丽丽的人是另一人了。”陈汉雄说。

“队长，赵丽丽被撞，这事会不会又与红风公司有关？”江涛有些急了，他悄悄地对陈汉雄说。

“现在还不能下结论，但我们也不能将它看成是一起简单的交通肇事逃逸案。”陈汉雄说。

江涛不语。

“黑色捷达轿车，现在在小城这种车已不多了，我想还是好查一些的。只是目击者没有看清车牌号。”陈汉雄说。

“现在赵丽丽仍在昏迷中，那个开车撞人的人现在还没有找到，下一步又是很艰难。”江涛说。

“难不怕，就怕我们没有信心。现在我们兵分两路，一路是我和江涛去红风公司和医院，白雪和交警王勇，还有派出所的小刘一起去查访这辆车的去向。发现情况，我们相互沟通。”陈汉雄说。

陈汉雄用电话将此情况向刘天林做了汇报，刘天林要求陈汉雄抓紧时间对此案调查，得知赵丽丽也是红风公司的职工，刘天林沉思一下，他要求将赵丽丽的案件也要与马原和姜永泉的事联系起来。

“队长，我们是否还去医院？”江涛在问陈汉雄。

“那边手术不会完，我们先到红风公司了解周万才及赵丽丽的有关情况。”陈汉雄说。

“你是说看赵丽丽被撞时周万才的有关情况？”江涛眼睛一亮。

“也算是吧。”

陈汉雄和江涛又来了红风公司。此时，公司除值班的供销科田德会科长和一名门卫外，大楼内还有几名在这里住宿的职工，其他职工早已下班。据田科长说，今天下午经贸委的于主任来了，晚上是周万才和蒋俊理陪他在公司食堂喝的酒。于主任走时是晚上八点多，是和周万才一起走的，而蒋俊理因与外地有一笔业务，在公司打电话联系业务，一直在公司了。直到听到赵丽丽出事他给已回到家中的周万才打的电话，然后开车去医院了。

陈汉雄和在公司内的几名职工谈话，了解赵丽丽平时的情况。大家都说赵丽丽是个比较温和的女子，至于她能当上公司的办公室秘书，人们认为她和公司的马原有一定的关系，也有的认为他和马总或哪位副总经理有关系，要不就是城内当大官的亲属给她说话。她是办公室秘书，平时也就是围绕办公室工作，搞搞后勤了、打字送个文件了、来人去客端茶倒水了，有时外边来女客人也陪陪客等。今年她二十四岁了，未婚，也没发现她处男朋友。

“她在近期出现过什么反常现象吗？”陈汉雄在问值班的田科长。

“我们接触的少一些，但也天天见面，没发现什么。”田科长说。

“马原和姜永泉被害后，她有什么反应？”

“在马原失踪后，公司的人都感到意外，后来听说他被害了更感到惊讶。分析可能是绑匪要敲诈，因我知道马原是个稳重的人，没有与谁有太大的利害冲突。有时因公司的事要求严一些，但不至于就因这点事要去杀一个大公司的总经理。后来，姜会计又在夜间回家的路上被害，我们认为是抢劫，如果与马原的被害连在一起，有些牵强。总之，我是找不出原因。这次赵丽丽又被车撞成重伤，我也想到会不会与公司有关或与前两起案件有关，但也找不出原因。”

“你们公司的总经理和副总经理关系都怎样？”

“没看出什么，平时是马原总经理主掌大舵，两位副总各负其责。没发现他们有什么矛盾。”

陈汉雄和江涛又找了公司的其他人，但都没反映出什么。

当夜，他和江涛又来到医院，赵丽丽仍在抢救中，颅内有两块淤血，征得她父母同意，医生对她进行了开颅手术。

张英仍守在手术室外，红风公司的副总周万才、蒋俊理和办公室主任郭凯早已在医院等候多时了。

“陈队长，我们这个公司是怎么了，那两起案子没个头绪，这里又出个大事。”周万才感到无可奈何。

陈汉雄没有回答他，而是问张英：“赵丽丽怎么样？”

“正在做开颅手术，也许现在要做完了。”

“几个小时了？”

“赵丽丽被推到手术室已三个半小时了。”

陈汉雄看了看手机上的时间，是半夜十二点二十。

正在这时，手术室的门开了，赵丽丽头、胳膊、腿部缠着白绷带倒在车子上被护士推了出来。赵丽丽的母亲哭着迎上去，一位医生走过来说：“不准喧哗，现在伤者需要安静地休息。”

“冯大夫，她的情况怎样？”周万才和这位主治医生很熟悉。

“她的左颞部硬膜下有两处出血，大约有一百二十毫升，情况非常危险，如果再晚来一会儿也许就难救了。经过手术，现在看情况很好，如果恢复得好，大约在一周左右就可清醒过来。”冯医生说。

“冯大夫，谢谢你们了。”赵丽丽的父亲凑过来说。

“不必，这是我们的责任。”冯医生说。

“这样看来，赵丽丽已没有生命危险了？”周万才问。

“也许，但要看恢复得如何。”

赵丽丽被推到电梯上，这里是六楼，他们已将赵丽丽安排到外科住院部的二楼。

电梯到了二楼，大家相继进入为赵丽丽安排好的住院病房。

“冯大夫，赵丽丽都伤在哪了？”陈汉雄叫住正要进入病房的冯医生。

“胳膊和腿部有些外伤，只是颅骨有两处被撞塌陷，有大量淤血，情况非常危险。手术后，要恢复多日，如果情况顺利，预计一周左右就会清醒，如果情况不好，也许要晚些。但是，我想不会有生命危险了。”冯医生说。

陈汉雄和冯医生一起走进病房中。

公司已为赵丽丽交了手术费和住院押金，赵丽丽住在外科第七病房，这是一处特护病房，护士在为正处在昏迷状态的赵丽丽挂点滴，一次竟然是两瓶，她身边有多种监控设施。一切都安顿好后，冯医生让大家都回去，病房中只留她的一两位亲人守护就行了。想到赵丽丽的被撞，有可能是有人在故意谋杀，怕再出现意外，陈汉雄经与冯医生协商，又向刘天林请示，决定派一名刑警日夜在赵丽丽的病房进行看护。

周万才、蒋俊理及郭凯回去了。

病房中现有赵丽丽的父母守在赵丽丽的身边。陈汉雄决定再和赵丽丽的父母谈谈。经与赵丽丽的父母交谈得知，赵丽丽是省商业学院毕业的，因学校不包分配，四年前大专毕业，托在小城经贸委当副主任的舅舅杨河在红风公司应聘了这个公司的办公室秘书。赵丽丽很珍惜这份工作，每天兢兢业业，又很勤快，一直受到总经理马原的夸奖。据她父母的了解她并没有与任何人结怨，是什么人又要加害这位温柔美貌的女子呢？

但从赵丽丽的父母那陈汉雄又了解到一个情况，赵丽丽的叔叔赵宁在深圳一家大公司工作，这几年公司与南方进行一些业务来往，有些是通过赵宁建立的关系，周万才、将俊理、田德会、姜永泉等人都曾去深圳联系公司的一项业务。去年经马原批准，赵丽丽和蒋俊理、姜永泉也曾一同去过深圳，在深圳赵丽丽看望了她的叔叔。他们还去过珠海、澳门等地，这也是赵丽丽平生第一次出这么远的门。当然，赵丽丽是非常高兴的。

下半夜两点半，陈汉雄决定和江涛回到刑警大队，留下张英在这里守护。在这天夜里，白雪他们追查逃逸车及人也没有查到什么线索，回到队里也是深夜了。陈汉雄感到太累了，走进自己的办公桌，没有脱衣服便倒在床上睡着了。而江涛也是如此，回到宿舍也是和衣而睡。

天亮了，陈汉雄的手机响了，是交警王勇打来的，他说肇事车找到了，是在城北的山林中，今早有人到山林中采蘑菇，发现了此车。

“车被抛弃在山林中？”陈汉雄感到疑虑，他决定和江涛立即去山林中看看。

陈汉雄他们沿着城北山林内一条刚好过去一台车的路，在林中一片空地处，找了一台黑色捷达轿车，没有牌照。经检查，这辆车机器盖已出现多处凹凸的撞痕。他们认真地检查了车内，技术员在车的方向盘上没有提取到任何指纹，看来肇事者是戴手套开的车。从现场看这名肇事者对这片山林非常熟悉，是在精心策划这起交通事故后，特意逃到此处，将车抛在林中的。陈汉雄他们走出林子，下了山坡，是一条砂石路，砂石路向南约五百米是一条通向城内的柏油路。陈汉雄和江涛又仔细检查了林中路与沙石路相连的附近，除进林中的车的痕迹外，似乎在那条砂石路靠林中的一侧，有些车轮痕。

“此车与你们存的档案核对了吗？”陈汉雄问王勇。

“正在核对。”王勇说。

很快，交警微机管理人员回信，说此车不是小城的。怀疑此车有可能是附近其他地区的，已将此信息与距小城约一百六十公里的平城联系，平城交警正在协助调查此车。

“此车不是小城的，那必然是外地的，是被盗车，还是有外地人来参与这起案件，案后他们为什么又要将车藏匿在此？”陈汉雄在思考。

半个小时后，平城交警支队人员也回信了，藏匿在此的这辆肇事车，是在五天前平城个体出租车司机张峰放在家院中夜间被盗的车辆，案发后，张峰就报了警。

“看来，作案人是经过精心策划的这起交通事故。他盗车后，有可能是前天夜间将车藏在某地，昨天下午将车开出，在城内制造了这起所谓的交通事故，实质上是在进行谋杀。作案人中还有一人，那就是掌握赵丽丽行踪的人，然后他打电话给这个作案人，将赵丽丽撞伤后，这个人开车逃到此处，因到这里的路都比较偏僻，只要从现场逃出半个小时就可到此。因这不是外出的路，交警也不可能在此设卡堵截。这个作案人将车抛到林中后，在林边的砂石路上还有一个人开车等他，也许是有人事先在此等他，也许是遇到了出租车。出了砂石路便上柏油路，进了城内。这么看，作案人就有可能是小城人，应该是认识赵丽丽的。”陈汉雄从现场分析道。

“队长，真像你分析的那样，这个人会不会是红风公司的人。”江涛这次反应得很快。

“我认为是这样。也许赵丽丽知道公司或某个重要人物的秘密，所以这个重要人物认为赵丽丽的存在对他来说早晚是危险的，或是一种威胁，现在趁赵丽丽还没有向我们反映真实情况而抢先动手了。”陈汉雄是这样认为的。

“但是，上次我们找她了解情况，她没有向我们反映任有价值的东西呀。”

“也许她当时有着很大的顾虑，或没有想到她经历的某事暗藏某种危机。”

“也不知赵丽丽什么时候能开口说话。”

“现在看，保护赵丽丽的安全是非常重要的，晚上我看还是由你来换白雪和张英他们，说不定这个重要人物会狗急跳墙的。”

“那我们现在干些什么？”

“这个现场周围没有一户人家，我们只好到公路边上沿途走访一下吧。那辆车由技术员拍照后，还是交给交警他们处理吧。”

当日，他们对离这个山林现场较近的一些住户或商店走访，但没人反映出任何有价值的情况。

这是赵丽丽被撞的第二天夜晚。

夜很静，侦察员江涛独自在病房守候着正在打点滴的赵丽丽，她的母亲也一直守在她身边。在这之前，江涛已对今夜的医生和护士有所了解和认识。因为在这之前，陈汉雄叮咛过他，因人手紧，暂时由他一个人守护赵丽丽，到夜里还会有其他侦察员来替换他的。可现在是深夜十一点多，还没有人来换他，他甚至不敢离开病房上厕所。

护士贺玲又来换药，江涛问：“护士小姐，今夜她要连续挂下去吗？”

“医生说要连续打下去的，一夜点滴都不会停的。”

贺玲换完这瓶点滴后，对江涛说：“你们看着点，有情况或打得差不多时到隔壁叫我就行了。”

“好的，我们会照看好她的。”赵丽丽的母亲起身说。

贺玲走出病房的房门。江涛趁机将这个房间的内外情况熟悉了一下，此病房是二楼，门外是走廊，走廊两边都是住院病房。在赵丽丽住的病房北边有一扇窗户，现在是紧闭着的，挨着窗户，还有一扇门，此时也是在里边紧闭着。江涛打开这扇门，外面是一个没有封闭的阳台，阳台下是医院住院部的后院，也许医院有人在维修锅炉，那里搭了个临时工棚，工棚外边还堆着一些沙子和砖。赵丽丽住的是个特护病房，共有三张床，为保护赵丽丽，现只安排了赵丽丽一个人，而且与住院部的护士室紧挨着。

深夜十一点半，门外走廊处有人吵闹，好像是动手打起来了。江涛打开房门探出头，只见上楼处有几个看不清的人正在争吵，也许已动上手了。尽管住院部的医生前去制止，却有几个人仍在吵闹。

“小江，什么人竟到医院来打仗？”赵丽丽的母亲杨雨荷问。

“不知道，什么人会在半夜到医院来打仗？”江涛说。

“小江，要不要去管管他们？”赵丽丽的母亲有些担心。

江涛本想过去看看，但想到陈汉雄的叮咛，还是关上门，任凭外边吵去吧。很快，值班医生叫来保安，这伙打仗的人才散去。

快到午夜十二点时，这瓶点滴打完了，江涛到隔壁叫来护士贺玲又换了一瓶点滴，然后离去。

点滴在一滴滴地滴落，赵丽丽仍然在睡眠状态。

贺玲走后，江涛见住院部已静了下来，门外几乎很少有人走动了。他想上厕所，厕所就在他的房间斜对个，出了房门，仅几米远。因是早期的设计的房间，这座老病房室内没有卫生间。

“大婶，你看好赵丽丽，我去趟卫生间，马上就回来。”江涛说。

“去吧。我这个女儿仍在昏睡着，不会有事的。”赵丽丽的母亲说。

江涛走出特护病房，走进了距这个病房约几米的卫生间。江涛刚走出病房，一位女护士手端一个白色的医护器械盘走进这个特护病房，她对赵丽丽的母亲说：“大婶，医生说赵丽丽现在还需打一针。”

赵丽丽的母亲看这个女护士，约有三十来岁，个子很高，一米七多一点，中等身材，身穿白大褂，一头披肩发，戴个口罩，但不是给赵丽丽打点滴

的贺玲。

既然是医生的安排，赵丽丽的母亲说：“这是你们医院的事，需要怎么治疗，你们就办吧。”

这位女护士将器械盘放在床头柜上，从盘内拿起一个已装好药的针管，然后她向北边窗户那边看了一下，便说：“这室内空气不流通，可将阳台的门开一会放放空气。”于是她到北侧将阳台的门打开。之后又回到赵丽丽身边，看着倒在床上的赵丽丽的左臂，拿着针管，针头即将扎向赵丽丽的左臂。

正在这时门开了，江涛走进来，他见室内一个陌生的护士正在给赵丽丽注射小针，立即感到情况不对，并大叫道：“快住手！”

这名女护士的针头已接近赵丽丽的左臂，还没有扎向肌肉，见江涛走进来，愣了一下，惊慌失措地将针头扎在床上，便扔下针管，然后快速从怀中掏出一把匕首向已到她身边的江涛猛刺过来。江涛机警地一躲闪，她的匕首刺空了。这名女护士又将匕首举起再次刺向江涛时，江涛飞起一脚，踢在她拿匕首的手腕上，女护士顿时扔掉手中的匕首。然而她并不示弱，挥拳又扬起脚向江涛猛打猛踢，但她不是江涛的对手，江涛躲过几拳几脚，随之展开风一样的拳和脚挥向女护士，她被从床边打到另一张床边。

但这张床紧挨阳台的门，阳台门是开着的，女护士趁机向阳台门边靠近，江涛已意识到她要从窗户逃走，便一把抓住女护士的长发，但女护士已进入阳台的门中，江涛却将女护士的头发全部拉下来，原来是一个假头套。但是，这名女护士非常机灵，快速地冲入到阳台门中，“嗖”的一下从阳台上跳下去，江涛见此来到窗口，发现这个女护士是从阳台跳下去，正好落到窗下一个工棚上，然后跳下工棚不知去向。江涛本想也跳下去追捕，但考虑到现在他再离开病房，赵丽丽还会有危险的。

窗外一片黑暗，开始有些声音，很快声音就全部消失了，那个假护士早已没有了踪影。

正在这时，陈汉雄、白雪、张英来了，隔壁的护士贺玲和另一名女护士也来了。

看到室内的情景，陈汉雄似乎明白了刚才发生的事情，忙问道："是有人来过了？"

江涛将刚才发生的事情讲了一遍，看着江涛拽下的假头套，陈汉雄心有所思。片刻，他说道："看来，这个假扮的女护士是黄福之了。"

"你这么一说，我看这个人的体态也像他。他跑了，会不会再来？"江涛说。

"我看不会了。这次有可能真的逃出小城了？"陈汉雄说。

"那怎么办？"江涛有些着急。

"他是逃不出去的，我们已布下了天罗地网，他蹦跶不了几天了。"陈汉雄自信地说。转身，陈汉雄来到赵母身边，对赵母进行安慰。"赵大婶，你受惊了。不要害怕了，这种事不会再出现了。"

赵母仍然坐在女儿的床边护着女儿，看着陈汉雄，她仍然是惊魂未定："陈队长，太可怕了，吓死我了。"

女护士贺玲在查看赵丽丽的情况，发现一切正常，点滴仍在滴着。

这时一位大夫来到病房，他是冯医生。

"陈队长过来了，刚才这里发生了什么事？"冯医生是闻讯而来的。

"没什么，一切都过去了。"陈汉雄说。

"大家还是要保持安静，病人需要好好地休息。"冯医生说。

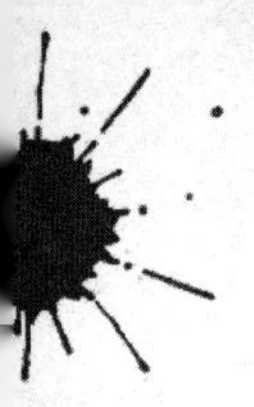

“冯大夫，赵丽丽什么时间能醒来？”陈汉雄问。

“她的伤势很重，如果要醒来，也要几天，但要恢复记忆，我看至少也得一周或十几天，现在只有用这种方法治疗。室内最好要保持安静，千万不要急于惊动她。不过，她已没有生命危险了。这次开颅手术很成功，颅内几块淤血已全部清除，其他部分都是外伤，并不重。如果在现场抢救不及时，恐怕她就没命了。”冯医生说。

“多谢冯医生了。”

陈汉雄又看了看窗外，窗外已是一片宁静。

破解谜题

冯医生和贺护士走出赵丽丽的病房后，陈汉雄来到了刚才那名假护士跳下的阳台上，他环视着窗外，后院内一片宁静，远处是高楼大厦，但只有些零星灯光，看来楼中的人都已睡觉了，此时正进入甜蜜的梦乡。

“队长，看来赵丽丽的被撞，并不是简单的交通事故了，而是有人在蓄意谋杀。”白雪也走到阳台中，悄悄地对陈汉雄说。

“现在我们一定要保护好赵丽丽的安全。从现在起我们一步也不准离开这个病房，我将此情况向刘天林汇报，此案我看是快要水落石出、真相大白了。”

“队长，你们是不是查到了此案的线索？”江涛也来到阳台中，听了陈汉雄的活，悄然地问。

“是的，否则，有人也不会狗急跳墙，制造连续的事端？”陈汉雄说。

“这么说一系列的案件与红风公司有关？那个周万才是不是主谋？”江涛小声地说。

“不要多说了。在前两天的深夜有人检举周万才，说他与黄福之曾一起出现在小城大酒店中，他还给了黄福之几万元钱，我们全查不到证据。刚才我们又找到公司的许德刚，他向我反映了一个极其重要的情况，前几天他发现黄福之在小城股市出现过，而且这个黄福之与红风公司的一个重要人物一直有着特殊的联系。我现在需要与赵丽丽的母亲谈谈。”陈汉雄说。

赵丽丽的母亲睡在赵丽丽的邻床，刚才江涛与假护士搏斗时，她不顾一切地守着她女儿，一直站在她女儿的身边。现在回想刚才的情景，才感到害怕。她流着泪坐在女儿身边的木椅上，有些发呆。

“大娘，你不要害怕，刚才的事不会再发生了。现在，我们队长要和你谈谈，你不要再紧张了，有我们在这里，你女儿会平安的。”白雪从阳台中走出来，过来安慰赵丽丽的母亲。

侦察员张英也在安慰赵丽丽的母亲。

赵丽丽的母亲此时似乎才缓过神来，她一边擦着眼泪一边说：“这是什么人，为什么非要害我的女儿？我的女儿每天上班下班，从没有得罪过什么人，这是怎么了？”

陈汉雄和江涛走出阳台，江涛将阳台的门在里边关好。

“赵大婶，你回忆一下，你女儿去深圳、珠海、澳门后，回来都向你讲过什么？”陈汉雄来到赵丽丽的母亲杨雨荷身边问。

“她讲了她看望了她叔叔赵宁，她叔叔又带她在深圳游玩。后来他们又去了珠海和澳门，说都是为公司办事。”杨雨荷说。

“到澳门他们都到哪了？”

“她说他们在岛上游玩了，还看了大三巴牌坊。晚上，蒋俊理和姜永泉出去逛夜景，我女儿在旅馆独自看书了。”

陈汉雄又在深思着。他给重案队员柳云青打了电话，让他立即到赵丽丽的病房来守护。

“队长，我一个人在这就够了，怎么又派人来了。”江涛问。

“不，我决定今夜让你回去好好休息一夜，明早你和白雪都到我的办公室，也许我要给你新的任务。”陈汉雄说。

很快，柳云青来到赵丽丽的病房，陈汉雄向他交代了守护的任务，柳云青是个心细的小伙子，陈汉雄很放心。

下半夜两点，陈汉雄和江涛、白雪离开了病房，回到刑警大队。虽是下半夜，回想昨夜发生的事，陈汉雄却难以入睡。

“黄福之为什么害赵丽丽呢？红风公司……红风公司，我一定要解开这个谜。”此时他已没有了困意，在他的办公室吸着烟，他在思考着这一段时间所调查到的情况，他在试探能否将这些所调查的情况像链条一样连接起来。

马原、姜永泉相继被害，赵丽丽又遭车祸，而他们都是红风公司的人。杀死马原的人是黄福之，黄福之本无职业和生活来源，却非常有钱，钱哪来的？他给杜江打电话说姜永泉也是他杀死的，这是有可能的。但他相继杀了两人后，为什么不离开小城，是有什么事没办完呢？赵丽丽被车撞了，而开车人是另一个，这个人又是谁呢？是与红风公司的人有关，还是与黄福之有关？如果这个人曾和黄福之在一起，这说明制造车祸的人与黄福之有关，但黄福之与赵丽丽本不认识，更无冤仇，为什么要害她？

最初是杨守业跟踪杜江的车，自杨守业被抓获后，再没有人跟踪过杜江的车，这说明最初杀人有可能是黄福之一人所为，而后是杨守业加入了运尸和跟踪杜江的行动。现在是杨守业被抓获，黄福之如丧家之犬，惊弓之鸟，惶惶不可终日，他为什么如此疯狂？这辆车是偷来的，而黄福之不

会开车，开车人和偷车人就是那个撞赵丽丽的人，这个人到底是谁呢？赵丽丽曾和蒋俊理、姜永泉去过深圳、珠海、澳门，这能说明什么呢？

现在赵丽丽还没有清醒，她一定知道某种秘密，是对某人构成威胁的秘密，现在保护好赵丽丽的生命安全是头等大事。前两天去赵丽丽家，她家境贫寒，凭她现在的收入，不可能一次拿出一万多元购齐了金项链、金耳环，还有那一枚镶嵌红宝石的金戒指。看来，一定是什么人给她买的。她母亲说是赵丽丽的叔叔赵宁给买的，看样子不可能。会不会是赵丽丽与哪个男人有关系，或与红风公司的某人有关，这个人给她买的这些首饰。从公司人员的调查中看，赵丽丽是个纯洁的姑娘，虽好虚荣，但不风流，也不和任何男人胡来。看来，只有某人给她买了这些物品，让她为某人保守一种秘密，这种秘密，也许就是一种罪恶，或是见不得阳光的阴暗之事。

他用钢笔在纸上划着，突然眼睛一亮，他似乎看到了新的侦查方向。他决定等到早晨上班以后，将他的队员分成几组展开新的调查，还要与南方有关部门取得联系或派人去南方，除此之外，那就是深入调查与黄福之有一定关系的人，还有和红风公司有关人员有一定关系的人，此人一定要会开车。

天亮了，吃过早饭，江涛和白雪相继来到陈汉雄的办公室。

“你们来了，我们对赵丽丽等案件再共同分析一下，昨夜我想了很多，又发现了很多疑点，如果有必要，我看要派人去南方一趟。”陈汉雄对两位得力助手说。

“去南方？”江涛有些不解。

“白雪，我们曾去过赵丽丽家，你也见到她那天戴的金银首饰，你有什么想法？”陈汉雄问。

“我感觉，这些首饰像某个男人给买的。但没有听说赵丽丽有男朋友呀？”白雪说。

“你想得很对，我想是某个人为了不让赵丽丽说出某些秘密，而给她买的物品。这个人不是她的男朋友，或者可以说是她的长辈。”陈汉雄说。

“你说的是谁？”白雪问。

“这只是我的推论。所以，我要派人去南方。”陈汉雄说。

大家沉默了片刻。

“好了，这件事先放下，我们再说赵丽丽被车撞的这件事，又有黄福之出现，这不难看出，赵丽丽被谋杀，与马原和姜永泉的案件是有联系的。黄福之不会开车，杨守业在押，这说明在这一系列案件中还有一个人，这个人会开车。”陈汉雄分析道。

“队长，这么说，此系列案件还有一个犯罪嫌疑人？”江涛如梦方醒。

“是的。你看，我们怀疑此案与周万才有关，但周万才不会开车。我们也怀疑其他人员，但他们没有作案时间。有人在平城盗了车，到秋原来杀人。看来这是一起有计划，有准备，有预谋，并经过精心策划的系列杀人案件。此案，单凭黄福之一人可以办到。到月光湖运尸，他没有车，可以花钱雇他的朋友开车来运尸。他不可能再去花钱雇人盗窃车辆，然后去制造交通肇事来杀赵丽丽吧？还有一个最重要的问题，黄福之与赵丽丽素不相识，更无冤仇，他为什么要杀这样一个天姿美貌的年轻女子。要说黄福之与马原和姜永泉有恩怨，他杀这两个人是为了复仇，可经我们调查，赵丽丽并没有仇人。”陈汉雄继续说。

“队长的意思是黄福之是被人雇佣而参与这一系列杀人案件的。”江涛说道。

“对。还有一点，黄福之可以在有关人员的指点下，暗中认识赵丽丽后，采取跟踪等方式趁机直接杀死赵丽丽，但这样此案也许会更明了。杀人的总策划者是想杀死所有知情者。而这些知情者或掌握他犯罪的证人都

出在红风公司。这样我们一查连带关系就可直接破案。而这个狡猾的总后台为了掩人耳目，不至于过早暴露或不想暴露，只好破釜沉舟，想到制造一起交通事故让赵丽丽这个知情者也得死。但他聪明反被聪明误，由此看，有些事情我们更清楚了。”陈汉雄坚定地说。

“队长，有些事我还不明白。你怀疑此系列案件的总策划者在红风公司？难道说是周万才？还有，这个会开车的人是策划者雇的呢，还是他本人开的车，或是黄福之雇的呢？”

“我想，下一步工作，我们分两组进行。一组围绕黄福之的社会关系深入调查，同时重点查一查与黄福之关系最为密切的狱友，看是否有在他们得到释放后又有暗中接触的人。另一组，去南方，当然，去南方干什么，我已有了目标，而且还有很多工作要做。刘天林局长已派了我局一位懂得财务的侦察员执行一项秘查工作，我现在就去向刘天林汇报，如果他同意，我立即安排人去南方。”陈汉雄决定着。

随即，陈汉雄来到刘天林的办公室，说了自己的想法。刘天林说：“你的想法和我的想法是一致的，让相关部门马上给去澳门的人办手续。如果顺利，下午就可乘飞机去南方。汉雄，你看派谁去好？”

“我决定派江涛和罗玉辉，他们一定会完成任务。”

“好，我现在就给局长打电话，你让江涛和罗玉辉现在就到我这来，我还有一些事要交代他们。我知道你让他们去都要找谁，但我要让他们查到一个人在南方的房地产情况。”刘天林说。

“刘局，我明白了，一定是你安排的秘查工作有了进展。”陈汉雄笑着说。

“算你猜对了。”刘天林神秘地一笑。

江涛和罗玉辉已去南方五天了，至今还没有他们的消息，陈汉雄虽然心里着急，但还不想给他们打电话。那天，江涛和白雪的调查，让陈汉雄更加认定自己的看法，马原、姜永泉的死及赵丽丽被人谋害，幕后总指挥就在红风公司。还有黄福之近日曾在小城证券交易所出现过，这就是他没有离开小城的原因，他手中的股票不断下跌，他要等待上涨后取出本金或更多的钱才能远走高飞。黄福之是被人雇佣的杀手，但另一个会开车的杀手是谁，现在还是个谜。

然而，就在这天，陈汉雄接到白雪的一个电话。原来她这几天部分时间是在赵丽丽的病房中，今天一早，冯医生对赵丽丽进行压框实验，她竟然有了知觉，眼角还流下了眼泪。但还不能说话，处在半昏迷状态，没有记忆。但由此可以肯定，她在近几天内一定会恢复记忆，也会说话的。听到白雪传来的消息，陈汉雄非常高兴，他相信赵丽丽在恢复记忆后，一定会讲出事情真相的。

想到黄福之的出租房是杀死马原的第一现场，陈汉雄决定和侦察员柳云青再次到黄福之租房的周围进行走访。然而在下午时，他竟然从一位少年口中查到一个重要线索。原来，这位少年是江岸中学的，他的家在东郊，他的姑姑家住在黄福之家附近。七月八日是星期五，这位少年放学后便来到他姑姑家，吃完晚饭出来玩时，发现黄福之家院外停着一辆红色轿车，从车边路过时，无意中记下了此车车牌号。他在他姑姑家待了两天，星期一便上学去了。今天下午因老师到某学校去参观，下午没有课，这位少年又来他姑姑家，故陈汉雄找到了他，他说出了此事。七月八日傍晚，正是马原在黄福之家被害的日子，此车一定与他的死有关，也许是另一个作案人的车或出租车。陈汉雄当即将此情况报告给刘天林，根据刘天林的指示，他和柳云青连夜来调查这辆车，经查这是省城一个叫侯大彪的人的私家车。随后，他和柳云青去省城调查。

傍晚，陈汉雄和柳云青来到省城，正当他们找到当地警方查找此车车主时，他的手机响了，是江涛打来的。原来他们经过日夜调查，已获得了证据，现在即将登上回程的飞机，夜里十一点即可到省城机场。

听到这个消息，陈汉雄更加高兴，他决定在省城找到侯大彪查清此车后，就到机场接江涛他们。随后，他又将此消息告诉了刘天林，刘天林一听也非常高兴，并叫着从医院刚回到刑警大队的白雪等刑警也去省城机场接江涛他们。同时，他调集了几名警力，对陈汉雄原先提供的重点调查对象又加强了监控，以防他逃跑或再进行新的谋杀。

当夜，江涛和罗玉辉回到了小城。

新的一天又到来了。

早八点半，于大光主任来到红风公司，鉴于红风公司有关人员相继出事，他决定和周万才、蒋俊理等公司人员研究下一步工作。

在周万才的办公室，蒋俊理也来了，郭凯、田德会也在场。周万才为于大光泡了一杯茶。

“老周、老蒋，近日我们公司的人员相继出事，人心不稳呀。”于大光说。

“是这样。不过，公安也来调查了，我们一直给予协助，好像这些事都与我们公司联系不上。”周万才说。

“是这样。我在山东往回打电话听说马总、姜会计出事后，也顾不了我父亲的病了，就连忙赶回来了，我也在协助公安作工作，只是没发现什么线索。公安通过调查发现是黄福之杀的马原和姜永泉，但这个人一直也没有抓到。我想要是黄福之所为，他就是报那十年的仇。而赵丽丽被车撞了，我认为是偶然的交通肇事，与马原他们被害并没有联系。这两天我弟弟又从老家来电话了，说我父亲的病仍没有好转，也许这两天就要病故，让我还是再回去一次，你说现在公司这种情况，我能回去吗？如果于主任给我假，我还是非常想回家给他老人家办完后事的。”蒋俊理坐在沙发上，合上他手中的纸扇子，悲叹地说。

“蒋总的心思我是理解的，谁家都有父母老人呀，尽孝尽忠是我们中华民族的美德，也是人之常情。不过，你再等一等，如果公安那边有进展，不涉及我们公司什么事，你安排一下工作，还是可以回去的吗，顺便代我向老人问好。”于大光说。

“家事必然是个人的事，公司马总、姜会计出事，这是大事，公司的利益是大事，在这个时候，我怎能再走呢？案件相继发生，公安也太无能了，破不了案，这都让我心急。”蒋俊理愤慨地说。

“好了，将总。现在我们不研究案件的事了，那是公安局的事。现在我们研究我们公司的事，还要抓好业务，创造产值，创造利润。”于大光说。

“是呀，由此也不能影响我们公司的生产和利润呀。”蒋俊理说。

“于主任，下一步生产和销售计划已做好。但在原材料上还很紧张，这就要靠蒋总了。”周万才说。

“这事没什么问题，在赵丽丽出事的那天晚上，我与天津联系，他们说有些货，只是要等几天。今天一早他们回信说，可派人来天津签合同或直接汇款订货。我正要和周总说这事呢。”蒋俊理说。

“蒋总办事真爽快。”于大光喝了一口茶之后，对蒋俊理赞赏着。

“多谢于主任夸奖，这是我的职责。”蒋俊理心里美滋滋地说，又打开纸扇子扇了几下。

“蒋总从山东回来，还没有去钓鱼吧？”于大光说。

“哪有时间呀，回来几乎就没有好好休息过。如果父亲的病好了，不用我回去，下个周末我得休两天了，到城西水库好好地钓两天鱼，过过瘾。”蒋俊理笑了。

正在这时，有人敲门，郭凯去开门，随即回身走到周万才的身边说：“周总，陈队长他们来了。”

话音刚落，陈汉雄和江涛、白雪走了进来。

“于主任也在这里，你们都在。现在我向于主任及红风公司的人员宣布，马原和姜永泉及赵丽丽被害案告破了。”陈汉雄义正词严地说。

“真的破了，那作案人是谁？”周万才有些惊讶地问。

“好事，陈队长真是破案神速，敬佩！”蒋俊理说。

“我想你们会意想不到的。”陈汉雄说。

“陈队长，先坐下，慢慢说。”蒋俊理在为陈汉雄他们让座。

“是的，陈队长，大家先坐下。这个好消息也让我们不要高兴得太快了。”于大光也在说。

“对，别急，陈队长先吸烟。对了，我那有好烟，我去办公室取去。”

蒋俊理站起身要走。

陈汉雄拦住了他："蒋总，桌上不有是有烟吗？我有烟吸就行。"

但是，蒋俊理像想起什么，摸了一下衣兜说："陈队长，你们先坐着，我去去就来，忘了一样东西。"

"不急，你们都坐下。"陈汉雄看着蒋俊理说。

蒋俊理有些不满，似乎还要去取东西，江涛拦住了他，他只好顺从地坐在沙发上，手中紧握着那把纸扇子。

"这一系列的案件总策划、指挥和直接参与者就在你们中间。"陈汉雄一边点燃一支烟一边严肃地说。

"那是谁？"于大光一惊。

此时，蒋俊理再次站起来向南边的正开着的窗口靠去，江涛一把抓住他。

"这个人就是你们现在的副总经理蒋俊理。"陈汉雄目视着蒋俊理说。

"是我？你们搞错了吧。马原和姜永泉出事时我正在山东，而赵丽丽出事时我正在公司内联系业务，怎么将我扯上了？"蒋俊理并不认可地说。

"那仅是一种假象。还是让我从头给大家说说吧。"陈汉雄吸了一口烟，坐在沙发上，烟雾在他面前慢慢散去，他慢慢地说着，"马原失踪后，我们来红风公司调查时，发现蒋总在马原失踪前因其父亲病重已回山东了。之后又在月光湖中发现马原的尸体，几天后红风公司的会计又在回家的路上被杀，杜江拍的照片帮我们查得在月光湖抛马原尸体的人是黄福之和杨守业。杨守业被抓后，他承认他仅是在黄的威逼下帮他抛尸，事后黄给他两万元钱。他仅知道马原是黄福之杀死的，但姜会计究竟是谁杀的他也不清楚。在我们追捕黄福之时，两天后，他竟然自杀了，但这个天机又被杜江发现，原来自杀者是个替身，是你指使他又害死了一个叫老强子的拾荒人。你的目的想让此案以黄福之与马原和姜永泉有怨恨来报仇，凶手

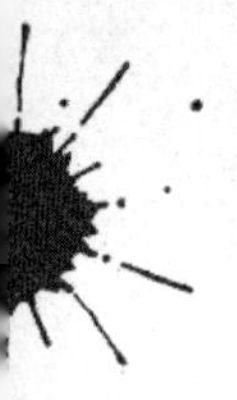

自杀而告终。但过于贪婪而又贪得无厌的黄福之没有离开小城，他为什么没有离开小城呢？因为有一件事还没有办成，那就是他要在证券公司取出一笔股金，也许这笔股金就是你给他的报酬之一。因股市下跌，他还要等机会股价上涨后再取这笔款。蒋总，我说得对吧？”陈汉雄说。

“没影的事，与我有什么关系。”蒋俊理不以为然，他打开纸扇子扇动着，也许真有些热了。

“我们多次来到红风公司调查，将有关人员列为重点，但却没有怀疑到你，因马原是七月八日晚上下班后失踪的，而你是在七月七日上午坐火车回山东的，有人给你起票，并将你送上火车。马原失踪时，你也许刚到山东，不可能在父亲病重正需要你时，你下了火车又返回来吧？那时我们还没有查到你谋杀马原等人的动机，即使想到你，看到你没有作案时间，加之一些假象的蒙骗，也没有对你过于深究。本也想打电话向你了解情况，想到你在父亲面前尽孝，也别打扰你们了。但是，此案我们查了我们应该查的所有事情，可以说到了山穷水尽之时。但这是山穷水尽疑无路，柳暗花明又一村。我们本没有去有意地想到你，但在深入调查中，发现众多的事都与你有联系。还发现了你贪污和挪用公司大量公款的犯罪事实。于是，便有了你谋杀他的犯罪动机。”陈汉雄仍然在说着。

“陈队长，你说话要负法律责任，这些年谁不知道我蒋俊理，一心为了公司，拼死拼活，不就是为了公司和公司职工多收入点吗？我还多年被公司和小城评为先进工作者呢！说我贪污，挪用公款，证据呢？我是有些钱，那都是用我自己的钱业余炒股赚的，是合法的收入。还有，我与马原和姜会计无冤无仇，我为什么要谋杀他们。”蒋俊理听着陈汉雄的叙说，越来越激动。

“蒋总，不要激动，让我说下去。你是获得了先进荣誉，那能说明什么？那只能说明过去，有些也许是靠假象蒙骗来的。我们也查到你多年炒股，开始是赚了点，但后期却不景气了，以至于将下跌的股票当现金给黄福之充当酬金。不说这些了，还是说马原等人的事吧。是呀，马原和姜永泉，以及后来的赵丽丽为什么会被害，这叫我苦思多日都难以得出答案，我想到仇杀、情杀等，都不是。但赵丽丽说过曾和你，还有姜永泉一起去过澳门，经深入调查得知你好赌成性，而且家境突然暴富，你妻子只是个五金系统的普通职员，你们二人工资每月合在一起不过几千块钱，你们再能积攒，怎么也不能积攒几百万吧？这笔巨款哪来的呢？那绝大部分是红风公司的。”

“你与姜永泉勾结，以各种名义侵吞、挪用、贪污公司的巨款，用来炒股、赌博、挥霍。在这部分巨资中，还有你以给南方某公司打货款为名，骗取和套取公司资金五百多万元，并在南方暗中投资了房地产。近日，蒋总挪用、贪污、侵吞公司巨款的事似乎被马原察觉，他正打算要向检察机关和审计部门报告。你怕事情败露，便动了杀机，苦心预谋了这一系列谋杀，并雇用了刑满释放无生活来源，与马原和姜永泉有私人恩怨的黄福之为杀手。那天你弟弟从山东来电话说你父亲病重，你见时机已到，借此名义向马原请假回山东，实际上并没有离开小城，你在小城雇佣心狠手辣要钱而不要命的黄福之，你们俩合谋杀了马原，后由黄找到杨守业抛尸于月光湖。”陈汉雄继续说着。

“陈队长，这些都是没影的事，你可不要往我身上栽赃呀，我蒋俊理能这样吗？”蒋俊理还是不服气，合上纸扇子，站了起来，仍在叫嚣着。

“我陈汉雄办了十几年案件，还从没冤枉过一个好人。现在不会，今后也不会，更不能让那些作恶的人逍遥法外。蒋总，你还是耐心听下去。此情景被杜江发现后，黄福之受蒋俊理之托，对杜江威胁恐吓又要加害，多亏我们给以保护。你们妄图索回杜江的胶卷但没有得逞，并让黄福之化

装成老太太到杜江家去偷也没有得逞，于是便想要夜里对杜江下毒手，但由于我们的保护你的阴谋又没有得逞。此案发生后，我们一直在紧张地调查。你又想到有一个人也对你的事有威胁，那就是赵丽丽，因为你和姜会计曾带她去过澳门。据我们查证，蒋俊理带赵丽丽和姜永泉会计去了澳门后，蒋总让赵丽丽住在宾馆，他们去了澳门葡京赌场，那一次他输了一百多万元。”

“经我们会同审计部门查账，仅近一年来，蒋总以业务经营、联合经营、物资抵押融资等名义和形式，将五百多万元公款汇入深圳的一些单位，从中又转支或借了出来，一部分用来炒股，一部在那里购买了房地产，一部分到澳门输掉了。另外就是贪污公款近一百万。澳门的叶老板蒋总认识吧，我们这次去找到了他。话又说回来了，如果赵丽丽将在澳门的活动联系起来，不难发现平日就好赌的蒋总不会不到赌场开开眼界吧。然而你却输了，输了一百万。这一百万是从深圳两家公司那借的，仅两夜就化为了泡影。赵丽丽是知道你借款的事情的，因还有她叔叔的担保。为了堵住赵丽丽的嘴，你花了很多钱为赵丽丽买了宝石钻戒等贵重物品，所以赵丽丽一直没有暴露你到澳门赌博的事。”

“但迟早你也会暴露，所以你又派黄福之找到另一个会开车的杀手，以重金收买，先在平城盗车，然后对知道你底细的赵丽丽进行跟踪，其后便伺机制造了那起所谓的交通事故进行新的谋杀。但赵丽丽仅受了重伤，术后在昏迷中，并没有死，你也没有达到杀人灭口的最终目的。你感到惶恐不安，又与黄福之联系，让他和另一名杀手在夜里派黄福之到医院制造混乱，引出我们看护赵丽丽的警察，但我们没有上你的当，于是他实施了第二套计划，让黄福之伺机化妆成女护士，乘看护赵丽丽的警察暂时离开的瞬间，妄图再次加害赵丽丽却仍然没有得逞。说实在的，开始我们并没有怀疑你，有些表面现象的确迷惑了我们，但我们透过现象看本质，将你的一切变成几个点来看，却是疑点重重，而且有些现象却不能解释。你也许知道或听说，我陈汉雄办案主要是凭证据，但有时也要通过逻辑推理。这也是索取证据制定工作目标的主要方法。于是，我们锁定，红风公司一系列案件的幕后策划及总导演就是你。”

“哈，哈，哈！天方夜谭，陈队长，你挺会编故事，简直说得像真事一样。”蒋俊理此时有些歇斯底里，还在否认他有罪。

“不，这是真事。你别过于紧张，让我接着往下说。”陈汉雄停顿片刻，吸了一口烟，又接着说，“有人反映，说周万才与黄福之是亲属，与马原和姜永泉有矛盾，那是表面现象。但那不过是杀人的条件，还有杀人目的是什么？后来，我又在深夜中接到检举电话，说周万才与黄福之有密切关系，在一家酒店内周万才给了黄福之几万元钱。经我们深入调查，发现周万才是一个清正廉洁的好干部，他的工资并不高，而妻子却是个下岗职工，还体弱多病，孩子正在上大学，而他家至今还住在城中一所五十多平方米的老楼中，尽管能积攒几万元钱，他生活不需要钱吗？孩子上学不需要钱吗？妻子有病不需要钱吗？他哪有多余的几万元钱给黄福之？如果他真的有钱，他不需要换一所大一点的房子吗？后来，我经过回想和认证，这个声音粗哑的电话，是你在城中路边一个公用电话亭打的。可见，你真够阴毒的，还会制造烟雾。”

“在此，我们也要多谢周万才副总经理协助我们工作，感谢于大光主任和周万才协助小城审计部门这两天密查了红风公司的账目，这样才知道蒋俊理伙同姜永泉合伙贪污的事，但姜永泉有可能仅得到几十万，而你蒋俊理仅以给南方两个公司打货款的名义就挪用、诈骗、套取公司现款四百多万，加之贪污公款共计六百多万。为了查清你的罪恶证，我前几天派江涛和罗玉辉去了深圳、广州、东莞、珠海、澳门，获取了你的全部证据。你杀马原的目的除了占有公司的那笔巨款妄图逃避法律的制裁外，还有一

个一箭双雕的目的，那就是要夺马原之位，你知道一旦马原发现你的罪证，不但马原不会再提拔你，公司所有的员工都不会认同你，你除了丢掉现有的饭碗外，还可能遭受牢狱之灾，所以，你只能铤而走险，破釜沉舟。蒋总，我说得对不？”

“不对，一派胡言，一派胡言！”蒋俊理吼叫着。

“马原被杀后，你怕姜永泉的存在使你的罪证暴露，便又让黄福之杀了夜里回家的姜永泉。其后又谋杀赵丽丽，就怕赵丽丽说出澳洲赌场的事，蒋俊理你可真够歹毒的。现在一切都明了了，证据充分，你贪污和挪用公款，诈骗公司巨额资金，以及到澳门狂赌的事已铁证如山，你还想抵赖吗？我想赵丽丽会说出真相的，也会说出她的宝石钻戒等贵重物品来源的。”陈汉雄仍在说。

“哼！赵丽丽有什么与我无关！那就是证据？去了深圳、澳门那就是证据？”蒋俊理在做最后的挣扎，还妄图抵赖。

“是的，那可以不是证据，但看用在谁身上。经过我们调查，为了公司业务，红风公司周万才、田德会都曾多次去过广州、深圳、香港、澳门，但我为什么没说他们是嫌疑人呢？因为事物要靠相互间的联系。这二人从不赌博，也不好女色，家庭虽说富裕，但属正常，况且没有发现他们有肆意挥霍无度的地步，因为他们靠的是工资，每一分钱都是靠工作赚来的，不是轻而易得的。更没有钱在南方投资房地产，也无过多的钱去买股票担风险。更重要的是，他们虽然也曾将公司的款项打出打进几千万，那都是笔笔有终，没有任何疑点。而你就不行了，公司的几百万在你手中却变为己有。”

“为了掩盖罪恶，竟然采取各种卑鄙手段。俗话说，善有善报，恶有恶报，纸是包不住火的，即使你杀死马原，杀死证人，你的罪恶还是会暴露的，还是逃脱不了法律的严惩的。你说要证据，现在我可以告诉你，这是我昨天深夜中获得的证据，虽然晚些，但这却是铁的证据。七月八日傍晚，有人发现黄福之家的租房院外停着一辆红色轿车，后来我们查得了此车车主是省城的侯大彪，我想以后的事不用我说了吧？”陈汉雄义正词严，怒视着蒋俊理。

一听“侯大彪”三个字，本还要张狂的蒋俊理顿时傻了，张着嘴半天不能说话。此时，他再也没有刚才那种不可一世的气焰了，一直在冒冷汗。

就在这时，陈汉雄的手机响了，原来是医院打来的，说赵丽丽已能开口说话，她要见陈汉雄，她要揭发蒋俊理。

听此消息，蒋俊理真像个泄了气的皮球了，彻底地蔫了。

“蒋俊理，你现在被捕了，这是逮捕证，请签字吧。”陈汉雄从白雪的手中拿过来一张逮捕令。望着批捕通知书，蒋俊理放下手中的扇子，无可奈何地签了字。

“将蒋俊理带走。”陈汉雄下了命令，江涛给蒋俊理扣上手铐，他们将蒋俊理押走。

真相大白

这天清晨，赵丽丽苏醒了。

她看着自己倒在医院的病床上，她的母亲，还有一名陌生人守在她身边，她似乎想起了几天前发生的一切。

母亲看着苏醒过来的女儿，又惊又喜，流下热泪。

“妈！”赵丽丽叫着母亲，也流泪了。

“丽丽，你吓死妈了，你命真大呀！多亏警察救助你及时，医院这些大夫护士的全力抢救，你才有了第二次生命。丽丽，是谁这样狠毒，非要置你于死地呀？”母亲握着倒在病床上的女儿的手说。

赵丽丽看着母亲，什么也没说。她的一只胳膊上仍挂着点滴。

大夫和护士开门走进来，看到赵丽丽醒了也非常高兴。

“让她好好休息吧，不要过多和她说话。”大夫说。

“大夫，谢谢你们了！”赵丽丽的母亲说。

“这么快赵丽丽就苏醒了？这真是个奇迹。”护士说。

“这孩子身体素质好，我预计她今天上午会完全清醒。看来，恢复得还很快。现在最好让她好好休息吧。”大夫说。

“好的。”赵母说。

“冯医生，我是否可将此消息报告给陈队长？”守在床边的刑警问。

“先不急，观察一会。”

“冯医生，赵丽丽的情况如何？”刑警问。

“从手术后到现在的情况来看，赵丽丽已完全脱离生命危险了，如果休息得好，很快就会恢复健康的。但还需要再观察观察，有什么情况你们随时找我。”冯医生说。

医生和护士走了。

赵丽丽看着母亲，似乎要说什么。

“丽丽，你休息一会吧。”赵母说。

“赵婶，还是让赵丽丽多休息一会吧。”身边穿着便衣的刑警柳云青说。

赵丽丽又闭上了眼睛，眼角在流泪，母亲坐在一边的椅子上，用手绢擦去她眼角上的泪痕。

“妈妈，我休息好了，你和我说点什么吧？”赵丽丽又睁开了眼睛。

母亲说：“丽丽，你完全清醒就好了，好好休息吧。妈妈要和你说的话很多，会有时间说的。”

“妈，有什么话你说吧，我听着就是了。”赵丽丽说。

“丽丽，我总觉得你有什么事瞒着妈妈，你在外是不是得罪什么人了？那天陈队长到咱家找你，是不是你有什么事？有什么话一定要向陈队长他们说呀！只有他们才能保护你呀！你看这位大哥，他在你身边已经一夜没有睡了，他是陈队长派来的便衣警察。”赵母说。

赵丽丽看了柳云青一眼，没有言语。

“你手术后住在这里，还有人到医院来谋害你，是陈队长他们冒死来保护你，否则你又死了一回。”赵母说。

赵丽丽又在流泪，她看着母亲的身边的刑警柳云青说：“警察大哥，你叫陈队长来，我有话要和他说，我要揭发蒋俊理。”

随即，柳云青给陈汉雄打了电话。

四十分钟后，陈汉雄和江涛、白雪来到赵丽丽的病房。

赵丽丽望着陈汉雄和白雪、江涛，她认识这三位警官。

“赵丽丽，你终于苏醒了。”陈汉雄坐在赵丽丽床边的一张木椅上望着她高兴地说。

“多谢陈队长的关心。”赵丽丽倒在床上，望着陈汉雄，流下了泪。

“赵丽丽，你能想起你被撞的原因吗？”陈汉雄问。

“我仿佛是记得，我从吕老师那骑自行车回家，是走的近路，被一台黑色轿车撞的，我便失去了知觉。也不知这车中的司机是故意的还是无意的。自从到这个公司工作，我从没有与任何人结仇，难道是有什么人要害我不成？”赵丽丽在想。

“也许你是在无意中发现了某人的秘密，你不觉得什么，现在对他来说是一种不祥的现象。”

“陈队长，我想起来了，有可能与这次的事情有关。我怀疑蒋俊理，是不是他怕我揭发他在深圳和澳门的事所以派人谋害我呢？事情已到了这个地步，我不能再替这个伪君子，这只披着羊皮的狼隐瞒了，我要揭发他。”

接着赵丽丽讲述了她在三年前到公司至今的情况。从她的叙述中得知，由于她舅舅的关系，她当上了红风公司办公室的秘书。去年秋季，蒋副总经理、姜会计为了几桩业务要去深圳和澳门。但想到赵丽丽的叔叔在深圳，有些地方用得着人家，便决定让赵丽丽一同去。赵丽丽当然很高兴，借此机会能看望她的叔叔赵宁。

于是三人到了深圳，在赵丽丽叔叔的介绍下果真谈成了一桩大买卖，之后蒋俊理决定去珠海、澳门。但离开深圳前，说他急需五十万现金，要为公司办一件事先交部分预定金，由于公司不能马上将款打过来，他找到深圳一位老板暂借五十万，并由赵丽丽的叔叔赵宁担保。那位商家老板与蒋俊理是比较熟悉的，但怕出现意外，故让赵宁给担保。暗中，赵丽丽责怪她叔叔为什么敢给蒋俊理担保，她叔叔一笑说，蒋总在这边有房地产，不差这点钱，这些房地产就值几百万。这让赵丽丽一惊，原来蒋俊理这样富有。

他们到了珠海，蒋俊理从一位房地产商手中又借了五十万元，第二天一早三人便去了澳门。在澳门他们与一位姓叶的商家老板联系一些业务，但此人是一个大赌徒，他们约定要在澳门赌两天。白天他们游了澳门，晚上蒋俊理让赵丽丽在宾馆休息，说他们有业务。然而，都是下半夜回到宾馆的。后来听姜会计说，蒋俊理这次在葡京赌场两夜输了一百多万，以前蒋俊理也曾几次到过赌场，最先是赢过，都是那个叶老板牵的线。

虽说输了这么多钱，蒋俊理并不在意，只是让姜会计和赵丽丽千万不能将借钱和到澳门的情况说出去，因这事一旦传出去，他就无法在公司待了。为堵住赵丽丽的嘴，回到深圳，蒋俊理花了一万多元在深圳为她买了那只镶着红宝石的钻戒，还有一条金项链、一对金耳环。这对于每月工资才几百元，而且家境贫寒的赵丽丽来说，那真是一种久远的奢望瞬间变成了现实，她高兴极了。但因为不是自己花钱买的贵重物品，赵丽丽执意不要，但在蒋俊埋的劝说下，她还是被这些首饰所诱惑，终于接受了他的礼品。由此，她不但要为蒋俊理保密，似乎对他还有了一种好感。回到小城，赵丽丽在公司轻易不戴这些，只是双休日或与同学聚会才戴上这些，别人问就说是

她叔叔赵宁给买的，以掩人耳目。得了蒋俊理的财物，赵丽丽对蒋俊理在深圳和澳门的事一直守口如瓶。贪图富贵容华，到最后还是害了自己。

陈汉雄正是从这枚钻戒等与赵丽丽家庭及其收入条件不符这一细小事情上推理，才联想到赵丽丽的物品是一个男人给她买的，这个男人与他没有恋爱或男女性关系，就是有求于赵丽丽。由此才推断出和赵丽丽一起去澳门的人在经济上会有问题，由此找到破获红风迷案的突破口。并通过秘查红风公司的账目，发现蒋俊理与姜永泉相互勾结，伪造马原笔迹建造假账和票据，合伙贪污公款百余万，以业务经营、联合经营、骗贷和抵押等方式挪用、骗取和套取红风公司的资金四百多万元。然后，陈汉雄果断地派江涛和罗玉辉去了深圳、珠海等地，通过澳门警方协查，查到了蒋俊理挪用、骗取和套取公款四百多万元的犯罪事实，并发现他在南方有一处用套取的公款购买的房地产。

从医院回到刑警大队，陈汉雄和江涛、白雪立即投入到对蒋俊理的审讯中，刘天林和陈汉雄任主审官。在充分的证据面前，蒋俊理终于交代正是他策划、参与对马原、姜永泉、赵丽丽的一系列谋杀。原来，前些日子，马原曾问过他经他手打出的一些货款的去向，蒋俊理只好以正要回货作为搪塞。马原暂且相信了他，让他速将公司的款追回来或让对方付给原材料。但马原说过，如果此事有问题，他要与检察机关或审计部门联系，请求协助。蒋俊理为此慌了神，因他无法还上公司的几百万公款。怕马原真的报警或找审计部门，他计划想办法杀了马原。

正在此时，蒋俊理自己开车到平城办事，在平城巧遇刚刑满释放的黄福之，因以前他们的关系是非常好的。在平城一个小餐馆，蒋俊理请黄福之喝酒，说为他洗尘接风。席间，他故意谈到马原和姜永泉，想到以前在红风公司的事，黄福之非常怨恨马原和姜永泉，借此机会，蒋俊理故意来激怒他，黄福之由此对这两个人更加怨恨。经闲谈，得知黄福之不久前向他姐姐借了三千元钱，先在小城西城租了一个独门独院的两间小平房，他想在城内打工或做点什么买卖，但一直没有确定下来。

第二天是晚上九点多，蒋俊理在小城找到了黄福之的住处，他问黄福之，如果能杀死马原给他三十万元干不干，正愁生活没有出路的黄福之思虑好久，最后决定干。于是他们策划了怎么杀害马原的多种计划，并规定联系方法及暗号暗语，黄福之怎么对马原跟踪等。但由于马原除了在公司就是直接回家，总是难以下手。就在这时，蒋俊理得知父亲病重正在住院，以工作太忙不好请假为由，让弟弟将电话打到他的公司办公室。蒋俊理认为时间来了，决定冒一把险，便与黄福之再次密谋杀死马原的方法。这次不但要杀死马原，还要杀死姜永泉。

之后他以回山东照看父亲为由向马原请假，并由办公室郭凯送他上了火车。由此给人的印象是，红风公司两名主要人物被人谋害时，他不在小城，而是在山东。然而，他只是坐到省城便下了火车。下午在省城找到他的一个有私家车的朋友侯大彪，晚上在饭店请他吃的饭，并说用车下乡有点事，大约两天回来。于是，便借了侯大彪的车在夜间回到了小城，一路与黄福之联系杀人的事。

七月八日是星期五，马原五点下班后便坐着他侄儿开的宝马车回家，车到他家小区附近的路口时，马原下了车，他让车回去，这里仅有百八十米的路便可进入马原所住的小区。可就在这时，迎面来了一辆红色轿车停在他面前，是蒋俊理开的车。马原一见是蒋俊理，顿时一惊："你不是回山东了吗？"蒋俊理笑着说："已经走了，可在火车上接到广东客商说今天到，就是我上次和你说过要购买我们五百万元大型空调设备的那家公司。我才从省城又返回来的，他们已到了，现在客商在西城紫园大酒店。本想给你打电话，但想等他们到了再打吧。马总你先上车，客商在等着我和你呢，

车上我和你详细说。”马原没有多想，便上了蒋俊理开的车。坐在车的后座上，这也是他多年坐车的习惯。

车向西开去。在车上蒋俊理继续说：“因这是一笔大买卖，宁可百八十元的火车票作废，我也得回来，因这是经我手联系的一笔买卖，必须成功。今晚能定下来，明天一早我就回山东，到省城坐飞机，不就晚到一天吗？”马原虽然有些疑惑，还是相信了。马原想到应该和家里说一声，他晚饭不在家吃了。但蒋俊理说：“马总，你不要给家打电话了，我才给你家打了电话，嫂子说你还没有回家，我告诉他你和我陪广东客商呢，要晚些回家。”马原信了，想了想放下了手机。其实蒋俊理在撒谎，根本就没有给马原家打过电话。原来，自马原乘车走出红风公司，黄福之就一直打车在跟踪他，然后用手机发暗语告诉蒋俊理马原已奔向通往他家的马路，蒋俊理已在他家附近的路上等他。三十多分钟后，蒋俊理开的车从大马路驶向小街，他说这是走近路，三拐两拐进了一个胡同，来到一家平房的院门外：“马总，请和我先下车，这里有一位朋友要见你，刚好顺路，耽误五分钟即可。”马原更加疑惑，但还是下了车，他根本没有想到有人要害他，只好夹着皮包和蒋俊理走进这家的房内，这便是黄福之家，进门后，还没等马原问话，蒋俊理将马原按倒在室内，黄福之手持早已准备好的木棒猛击他的头部，当即将他打死。

当夜，尸体藏到黄家屋子里。蒋俊理当即给黄福之二十万元现款，他说因时间太紧，一时难取出这么多现款，暂时给他十万元股票，让他到股票公司即可换现款，并给他一张假身份证和密码等手续，如换不成以后再给他十万元现金。但黄福之说处理尸体还要找人，至少再给两万，蒋俊理想了想，从皮包中掏出两万元钱又给了他，并让他近日想办法杀死姜永泉，还会给他一些钱。蒋俊理还让他想办法处理掉尸体，并让黄福之给帮忙的人至少两万元。连夜，蒋俊理与黄福之安排好下一步后，便带着马原装有手机的皮包开车走了，路上，他砸碎手机，将皮包和手机等物分别抛到回省城的路中的一条水沟中。第二天一早，将这辆红桑塔纳轿车交还给他的朋友侯大彪，然后乘火车回了山东。

余下的事他就靠手机遥控指挥了。在他的指挥下，黄福之独自杀死了夜里回家的姜永泉。后来，蒋俊理想到赵丽丽早晚要说出自己的疑点，便让黄福之跟踪认识赵丽丽后，又给了黄福之七万元钱，让他找个会开车的跟踪赵丽丽趁机以交通肇事谋杀她，但一定要给人家几万元钱。黄福之办了，但找的谁，他不知道。得知赵丽丽并没有死，他又派黄福之想办法到医院杀了赵丽丽，但没有得逞。

蒋俊理望着面前的刑警们，叹了一口气说："人呀，不能太贪了。到头来必然毁了自己。看到现在，我当初又是何必的呢。提心吊胆地将公款窃为己有，但那不是自己的，连做梦耳边时常都响起警车声。后来，为了钱，我去杀人、作恶，一发不可收拾，以至于丧心病狂，煞费苦心。本以为做得天衣无缝，现在看是痴人说梦，在你们面前终会露出马脚的。唉！我是罪有应得。现在，就是自己有多少钱又有什么用呢？到头来都是竹篮子打水一场空。"

"蒋俊理，我再问你，黄福之现在在哪？"陈汉雄望着蒋俊理问道。

"我真的不知道。因他在医院去杀赵丽丽没有得逞后，我们就决定是最后一次通话，我让他立即离开小城，永远也不要回来。他手头有我给他的二十多万元钱，也许股票还能兑出几万元，够他用的了。所以，就是我再打他的手机，他绝不会再接了。或许现在早已换了新卡号。"蒋俊理说。

"你说开车谋杀赵丽丽的人你不认识，是黄福之安排的，他没有向你说他安排的是谁吗？"陈汉雄问。

"没有，这事我不能问。我怕的是牵扯的人太多，不管成否都要给人

家报酬，从此两不相干，守口如瓶，就是有一天被你们抓住，也不要说出这个人来。”

对蒋俊理的初审工作结束了。刘天林决定与外省市加大联系，尽快抓获黄福之，以及那个开车的人。

就在这时，陈汉雄的手机又响了，是张英和高岩打来的，他们查到开车谋杀赵丽丽的凶手了。

原来，张英和罗玉辉按照陈汉雄的安排，围绕与黄福之接触的人员深入调查，发现一个身材较瘦，三十多的男子曾和黄福之在一起接触过，此人经常骑一辆蓝色雅马哈摩托车。但此人是谁，哪的人？还难以查到。不知道是不是黄福之的狱友，他们二人跑了一趟石源劳改队，从那里终于查到一个人，他的体貌特征与黄福之曾接触的这个人相像。

此人叫高永臣，今年三十六岁，长的较瘦，原是小城个体出租车司机，十三年前因盗窃、强奸妇女等犯罪被判过十年有期徒刑，也是在石源劳改了服刑的，在那里结识了后到劳改队服刑的黄福之，两人成了好朋友。只是高永臣先于黄福之三年刑满释放。现此人无固定职业，有时在建筑工地打短工，有时在市场做点小买卖，家住在小城南郊。家境一般，父母都是下岗职工，他还有个妹妹，早些年就成家了，现在吉林。只是高永臣近几天一直没在家，向父亲说是去外地打工，但具体在哪他父母也不知道。高永臣现有一台雅马哈两轮摩托车，是蓝色的，他经常骑着这辆摩托车，现在摩托车也没有在家。

陈汉雄将此情况向刘天林做了汇报，刘天林想了想，决定一面追查高永臣的去向，一面日夜对高家进行监控，发现他回家，立即拘捕。

刘天林又调动几名警力，加强对高永臣的追捕，并让刑警内勤通知临近的地区，注意发现高永臣的踪迹。

走出刘天林的办公室，陈汉雄、江涛和白雪来到他的办公室。

“高永臣会不会和黄福之在一起？”江涛想到。

“不太可能。”陈汉雄想了想说。

“他是骑摩托车走的，一定不会离家太远，也许就隐藏在小城或附近的地区。另一种可能，他近日是有可能回家的。因他还不知道我们已掌握了他的行踪。”陈汉雄分析道。

“这样看来，他有可能回家的。”江涛说。

“几点了？”陈汉雄边说着边看了一下墙上的挂钟，已是晚上五点了，原来他们又忙碌了一天。

“江涛，我们到食堂吃口饭，今天晚上让张英和高岩他们俩好好休息一夜吧，他们都奔波几天几夜了，就是铁打的也受不了的。咱俩到高家附近去蹲守，说不定能抓到高永臣这个杀手。”陈汉雄说。

“队长，我也去吧！”白雪说。

“不，我们要熬夜的，你个姑娘家还是在队里待着吧。”陈汉雄说。

“不，现在没有姑娘，只有刑警。”白雪不满地说。

“那也不能让你去。只是抓捕一个人，我们俩去就足够了，去多了也是浪费。”陈汉雄严肃地说。

就在这时，陈汉雄的手机响了，是张英急促的声音：“陈队长，我们在小城西郊发现了高永臣，他骑着他的蓝色摩托车本是想向城内去的，不知为什么走在半路调转了车头，现向西郊方向奔驰着，极大可能是发现了我们。现在我们正打车在后面跟踪他，伺机对他进行抓捕。我们坐的是一辆白色豪华型夏利车，车牌号是55642。”

“好，你们一定要跟住他，千万不能让他跑了。如果能在城内将他抓捕就抓，如果到郊外只对他跟踪即可，因那里不宜抓捕，如果他弃车逃进路两边的玉米地，我们再抓他就难了，最好将他控制在下一个城镇内。我现在就去增援你们，我们随时联系。”陈汉雄放下了电话，转身对江涛、白雪说，“我们都上车，现在去西郊，张英他们发现了高永臣。”

上了刑警大队门前的警车，还是江涛开车，陈汉雄坐在副驾座位上，白雪坐在后座。因重案队现在只有他们三人在，陈汉雄无须再叫人了。但上车后，他给刘天林打了一个电话，将此情况通报给刘天林，刘天林决定他要带几名其他队的刑警也去西郊，并同意陈汉雄的安排。

于是一场追捕和搏斗开始了。

一路上警笛呼啸，穿过小城的一条条大街，直奔西郊，并与张英保持联系。张英说，高永臣现正向临近的高台镇方向奔跑，此地距西郊五十公里。

二十分钟后，陈汉雄他们已跟上了张英他们的出租车，这是辆豪华型夏利轿车，车速一直是很快的。陈汉雄他们超过了张英他们的出租车，快到高台镇时，终于发现了正在疯狂奔跑的高永臣驾驶的蓝色摩托车。见此情景，陈汉雄决定用车内的传呼器对高永臣喊话：“前面的蓝色摩托车车主高永臣请听着，我们是小城刑警，请你立即停车，接受我们传讯，反抗和逃跑都是徒劳的。”

高永臣听到陈汉雄的喊话，不但没有停车，反而加大油门，跑得更快了，并直奔高台镇内。

这是一个农村集镇，并不大，街内很少有行人和车辆。街道两旁多为二层高的小楼，也有瓦房和平房。主街两边有一些小巷和胡同。陈汉雄见高永臣已进入镇内，再次喊话：“高永臣，命令你立即停车，否则我们要采取强制手段。现在再给你一次机会，争取主动和宽大。不要再奔跑了，你是跑不掉的。”

高永臣仍然在狂奔，但快要穿出高台镇的街道驶向野外时，他发现前面的镇郊路口，不但有多辆车横在那里，而且还有多名警察和民兵，原来是刘天林事先已通知高台镇派出所和临近派出所组织人员对他进行堵截，以防他出了镇子到野外弃车逃进玉米地中。高永臣一看事情不好，立即调转车头，拐向身边的一个小巷中，陈汉雄在后边也将警车开到小巷中。可是，高永臣很狡猾，将他的摩托车开进了一条胡同中。

那是一个狭窄的胡同，警车根本钻不进去。当陈汉雄的警车追到这里，江涛一见，只好停下车，他们要下车进入到胡同中去追捕。正在这时，路上有人骑摩托车奔向这里，原来是派出所事先安排的人员前来增援，陈汉雄从一人手中截下了摩托车，他骑了上去，江涛见此立即坐在了这辆摩托车的后座上，他俩也冲进了胡同。很快，他们又追上了在胡同中疯狂奔逃的高永臣。高永臣对这里的情况是不熟悉的，只好从这个胡同口钻进，又从那个胡同口钻出。陈汉雄驾驶着摩托车在后边死死地咬住了他，他们在小巷中展开了摩托车拉力赛。

胡同中时而有行人，见到这种疯狂的阵势，有的吓得紧贴在胡同中的墙边，有的惊叫着跳过胡同中的矮墙。前面出了一个胡同口又是一条小街，高永臣本想从这里逃出去，可快到胡同口时，他只好又返了回来，原来路口停着一辆警车，刘天林带着几名刑警荷枪实弹地正等着他呢。高永臣只好又返回，与陈汉雄的摩托车正好相遇，他见无路可逃，便减慢速度，敏捷地跳下摩托车，让正在奔行的摩托车去撞迎面赶过来的陈汉雄和江涛。

然而，陈汉雄还是快速一打摩托车方向，躲过了迎面来的摩托车，那辆摩托车滑过去，便倒在了路边。

高永臣见此，跳过身边的一面矮墙，跳入一户院中，陈汉雄和江涛见此，也停下摩托车，放在路边，跳过墙去对他追捕。但高永臣紧接着又相继跳过几家院墙，又逃到另一条过道上，他又要向北跑，但快到路口时，发现迎面有两名警察正向他走来。而且到处有呐喊声，原来四周的老百姓也都出来了，帮助民警们指引高永臣逃跑的方向和位置。高永臣感到四面楚歌，无路可逃，只好再次返回，却发现陈汉雄和江涛在另一面正向他走来。见此，他从后腰中拽出一把尖刀，他要做最后的挣扎。

在高永臣身边是一个院落，有一位妇女带着一位四五岁的小女孩正在院中玩着，见到院外路上的情景有些惊呆了。高永臣似乎想到什么，慢慢地向院边靠近，他要跳到院中劫持这位妇女和女孩作为人质。陈汉雄已看到高永臣的企图，他对江涛说：“快，跳到那边去，保护她们！”

江涛已明白，就在高永臣要跳到这个院落时，江涛从另一边快速地跳过院墙，用身体挡住院中的妇女和小孩，并说：“大嫂，快抱着孩子进到室内去，这里危险。”

这时，这位妇女才缓过神来，立即抱起女孩跑到室内锁上了门。

高永臣本是想跳墙的，但见江涛已抢在他前面，只好依在墙边，手持着那把尖刀，与陈汉雄和院中的江涛对峙着。

“放下你手中的尖刀，反抗是徒劳的，你现在只有一个选择，那就是放下尖刀，立即投降！”陈汉雄站在他面前，对他怒吼着。

“不，反正也是死，我和你们拼了！”高永臣说着手持尖刀向陈汉雄刺来。

陈汉雄面对尖刀并不畏惧，而是机警地躲开刀锋，回手一掌打在高永臣的背上，他一个趔趄，险些跌倒，但又反身扑向陈汉雄。陈汉雄再一次躲过他的反扑，又是一记扫堂腿，一下将他扫倒。这时江涛又跳过墙来，从另一侧快速上前，一脚踩住他持刀的手，随手抓紧他的手腕，一掌击在他的手腕上，刀落地了。随之将他按在地上，背过他的胳膊。高永臣力气很大，瞬间又挣扎着站起来，似乎还要与江涛反抗，再一次被江涛摔倒。就在这时，又有几名刑警跑过来，白雪将车从这边开过来，也跑了过来，她为气喘吁吁的高永臣铐上了手铐。

高永臣被押出这条胡同，刘天林和几名刑警正在胡同口迎接陈汉雄他们呢。

当夜陈汉雄对高永臣进行讯问，他很快交代正是受黄福之的两万元钱诱惑，到平城盗车，又到秋原小城制造车祸。事先按黄福之的暗中指点，他俩曾几次在晚上跟踪赵丽丽，只是没有机会下手。前几天终于等到赵丽丽在深夜回家，才制造出这起交通事故。于是，高永臣将车丢弃在树林中。然后和黄福之各奔东西，但当夜他又接到黄福之的电话，说赵丽丽没有死，让他去医院，于是他们二人故意在医院住院部内吵闹，试图引出看护赵丽丽的警察，但没有得逞。黄福之让高永臣先回家，听他的电话。于是黄福之扮成护士独自去闯赵丽丽的病房，后边的事他就不知道了。

第二天夜里，他接到黄福之的电话，让他以出外打工的名义到外边躲几天，高永臣前几天都是在西郊一位朋友家，朋友是做木器的，他帮着干些零活。但今天发现附近有警察来调查，他很害怕，便带着两万元钱趁路上人少，决定到高台镇西的华林村一位承包水库的朋友家躲几天，没想到在路上被高英他们发现，跑到高台镇却被抓获了。高永臣说，只有黄福之一人和他联系，并不认识什么蒋俊理，至于红风公司先前的事他都不知道。

青山路上

又是一个星期六的早晨，杜江给陈汉雄打了电话，说他还是想到大青山拍一组作品。陈汉雄让他要多加小心，最好是找一个同行者，以免真的遇到黄福之，会有危险。杜江想，他是去山里，那里山势险峻，道路崎岖，远离人烟，山哪边通哪边，连杜江都不晓得。黄福之现在也许躲在小城的某一角落，他绝不会到深山里来旅游或是隐藏的吧。想到这里，杜江还是决定去一次大青山。

走出住宅楼，他来到车库，打开车库门锁，发动了车。

今天天气非常好，可以说是万里无云，风和日丽。

他开着他的车很快来到了大青山，他先将车停在上次停车的位置，然后又来到上次拍月光湖的地方，湖边仍然有鹭鹭鸟，他从不同角度取了几个很满意的镜头。

拍完月光湖，他决定再向山里走，他要拍群山和山峰的不同景色。

山路崎岖，拐过了很多弯，他来到一处山腰，从这里可以拍到一些山峰和群山，他决定在这里拍几张照，于是将车停在路边的空地上。雄伟的山峰，直插云霄。山中也有人家，几座茅草屋，还有山里人在山坡的草地上放牛，这些难得的景色，简直就是一幅幅精湛的国画。他按动着照相机的快门，将一张张美景收入到他的相机中。已是中午，他从车中拿了块面包，就着矿泉水，当是吃午饭了，因他以前外出到哪个景点拍照，都是这样。下午，他开车又深入到山中，拍到了山中小桥，激流瀑布，一处处美景，让他陶醉。无意中，已在大山中奔波了一天。傍晚，他决定还是回小城吧。

然而，就在这天晚上，陈汉雄得到密报，有人在城中发现了黄福之，并看到他在衣服内的腰上绑着一圈炸药，并声称这次要逃出小城，不再回来了。看来他已破釜沉舟，要与抓捕他的人同归于尽。但是，陈汉雄决心这一次一定要抓到他。陈汉雄将此情况向刘天林作了报告，于是一场抓捕黄福之的行动秘密展开，城内通往外地的一些路口已有防暴民警和武警堵卡盘查。

当杜江兴致勃勃地回到小城，街灯已亮了。杜江想到妻子和女儿明天就要回家了，他将车停在广乐商场门前的停车场上，锁上车门，然后走进商场。商场内的人熙熙攘攘，特别是一楼的副食品柜台，都有一些顾客。有的在买鱼虾，有的在买各种肉品，有的在买油盐酱醋，有的在买面制食品。杜江先到生肉摊买了两斤精瘦猪肉，一斤肉馅。然后到蔬菜摊买了些芹菜、竹笋、土豆、生姜。在咸菜摊买了瓶八宝咸菜，一瓶辣酱。又到熟食摊买了两斤香肠，还有油炸花生米等。半个小时后，他买了两大塑料袋食品兴高采烈地走出商场。因为明天上午妻子和女儿就要到家了，不用妻子出门，他们想吃什么都可以做了。

来到商场门前的停车场他的轿车跟前，杜江用钥匙打开轿车的车门，将这两包食品放在前边副驾驶座位上，关上车门，正要起动车。突然感到脖子后有些发凉，是一把尖刀顶在他脖子上。他回过头，发现一个熟悉的面孔正凶恶地看着他。

“你是黄福之？”杜江认出来了。

“杜先生，想不到吧？我本没有逃走，因我的事还没有干完，所以才躲到今天。你的参展作品完成得很好吧，这个星期六又是去大青山了吧？我想你还会到这个商场来购物，所以一直在恭候你。不过，我现在还不想杀你，只要你听我的话就行。”黄福之说。

“你要干什么？”

“你不要紧张。不过，我杀死你就是刀向上一挑就完事。但我还是想让你活，现在只求你开车将我送到你白天去的大青山中，我这次真的要离开小城了。但不要走公路，要从城边的小路绕过去。”黄福之在望着杜江，随后撩起衣襟，“你不要耍我，你看看这是什么，我活不成，你也活不成，你的车也不复存在。”

杜江一看大吃一惊，原来黄福之身上绑着雷管炸药，只要线一对便可爆炸。他不知所措，如果不送他，他将要杀害自己，如果送他，山里的路在黑夜是很难走的，到了山里，再抓黄福之就难了。他想给陈汉雄打电话，但又不能。即使发现警察他都不能呼叫，这样连抓捕黄福之的警察都会炸死。

“怎么，为难了？我本想雇别人的车也是可以的，但是，我想在路上我有些话要和你谈谈，才特意等你的车。加之，只有你熟悉大青山中的路，别人去也许会迷路的。要想活命还是走吧。”黄福之说着将尖刀又一次按在杜江的脖子上。杜江感到疼痛，原来刀尖已将他的脖子扎破了皮。无奈，

他只好开车，想先走一段路再想办法。

“对，还是走吧。我知道你明天上午还要到车站接你的妻子女儿，如果你在路上不老实或报警，你妻子和女儿明天你就见不到了，我已派了两个弟兄在路上一直关照着她们。”黄福之得意洋洋地说。

“什么？你们也太歹毒了！冲我来就行了，为什么要和我的妻子女儿过不去？”杜江有些愤怒。

“这都是你造成的，你破坏了我们的整个计划，让我成了丧家之犬。既然事情到了这一步，我也不怪你了，现在听我指挥，我不会再伤害你的妻儿的，但你必须将我送到大青山。我想你的汽油也许不够了，你也会在路上以此为借口或说车坏了，这些都不行。出城有两个加油站，你就到第二个加油站加油，钱由我付。但你不能下车。”这个黄福之想得挺周密。

夜色有些苍茫，杜江在黄福之尖刀的威逼下将车绕走小路开出了城，向大青山的方向奔驰。出城约二十公里，路边是出城的第二个加油站。黄福之让杜江将车停在加油站的加油处，他从前边拿下杜江放在汽车油门上的钥匙，摇开车窗将钥匙递给加油员说：“93号油，加满了。”

很快油加满了，加油员说：“共计一百七十元。”

黄福之递给加油员二百元钱说：“不用找了，也不用开发票。”

“谢谢！”加油员一边将钥匙递给黄福之一边说。

黄福之又将钥匙递给杜江重新启动车，车直奔大青山。为了防备杜江跳车逃跑，车出了加油站后，黄福之将一条尼龙绳套在杜江的脖子上，并凶狠地说：“只要你敢耍我或跳车逃跑，我随时会勒死你。”

“你给我拿下来，这样开车也不得劲。我不跑就是了。”杜江感到太受侮辱。

“不行！你就开车得了。”

“那到那之后，我是不是可以回来呀？”

“现在没有到那呢，你不要再问了。”

杜江开着车，他想怎么才能跑掉或报警呢。如果这样开下去再有一个小时就到大青山了。

通往大青山的路非常的宁静，路两边全是茂密的树木，只是刚出城时遇到一些车辆和路人，进入这一段路后，只是偶尔从对面过来一两辆车辆。前面的路很窄，有一段原是砂石路，现在由于几次下大雨，将路冲坏了，是用黄土和沙子填的路，走到这里，就离大青山不太远了。快要进山了，杜江也没想出逃跑的办法，他急得脸上一直在冒汗。突然，他发现那段原被雨冲坏的路上横着两辆拉石头的拖拉机，路被堵上了。

“黄先生，前边是不是车肇事了，还是车坏了？你看两辆拖拉机将路堵上了，怕是过不去吧？”杜江对黄福之说。黄福之从车的灯光中望见前面真的有两辆拖拉机横在路面，本是很窄的路，全部被堵严。在这辆拖拉机旁边，有两个老农一边查看，一边推车。看样子是一辆拖拉机坏在路上。很快，杜江的车离拖拉机很近了。

“停车！怎么坏在这里？”黄福之叨咕着，让杜江停车。

前边一位六十多岁穿得又脏又破的老农走过来喊道：“师傅，快帮帮忙，车坏这了帮忙推推！”

黄福之从打开的车窗探出头，望着这位老农说：“怎么了？”

老农说：“车坏这了，下车帮忙推一下吧。”

黄福之眼珠一转说：“你用那辆车拉这辆车不就行了。”

“没有绳子，要是有绳子不就拉走了吗？何必堵路呢？你们车上两个人下来帮忙推一下就行了，陷得不深，只要推出一只轮胎就行了，我求你

们了。”老农诚恳地说。

“那辆车怎么也堵在路上了？”黄福之有些疑惑。

“这不，那辆车坏在那了，我这辆车想从边上过去，却陷进了这边的泥坑。这老破路，有人走没人修。”老农气愤地说。

“好吧！坏的是地方。”黄福之想快些进山，还是让车给让路是正事。他暗中对杜江说：“你下车后不准离开我，推走拖拉机，一同上车。听着，要是逃跑，你的妻子和女儿就没命了。”黄福之将尖刀插到裤腰带内，将杜江脖子上的绳套拿开，他又将一个密码箱放到车座下，原来他还有一个密码箱呢。之后，他和杜江一同走下了车。当他们来到拖拉机前时。拖拉机那里就两人，加他们俩共四人。当黄福之与这两个人靠近时，突然那位老农上前一下将黄福之摔倒，另一个人快速上前将他按在地上。

“你们是什么人，要干什么？”黄福之大叫着。他挣扎着从怀中掏刀，但那个老农有力的手将他的双手背过来，另一个年轻人将他的双手铐上手铐。老农紧紧抓住黄福之戴着铐子的双手，另一个年轻些的农民撩开黄福之的衣襟，从腰中拔出一把尖刀，然后迅速地从黄福之腰上解下一排雷管炸药。

“想要垂死挣扎，还要用炸药来吓唬人，办不到。”

黄福之惊愕着，那位年轻的农民手中还有一支黑洞洞的手枪口对着他。

“你们是什么人？”黄福之仍然在惊愕着。

“你问我们是什么人，我们是小城刑警，干什么你清楚了吧！”说话的老农摘下假头套，扯下假胡子，原来他小城刑警大队重案队队长陈汉雄，另一个人是重案队侦察员江涛。

一看是陈汉雄和江涛，杜江高兴万分：“陈队长，江涛警官，原来是你们！”

“杜江，又受惊了吧？不过，我想到刘天林已派警力对小城各个路口都设了卡，只留了去往大青山的这条路，我料到黄福之一定会走这条路的，故在此等候多时了。黄福之，你没想到吧？”陈汉雄看着黄福之说。

黄福之此时像泄了气的皮球，低下头，再也没有那种凶恶的气焰了。

“陈队长，车上有他的一个密码箱。”杜江说。

“好。江涛，让白雪自己开车跟着我们，我们都坐杜江的车。”陈汉雄说。

原来，白雪也来了，在山路旁的隐蔽处等着陈汉雄和江涛，为防止其他情况，白雪在那里待命。

黄福之被抓获后，刘天林也参加了审讯。据黄福之交代，他毕业后一直在打零工，曾在东区的文工团打过杂，但由于效益不好，几乎拿不到工资。后由他的远亲周万才介绍到红风公司，每月工资近千，这在当地是较高的工资了。但是，受社会上几位哥们的影响，他迷上了赌博，却几次都赢了。在赌博中与红风公司好赌的供销科长蒋俊理成了朋友。白天他工作一直是很上心的，晚上时常与人赌博。那天晚上在社会上参赌赢了三千元钱。谁想这天中午红风公司会计室被盗正好丢失三千元钱，他刚好从此路过，被怀疑是盗贼，保卫科的大刘正好从他身上翻出三千元钱。他说是昨晚赢的，但昨天与他赌的几个人他都不知姓名，而且都是外地的，具体都不知是哪的，根本找不到他们，此事就很难说清了。公司总经理要报警，蒋俊理以黄是周的亲属而说情，马原决定将黄开除了之。之后他仍爱好赌博，欠了几万元的债。曾从他姐夫那借了一万多，至今也没还给他，所以他姐夫不理他。后来多次盗窃，持刀抢劫，被陈汉雄他们侦破了此案，判了十年刑。

刑满释放后，他感到没有什么出路，便在暗中找到蒋俊理让他帮他找份工作。但此时，蒋俊理说有一个难事让他帮助给办了，如果成功，给

他三十万元现款，那就是杀了他们公司的总经理马原。但为什么要杀死马原，蒋俊理没有说。黄福之想到有三十万够他赚几十年的了，加之原先对马原和姜永泉就怨恨，无事可干也就同意了，并与蒋俊理密谋了几种杀人的方案。并为杀人后抛尸都选好了时间地点，那就是月光湖中，为了怕有人到月光湖去，黄福之用假面具到湖中吓唬人，发声工具正是陈汉雄说的那种电子话筒，他还在钓鱼者中间传播月光湖有怪物的谣言。

之后，黄福之曾到公司大门外窥视过马原和姜永泉上下班的时间和行走路线。后来见马原都是坐在车中难以下手，便想引诱马原到外边，趁机杀了他。就在这时，蒋俊理父亲的冠心病发作住进当地医院，其弟弟将电话打到他的公司。蒋俊理认为时机已到，与黄福之密谋了一个他不在小城的杀人计划，计划中不但要杀死马原，还要杀死姜永泉。以后便是名义上是坐火车回山东，途中下车回到小城，骗了马原到黄福之家，他们合伙杀死了马原，连夜他给了黄福之二十万现款，还有十万元因提不出现金，先给他十万元股票，说也能换成现金。黄福之想到雇人抛尸还要给人家一些钱，便又向他要了两万现款。随后，蒋俊理安排完一些事，便带走马原的皮包回了山东，以后在山东就靠手机遥控指挥了。

第二天，黄福之找到杨守业抛尸，并给了杨守业两万元。不料在抛尸中途被拍照，他们没有立刻找到这个人。这个人会是谁呢？在城内他们经过多方打听，得知环保局的杜江是名摄影爱好者，而且经常开着一台白色桑塔纳轿车，再向人打听，那天他果然是去了大青山。于是黄福之便给杜江打了电话，夜里对他追杀，用杨守业的车跟踪杜江，摸清了他的住所，黄化装成老太太撬开杜江家的门，但胶卷一直没有到手。紧接着，蒋俊理指使他谋杀了夜间回家的公司会计姜永泉，答应事后再给他十万元，但为什么要杀姜永泉，没有告诉他。这之后，他根据蒋俊理的指示，跟踪姜永泉，并杀了他，抢走他装有三千元现款的手提包、手机和手表，故意造成一起抢劫杀人案，并冒险销赃。后又夜闯杜江家想谋害杜江，不料被保护他的江涛发现。从杜江的胶卷上得知黄福之和杨守业是抛尸人后，杨被抓获。得知杨守业被抓的消息，黄与蒋联系，决定用替身自杀来了结陈汉雄对他们的追捕，便用食物和金钱将一个拾荒人员骗到路西铁路打死后换上黄福之的衣服，又给他戴上姜永泉的手表，夹上姜永泉的公文包，等火车要到之前摆到火车道上，伪造了黄福之自杀的假象。

不料，黄在去商场中被杜江发现，揭开了假自杀的替身真相。后来，蒋俊理从山东回小城，又找他，给了他七万元钱，说等一件事情做完之后再给他几万元，于是在蒋俊理的指点下，他暗中认识了赵丽丽，并让他再找杀手谋害赵丽丽，最好商定由黄福之找个会开车的铁哥们到平城盗车，到小城制造一起所谓的交通肇事案。黄福之找到高永臣盗车杀人，见赵丽丽没有死，蒋俊理又密令他化装成护士到医院去谋杀赵丽丽，但没有成功。于是，蒋俊理指示他立即逃出小城。但黄福之想到手中的股票还没有兑换成现款，并不急于外逃，但这时期股市下跌，他想等股票涨涨再取出这笔钱。所以，黄福之又在平城股市出现过，那几天，他用一个假身份证一直住在平城的一个小旅店。今天他给蒋打电话想再要笔钱就逃走，但蒋的电话一直关机。黄福之感到不妙，便决定从山里向外逃，他原和蒋俊理到过这个山里，知道一条通往外省的山路。那次是双休日，平时喜爱钓鱼的蒋俊理，自己开车和也爱钓鱼的黄福之到月光湖钓鱼来了，由此黄福之在杀死马原后抛尸于月光湖西侧湖中。

今天，刘天林在小城内布下严密的罗网，布置众多警力对各路口进行堵截。黄福之见从车站或通往附近城镇的路都有警察，他很害怕。那天他从一个山场盗来雷管炸药，便想到一旦被警察抓到就与他们同归于尽。但为了逃生，只好决定到山中绕路外逃。于是，带着装着几十万现金的密码箱，利用开锁技术，趁杜江在商场内购物之际，打开了杜江停放在广乐商

场停车场的轿车门，事先潜伏在车内，劫持杜江利用他的车绕道出小城。黄福之从蒋俊理处得知杜江的妻子和女儿现在在上海，并探听到她们近期要从上海回来了，便吓唬他说已派两个弟兄在路上等着他的妻子女儿，实际上没有这回事。但陈汉雄早已想到他只能向山中跑，故在路上等候他多时了。

尾声

今天是双休日的第二天，晴空万里，风和日丽。

杜江开着他的白色桑塔纳轿车来到火车站，今天，他特别高兴，一是妻子和女儿即将下火车与他团聚了，另外就是昨天夜里，在大青山的路上，黄福之被陈汉雄和江涛捕获。如果没有昨夜的经历，没有陈汉雄巧妙的安排和营救，今天也许他就不能与妻子和女儿见面了。所以，他非常感谢陈汉雄和江涛，感谢惩恶扬善、一心为民的好民警。

火车站站内旅客验票出口外，早已聚集了很多人，他们都是来接亲朋好友的。杜江将车停在广场，便也走向出站口处。

这时，车站广播已开始播报由上海开来的列车现在已到站的信息。很快，众多的旅客像闸门放水一样从几个验票口涌出。杜江的目光不够用了。他要同时看着几个验票口，人们一股股地涌出验票口，看得杜江眼花缭乱，但他一直没有看到妻子和女儿出站。

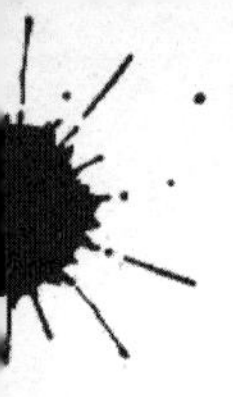

“爸爸！”杜江听到身边有女孩叫他，他侧身一看，原来是杜鹃和她妈妈已站在他身后，她们的穿戴已不是去时的模样，刘艳霞是淡黄色的上衣、白裤子，杜鹃已是艳绿色的衣裙，她们的笑容像盛开的鲜花，带着芳香和甜蜜。

“看你，还傻看呢，我们出来都看到你了，你却连我们都没看到。”妻子刘艳霞深沉地看着他。

杜江一笑，连忙接过妻子手中的大小皮包。

“出站的人太多了，也许我走了神，怎么没发现你们呢？”

“走吧。”

“爸爸,今天你休息了吧？你又到大青山去了吗？”杜鹃看着爸爸在问。

“去了，爸爸照了好多照片呢。”杜江高兴地说。

“妈妈，我们到家了。下个星期天，一定让爸爸带我去大青山，我要看月光湖，看那里的山。”杜鹃说。

来到停车的地方，杜江将皮包放到车的后备箱中，三人上了车，他们出了站前广场，驶向回家的大马路。

十天后，在小城艺术馆门前，张灯结彩，原来是小城第二届美术书法摄影联展开幕了。小城的主要领导参加了开幕式。小城电视台和小城报的记者也蜂拥到此，采访联展的实况。刘天林、陈汉雄、江涛、白雪作为特邀嘉宾也参加了开幕式。开幕式后，大家走进展厅观看展品，杜江带着妻子和女儿，卢森和几位朋友，与小城众多的美术、书法、摄影爱好者一起参加了开幕式，观看了联展。杜江在展厅中再次与陈汉雄他们相遇。

“陈队长，江警官、白警官，没有你们的保护，我这次不可能有作品在这次联展上展出了。多谢你们了。”杜江激动地说。

“没什么，人生没有一帆风顺的，也许经过这次磨难，我们又会得到一些更珍贵的东西。杜江，我看了你的作品，拍得很好。江涛懂得美术和摄影，他一再夸奖你的作品呢。”陈汉雄说。

“杜江，这位就是你向我提起的小城神探陈汉雄警官和他的两个助手吧？”妻子刘艳霞走过来问着杜江。

“你现在看到他们了吧！”杜江笑着说。

“陈队长，我们全家永远会记住你们的。来，让我为你们和杜江照张合影吧？”刘艳霞拿过来杜江脖子上挎的相机。

“弟妹和孩子也全参加吧，我来为你们拍照。”卢森走过来从刘艳霞手中拿过相机。

杜江全家和陈汉雄、江涛、白雪共同合了一张影。

这时，小城电视台的记者和报社的记者似乎看明白了这边的一切，他们又蜂拥而至，要为陈汉雄和杜江他们拍照，陈汉雄他们只好笑了笑，任他们去吧。因前几天，关于红风公司的案件，电视台和报纸都发表了侦破经过，他们无须再讲什么了。

在这次联展中，杜江的《保护自然风光，创造和谐家园》一组反映大青山自然风光的作品获得了这次联展中摄影作品评比的金奖。

—End—